先蚕嫘祖

——中华传统桑蚕物质文化寻踪

张继红 著

作家出版社

序 一

张 平

为了深入贯彻落实习近平总书记视察山西重要讲话和重要指示精神，山西省运城市委宣传部策划编撰了"典藏古河东丛书"，共十一本。本丛书旨在反映河东的悠久历史和文化底蕴，传承和弘扬河东优秀传统文化，为推动经济社会发展提供强大的价值引导力、文化凝聚力和精神推动力，提升运城的知名度、美誉度。

运城，位于黄河之东，又称"河东"。河东是一片古老而神奇的土地，数千年来，大河滔滔，汹涌奔腾，物华天宝，钟灵毓秀，人杰辈出，群星灿烂，孕育了悠久而灿烂的历史文化，具有厚重的人文历史积淀，构成了中国传统文化的重要基因，植根于中国人的血脉，不愧为中华文明的摇篮。

关于"河东"的说法，最早来源于《尚书·禹贡》的记载。《禹贡》划分天下为九州，首先是冀州，其次分别为兖州、青州、徐州、扬州、荆州、豫州、梁州、雍州，皆以冀州为中心。冀州，即古代所谓的"河东"。当时的河东是华夏文明的轴心地带。河东，在战国、秦汉时指今山西西南部，后泛指今山西省，因黄河经此由北向南流，这一带位于黄河以东而得名。战国中期，秦国夺取了魏国的西河和韩国的上党以后，魏国为加强防守，遂置河东郡，国都在今运城市安邑镇。公元前290年，秦昭王在兼并战争中迫使魏国献出河东地四百里给秦。秦沿袭魏河东郡旧名不变，治所在安邑（今山西夏县西北禹王城）。秦始皇统一六国，设三十六郡，运城属河东郡，治所安邑。汉代的河东，辖今山西阳城、沁水、浮山以西，永和、隰县、霍州市以南地区。东晋义熙十四年（418年），河东郡移治蒲坂（今山西永济市蒲州镇），辖境缩小至今山西西南汾河下游至王屋山以西一角。隋废，寻复置。唐改河东郡为蒲州，复改为河中府。唐天宝、至德时又曾改蒲州为河东郡。宋为河东路，辖山西大部、河北及河南部分地区，至金朝未变。元、明、清与临汾同为平阳府，治所平阳（今临汾尧都区）。民国三年至十九年，运城、临汾及石楼、灵石、交口同属河东道。古代，由于河东位于两大名都长安和洛阳之间，其他州郡对其形成众星捧月之势，因此，河东无论在政治、经济、文化上都具有重要的地位。河东所辖的地区范围不断发生变化，但其疆界基本上以现代的山西运城市为中心。今天的河东地区，特指山西运城市。

河东，位于山西西南部，是中国两河交汇的风水佳地。黄河滔滔，流金溢银，纵横晋陕峡谷；汾水漫漫，飞珠溅玉，沃育河东厚土。在今天之运城，黄河从河津寺塔西侧入境，沿秦晋峡谷自北向南，出禹门口后，一泻千里，由北向南经河津、万荣、临猗、永济，在芮城县的风陵渡曲折向东，过平陆、夏县，到垣曲县的碾盘沟出境，共流经运城市八个县（市）。汾河是山西的母亲河，发源于宁武管涔山脉，从南至北流经河东大地。汾河自新绛县南梁村入境，经新绛、稷山、河津、万荣四县（市），由万荣县庙前汇入黄河，灌溉着河东万顷良田。华夏民族的始祖在河东繁衍生息，中国古代第一部诗歌总集《诗经》里的许多诗篇歌吟过河东大地。黄河和汾河交汇之处——山西运城市，吸吮黄河和汾河两大母亲河的乳汁，滋生了悠久灿烂的华夏文明，源远流长。在朝代的兴替与岁月的更迭中，河东大地描绘了多少华夏儿女的动人画卷，道尽多少人间的沧桑变化！

河东，地处晋、豫、陕交会的金三角地区。山西省运城市、河南省三门峡市、陕西省渭南市，区域总面积约五万二千平方公里，总人口约一千七百余万，共同形成了晋陕豫三省边缘"黄河金三角区域"，构成了以运城市为核心的文化经济圈。这个区域，位于我国中、西部交界地带，接通华北，连接西北，笼罩中原，位置优越，不仅是华夏文明的发祥地，而且在全国经济发展中具有承东启西、贯通南北的作用。该区域的历史文化、资源禀赋、旅游优势、经济协作，可以发挥重要的经济文化互相促进的平台效应，具有"以东带西、东中西共同发展"的战略价值。研究河东历史文化，对于繁荣黄河金三角地区的文化，打造区域经济圈，都具有非常重要的现实意义。

河东，是"古中国"的发祥地。河东地区，属于人类最早活动的区域之一。这片美丽富饶的大地上，远古时期气候温和，土地肥沃，山脉起伏，河汉纵横，绿草丰茂，森林覆盖，飞鸟鸣啾，走兽徜徉，是人类栖息的理想地方。著名考古学家苏秉琦教授在其《华人·龙的传人·中国人》一文中指出："晋南地区是当时的'帝王所都'。帝王所都为'中'，故曰'中国'。而'中国'一词的出现正在此时。'帝王所都'，意味着古河东地区曾经是华夏民族的先祖创建和发展华夏文明的活动中心。"自从盘古开天地、三皇五帝到今天，从远古文明到石器时代，从类人猿到原始人、智人的进化，河东这块土地都充当了亲历者和见证者。

人类的远祖起源于河东。1995 年 5 月，中美科学家在山西省垣曲县寨里村，发现了世界上最早的具有高等灵长类动物特征的猿类化石，命名为"世纪曙猿"。它生活在距今四千五百万年以前，比非洲古猿早了一千多万年。中美科学家在英国权威科学期刊《自然》杂志上联合发表论文，证实了人类的远祖起源于山西垣曲县寨里村，推翻了"人类起源于非洲"的论断。

人类文明的第一把圣火燃烧于河东。西侯度遗址位于山西省芮城县西侯度村，考古学家发掘出土的石器有石核、石片、砍斫器、刮削器和三棱大尖状器，动物化石有巨河狸、山西披毛犀、中国野牛、晋南麋鹿、步氏羚羊、李氏野猪、纳玛象等，尤其在文化层中发现了带切痕的鹿角和动物烧骨，这是中国最早的人类用火证据。证明远在二百四十三万年前，人类就在这里生活居住，并已经掌握了"火种"。

中国的蚕桑起源于河东。《史记》记载了"嫘祖始蚕"的故事。河东地区有"黄帝正妃嫘祖养蚕缫丝"的传说。西阴遗址位于山西省夏县西阴村。1926 年，考古学家李济主持发掘该处遗址，出版了《西阴村史前遗存》一书。该遗址属于新石器时代，西北倚鸣条岗，南临青龙河，面积约三十万平方米。此处发掘出土了许多石器和骨器，最具震撼力的是发现了半枚经人工切割过的蚕茧壳。这为嫘祖养蚕的传说提供了有力实证。2020年，人们又在山西夏县师村遗址出土了仰韶文化早期遗物，主要有罐、盆、钵、瓶等。尤为重要的是，还出土了四枚仰韶早期的石雕蚕蛹。西阴遗址和师村遗址互相印证，意味着至迟在距今六千年以前，河东的先民们就掌握了养蚕缫丝的技术，成为中华文化的重要标识之一。

远古时代，黄帝为首的华夏族部落生活在河东一带。黄帝的元妃嫘祖是河东地区夏县人，宰相风后是河东地区芮城县风陵渡人。黄帝和蚩尤大战于河东地区的盐池一带。传说黄帝取得胜利后尸解蚩尤，蚩尤的鲜血流入河东盐池，化为卤水，因而这里被命名为"解州"。今天运城市还保存着"解州镇"的地名。盐池附近有个村庄名叫蚩尤村，相传是当年蚩尤葬身的地方。后来人们将蚩尤村改名"从善村"，寓弃恶从善之意。黄帝战胜蚩尤之后，被各诸侯推举为华夏族部落首领。《文献通考》道："建邦国，先告后土。"黄帝经过长期战争后，希望国泰民安，天下太平，得到大地之神——后土的护佑。于是，黄帝带领部落首领来到汾阴脽上，扫地为坛，祭祀后土，传为千古佳话。明代嘉靖版《山西通志》记载："轩辕扫地坛在后土祠上，相传轩辕祭后土于汾脽之上。"

河东地区是中华民族的先祖尧、舜、禹定都的地方。文献记载："尧都平阳（今临汾）、舜都蒲坂（今永济）、禹都安邑（今夏县）。"据史料记载，尧帝的都城起初设在蒲坂，后来迁至平阳。清光绪十二年（1886年）的《永济县志》记载："尧旧都在蒲。"《水经注》："雷首，俗亦谓之尧山，山上有故城，又曰尧城。"阚骃《十三州志》："蒲坂，尧都。"如今运城永济市（蒲坂）遗存有尧王台，是当年尧舜实行"禅让制"的见证地。舜亦建都于蒲坂。史籍载：舜生于诸冯，耕于历山，陶于河滨，渔于雷泽，都于蒲坂。远古时期，天地茫茫，人民饱受水灾之苦。禹的父亲鲧治水失败。禹吸取教训，从冀州开始，踏遍九州，改"堵"为"疏"，三过家门而不入，历经十三年最终治水成功。《庄子·天下》记载："昔禹之湮洪水，决江河而通四夷九州也。名山三百，支川三千，小者无数。"禹治水有功，舜把天子之位禅让给禹。禹建都安邑，其遗址在山西夏县的禹王城。《括地志》道："安邑故城在绛州夏县东北十五里，本夏之都。"禹王城遗址出土了东周至汉代的许多文物，其中有"海内皆臣，岁丰登熟，道无饥人"十二字篆书。从尧舜禹开始，河东便是帝王的建都之地。

运城盐池是中国古代重要的食盐产地，被田汉先生赞为"千古中条一池雪"。它南倚中条，北靠峨嵋，东邻夏县，西接解州，总面积一百三十二平方公里。盐湖烟波浩渺，硝田纵横交织，它与美国犹他州澳格丁盐湖、俄罗斯西伯利亚库楚克盐湖并称为世界三大硫酸钠型内陆盐湖。据《河东盐法备览》记载，五千多年前，我们的祖先在运城盐池发现并食用盐。《汉书·地理志》："河东，地平水浅，有盐铁之饶，唐尧之所都也。"黄河和汾河两河交汇的地理优势、丰富的植被和盐业资源，为古人类提供了良好的生活条件。当年，舜帝曾在盐湖之畔，抚五弦之琴，吟唱《南风歌》：

南风之薰兮，
可以解吾民之愠兮。
南风之时兮，
可以阜吾民之财兮。

运城在春秋时称"盐邑"，汉代称"司盐城"，宋元时名为"运司城""凤凰城"等。因盐运而设城，中国仅此一处。河东人民在千百年的生产实践中总结出的"五步法"产盐工艺，是全世界最早的产盐工艺，被英国科学家李约瑟称为"中国古代科技史上的活化石"。

万荣县后土祠是中华祠庙之祖。后土祠位于山西万荣县庙前镇，《水经注》道：河东汾阴"有长阜，背汾带河，长四五里，广二里有余，高十余丈，汾水历其阴，西入河"。孔尚任总纂《蒲州府志》记载："二帝八元有司，三王方泽岁举。"尧帝和舜帝时期，确定八个官员专管后土祭祀，夏商周三朝的国君每年在汾阴举行祭祀后土仪式。遥想当年，汉武帝在汾阴建立后土祠，写下了传诵千古的《秋风辞》。从汉、南北朝、隋、唐、宋至元代，先后有八位皇帝亲自到万荣祭祀后土，六位皇帝派大臣祭祀后土。万荣后土祠，堪称轩辕黄帝之坛、社稷江山之源、中华祠庙之祖、礼乐文明之本、黄河文化之魂、北京天坛之端。

河东是中国农耕文明的发祥地之一。河东地处黄河流域、黄土高原腹地，远古时代气候温润，物产丰富，具有发展农业生产的优越的自然地理环境。舜耕历山，禹凿龙门，嫘祖养蚕，后稷稼穑，这些历史传说都发生在河东大地。《晋书·天文志上》："稷，农正也，取乎百谷之长以为号也。"后稷是管理农业的长官、百谷之长。《孟子》："后稷教民稼穑，树艺五谷；五谷熟，而民人育。"意思是，后稷教民从事农业，种植五谷，五谷丰收，人民得到养育。传说后稷在稷王山麓（在今山西稷山县境）教民稼穑，播种五谷，是远古时代最善种稷和粟的人，被称之为"稷王"。人们把横跨万荣、稷山、闻喜、运城东西二十里、南北三十里的山脉，叫作"稷王山"。迄今为止，在河东已发现石器时代遗址四百余处，出土的农耕工具有石斧、石锛、石锄、石铲等；粮食加工工具有石磨盘、石磨棒、石杵等；收割工具有半月形石刀、石镰、骨铲、蚌镰等。万荣县保存有创建于北宋时期的稷王庙，是我国现存唯一一座宋代庑殿顶建筑。

大江东去，浪淘尽，千古风流人物。五千年的中华文明史，孕育了无数杰出人物，史册的每一页都有河东的亮丽身影。

荀子，名况，战国晚期赵国郇邑（故地在山西临猗、安泽和新绛一带）人，在历史上属于河东人。他一生辉煌，兼容儒法思想；贡献杰出，塑形三晋文化。中国古代社会，先秦两汉之际是一个巨大的转折点，开启了新型的大一统时代。荀子继承和发扬了孔孟以来的儒家思想，提出儒、法融合，把道德修身、道德教化、道德约束之政治结合在一起，强调以先王之道、圣人之道和仁义之道治理天下，主张思想统一、制度统一，对秦汉以后的中国古代政治制度建设起了重要作用。从对社会现实和历史进程的影响来看，荀子是中国古代最有贡献的思想家之一。

关羽，东汉末年名将，被后世崇为"武圣"，与"文圣"孔子齐名。《三国志·蜀书》道："关羽，字云长，本字长生，河东解人也。"东汉末年朝廷暗弱，军阀混战，百姓流离失所，在兵燹战火中煎熬挣扎。时天下大乱，各种政治势力分合不定，各个阵营的人物徘徊左右。选择刘备，就是选择了艰难的人生道路；忠于汉室，就意味着奋斗和牺牲。关羽一生堂堂正正，坦坦荡荡，报国以忠，为民以仁，待人以义，交友以诚，处事以信，对敌以勇，俯仰不愧天地，精诚可对苍生。关羽身上体现了中国传统道德的忠义孝悌仁爱诚信。古代以民众对关公的普遍敬仰为基础，以朝廷褒封建庙祭祀为推动，以各种艺术的传播为手段，以历史长度和地域广度为经纬，产生了体现中华传统文化核心价值和民族道德伦理的关公文化。

卢纶，字允言，河中蒲州（今山西永济市）人。唐玄宗天宝末年进士，历官秘书省校书郎、监察御史、检校户部郎中等。唐代杰出诗人。明王士禛《分甘余话》道："卢纶，大历十才子之冠冕。"卢纶存诗三百三十九首，是处于盛唐到中唐社会动乱时代的诗人。他的《送绛州郭参军》，至今读来，仍有慷慨之气：

炎天故绛路，
千里麦花香。
董泽雷声发，
汾桥水气凉。
……

卢纶无疑是大历时期最具有独特境界的诗人，他的骨子里流淌着盛唐的血液，积极向上，肯定人生；不屈不挠，比较豁达；关心社会民生，不斤斤计较个人得失，一生都在努力创作诗歌。卢纶的诗歌气魄宏伟，境界广阔，善于用概括的意象，描绘盛唐的风韵。他在唐诗长河中的贡献与孟郊、贾岛等相比丝毫不弱。他的诗歌不仅在大历时期，在整个唐代也具有独特的价值。

司马光，字君实，陕州夏县（今山西夏县）涑水乡人。他历仕仁宗、英宗、神宗、哲宗四朝，是北宋伟大的政治家、史学家、文学家。司马光主政期间，提出"兴教化，修政治，养百姓，利万物"的治国理念，加强道德教育，改变社会风气；严格选用人才，严明社会法治；倡导"轻租税，薄赋敛，已逋责"的民本思想，希望实现"致中和，天地位焉，万物育焉"的天下大治的理想社会。他主持编纂的中国最大的一部编年体通史《资治通鉴》，与《史记》并列为中国古代史家之绝笔。全书共二百九十四卷三百万字，上起周威烈王二十三年（前403年），下迄五代后周世宗显德六年（959年），共记载了十六个朝代一千三百六十二年的历史，历经十九年编辑完成。清代学者王鸣盛评价《资治通鉴》说："此天地间必不可无之书，亦学者必不可不读之书。"司马光的著作另有《司马文正公集》《稽古录》《涑水纪闻》《独乐园集》等。

河东历史上的许多大家族，代有人杰，长盛不衰。河东的名门望族主要有裴氏家族、薛氏家族、王氏家族、柳氏家族、司马家族等。闻喜县裴氏家族为世瞩目，被誉为"宰相世家"。裴氏自汉魏，历南北朝，至隋唐、五代是其最兴盛时期。据《裴谱·官爵》载，裴氏家族在正史立传者六百余人，大小官员三千余人；有宰相五十九人，大将军五十九人，尚书五十五人。比较著名的有：西晋地理学家裴秀撰《禹贡地域图序》，提出了编绘地图的"制图六体"，在世界地图史上占有重要地位。西晋思想家裴頠著有《崇有论》，是著名的哲学家。东晋裴启的《语林》，是我国文学史上最早的一部志人小说。南北朝时的裴松之、裴骃（松之子）、裴子野（裴骃孙），被称为"史学三家"。唐代名相裴度，平息藩镇叛乱，功勋卓越，被称为"中兴宰相"。欧阳修《新唐书·宰相世系表》，将裴氏列为天下第一家族，感叹"其才子贤孙不殒其世德，或父子相继居相位，或累数世而屡显，或终唐之世不绝"。

习近平总书记在党的十九大报告中指出："深入挖掘中华优秀传统文化蕴含的思想观念、人文精神、道德规范，结合时代要求继承创新，让中华文化展现出永久魅力和时代风采。"中华优秀传统文化是"中华民族的基因""民族文化血脉"和"中华民族的精神命脉"，堪称中华民族的源头和根基。在具体撰写过程中，各位作者力求基于严谨的学术性、臻于文学的生动性，以史料和考古为基础，以学术界的共识为依据，不作歧义性研究和学术考辨，采用文化散文体裁，用清朗健爽、流畅明丽的语言，梳理河东历史文化的渊源和脉络，挖掘河东文化的深厚内涵，探寻其在华夏文明中的重要地位，弘扬民族文化的自尊和自信。希望通过这套丛书，使人们更加了解和认识河东历史文化，深化对中华文明的认知与感悟，进一步增强文化自信，推动中华民族的伟大复兴。

序 二

李敬泽

运城是山西南部的一个地级市，也是我的老家所在。

说起运城，自然会想起黄河、黄土高原和中条山、吕梁山以及汾河、涑水。黄河经壶口的喷薄，沿着吕梁山与陕北高原间逼仄的晋陕峡谷，汹涌奔腾，越过石门，冲出龙门，然后，脚步骤然放缓，犁开黄土地，绕着运城拐了个温柔的弯，将这片地方钟爱地搂抱在怀中。从青藏高原奔流数千里，黄河头一次遇到如此秀美的地方。

这里古称河东，北有吕梁之苍翠，南有中条之挺秀，两座大山一条大河，似天然屏障，将这片土地护佑起来，如此，两座大山便如运城的城垣，一条大河绕两山奔流，又如运城的城堑。两山一河之间，又有涑水与汾水两条古河自北向南流淌，中间隆起的峨嵋岭将两河分开，形成两个不同的流域——汾河谷地与涑水盆地。一片不大的土地上，各种地貌并存：山地、丘陵、平原、河谷、台地。适合早期先民生存的地理环境应有尽有，农耕民族繁衍发展的条件一应俱全，仿佛专门为中华民族诞生准备的福地吉壤。

我的祖辈、父辈都出生在这片土地上，我也多次在这片土地上行走，我热爱这片土地，即使身在异乡，这片土地上的山山水水，也经常出现在我的想象中。少年时代，我根本不会想到，这片看似寻常的土地，是中华民族最早生活的地方，山水之间，绽放过无数辉煌，生活过无数杰出人物。年龄稍长，我才发现：史书中，一件又一件的大事发生在河东；传说中，一个又一个神一般的华夏先祖出现在河东；史实中，一位又一位的名将能臣从河东走来；诗篇中，一个又一个的优秀诗人从河东奏出华章。他们峨冠博带，清癯高雅，用谋略智慧和超人才华，在中国的历史文化图景中，为河东占得一席之地。如此云蒸霞蔚般的文化气象，让我对河东、对家乡生出深厚兴趣。

这套"典藏古河东丛书"邀我作序。遍览各位学者、作家的大作，我对运城的历史文化有了更深入的了解。

华夏民族的早期历史，实际是由黄河与黄土交融积淀而成的，是一部民间传说、史实记载和考古发掘相互印证的历史。河东是早期民间传说最多的地方，司马迁《史记·五帝本纪》中提到的五帝事迹，多数都能在运城这片土地上找到佐证。尧都平阳（初都蒲坂），舜都蒲坂，禹都安邑，均为史家所公认。黄帝蚩尤之战、嫘祖养蚕、尧天舜日、舜耕历山、大禹治水、后稷教民稼穑，在别的地方也许只是传说，带着浓重的神话色彩，而在河东人看来都是有据可依、有迹可循的。运城大量的史前文化遗址，从另一方面证明了运城人的判断。也许你不能想象，这片仅一万四千平方公里的土地上，全国文物保护单位竟多达一百零三处，比许多省还多，位列全国地级市第一，其中新、旧石器时代遗址埋藏之丰富、排列之密集，被考古学家们视为史前文化考古发掘的宝地。为探寻运城的地下文化宝藏，中国田野考古发掘第一人李济先生来过这里，新中国考古发掘的标志性人物裴文中、苏秉琦、贾兰坡来过这里，参加夏商周断代工程的二百多位专家学者大部分都来过这里。西侯度、匼河、西阴、荆村、西王村、东下冯等文化遗址，都证明这里是中华民族的重要发祥地，这里的历史根须扎得格外深，枝叶散得格外开，结出的果实格外硕壮。

中条山下碧波荡漾的盐湖，同样是运城人的骄傲。白花花的池盐，不仅衍生出带着咸味儿的盐文化，还诞生了盐运之城——运城。

山西地域文化中有两个值得关注的生僻字：一个是醯（音西），一个是盬（音古）。山西人常被称作老醯儿，也自称老醯儿，但没人这样称呼运城人，运城人也从不这样称呼自己。醯即醋，运城人身上少有醋味儿，若把醯字拿来让运城人认，大部分人都弄不清读音。盬是个与醯同样生僻的字，但运城人妇孺皆识，不光能准确地读出音，还能解释字义，甚至能讲出此字的典故，"猗顿用盬盐起"，这句出自司马迁《史记·货殖列传》的话，相当多的运城人都能脱口而出。因为古色古香的盬街，是运城人休闲购物的好去处。盐池神庙里供奉的三位大神，是只有运城人才信奉的神灵。一酸一咸，两种截然不同的味道，不光滋润着不同的味蕾，也养育了两种不同的文化。作为山西的一部分，运城的文化更接近关中和中原，民俗风情、人文地理就不说了，连方言也是中原官话，语言学界称之为中原官话汾河片。

如此丰沛的源头，奔腾出波涛汹涌的历史文化长河，从春秋战国，到唐宋元明清，一路流淌不绝，汹涌澎湃。春秋战国，有白手起家的商业奇才猗顿，有集诸子大成的思想家荀况。汉代，有忠勇神武的武圣关羽。魏晋南北朝，有中国地图学之祖裴秀、才高气傲的大学者郭璞，有书圣王羲之的老师卫夫人。隋代，有杰出的外交家裴矩、诗人薛道衡。至唐代，河东的杰出人才，如繁星般数不胜数，璀璨夺目，小小的一个闻喜裴柏村，出过十七位宰相，连清代大学者顾炎武也千里跋涉，来到闻喜登陇而望；猗氏张氏祖孙三代同为宰辅，后人张彦远为中国画论之祖，世人称猗氏张家"三相盛门，四朝雅望"；唐代的河东还是一个诗的国度，自《诗经·魏风》中的"坎坎伐檀兮"在中条山下唱响，千百年间，河东弦歌不辍，至唐朝蔚为大观。龙门王氏的两位诗人，叔祖王绩诗风"如鸾凤群飞，忽逢野鹿"；侄孙王勃为"初唐四杰"之首，一句"落霞与孤鹜齐飞，秋水共长天一色"，奇思壮阔，语惊四座。王之涣篇篇皆名作，句句皆绝响，"欲穷千里目，更上一层楼"一联，足以让他跻身唐代一流诗人行列。蒲州诗人王维，诗中有画，画中有诗，田园诗的境界让人无限神往。更让人称道的是位列"唐宋八大家"的柳河东柳宗元，有他在，唐代河东文人骚客们可称得上诗文俱佳。此外，大历十才子之一的卢纶，以《二十四诗品》名世的司空图，同样为唐代河东灿烂的诗歌星空增添了光彩。至宋代，涑水先生司马光一部《资治通鉴》，与《史记》双峰并峙。元代，元曲四大家之一的关汉卿，一曲《窦娥冤》凄婉了整个元朝。明代，理学家、河东派代表人物薛瑄用理与气，辨析出天地万物之理。清代，

"戊戌六君子"之一、闻喜人杨深秀则在变法图强中，彰显出中国读书人的气节。

如此一一数来，仍不足以道尽运城历史文化底蕴的深厚，因篇幅原因，就此打住。

本丛书围绕习近平总书记 2017 年和 2020 年两次视察山西时提到的运城历史文化内容，遴选十一个主题，旨在传承弘扬河东的优秀文化传统，增强文化自信，为社会发展助力。

参与丛书写作的十一位作者，都是山西省的知名学者、作家，我读罢他们的作品，能感受到他们深厚的学术和文学功力，获益匪浅。

从这套丛书中，我读出了神之奇，人之本，天之伦，地之道，武将之勇猛，文人之风雅，仿佛看到河东先祖先贤神采奕奕，从大河岸畔、田野深处朝我走来。

好多年没回过老家了。不知读者读过这套丛书后感觉如何，反正我读后，又想念运城这片古老的土地了，说不定，因为这套丛书我会再回运城一次。

是为序。

目录

永远的嫘祖（代前言）

运城，古称河东，是中华文明史上一块文化底蕴极为厚重的土地。大河在此拐了一个弯，正好将河东地区环抱其中；太行山的余脉中条山，前来拱卫着运城。观此地理形势，正是被山带河、自然天成的聚宝盆。这个聚宝盆的盆底，是万古不变、生生不息的盐池。盐池像一颗明珠，在河山之间闪耀，昭示着它悠久的历史。中华民族远古部落的首领们，从伏羲、女娲，到炎、黄、蚩尤，以及尧、舜、禹，等等，无不环绕盐池，在此打拼事业，凝聚神气，从而形成最早的"中国"。

大约距今六千年的时候，黄帝部落为控制盐池，夺取池盐的战略资源，先后与蚩尤、炎帝大战，取得完胜，成为中原一带的部落联盟首领。有"史家绝唱"之誉的《史记》的第一篇，就是《五帝本纪》;《五帝本纪》的开篇就是黄帝。也许，在司马迁眼里，华夏文明的开端就是从有"土德之瑞"的黄帝开始。司马迁的这一判断，应该是汉以前人们的共识，他只是据实做出记载。

《史记》还记载，嫘祖是黄帝的"元妃"，即正妻。除《史记》这样的正史，众多的古籍和传说都证明，在蛮荒的上古时代，黄帝教人农耕，嫘祖教人纺织，大大推进了神农炎帝以来的农耕文明。数千年来，嫘祖被奉为中华民族养蚕纺织的共祖，这使得河东地区占据了中国丝绸文化的制高点。

于是，嫘祖被后人尊为"先蚕"，即最早教民养蚕、剥茧抽丝、衣被天下的圣人。根据文献记载和传说判断，她生活的年代距离当今大约是六千年，即公元前四千年左右。

嫘祖是否为真实的蚕丝纺织的先祖？仅凭后世少量的记述和传说就下结论还是不够的。好在现代考古有关养蚕抽丝的成果，恰与嫘祖生活的年代相符，都在六千年左右。

1926 年冬天，年轻的李济先生和地质学家袁复礼先生，在夏县西阴村新石器时期遗址首次组织了中国人自己的考古，并发掘出距今约六千年的半个蚕茧。这个经过人工切割的蚕茧，至今闪烁着茧丝的光芒，有力证实了古河东地区是中国最早开始养殖桑蚕的地方。之后，夏县西阴师村出土石雕蚕蛹、芮城县出土蚕蛹形陶饰，也都是中国最早的蚕文化遗存。结合当地适宜养蚕的土壤和气候等天然条件和丰富的嫘祖教民养蚕纺织的传说，可以相信，河东地区确是中国丝绸业的发祥地之一。至于嫘祖被尊为"先蚕"，即中国养蚕抽丝的先祖，这是国人敬重行业先祖的传统思维的表露，是先民们有关桑蚕养殖和丝绸生产活动叠加产生效应的结果。

上古的时候，吃饭穿衣是先民们最急迫的日常生活需求，而穿衣尤其体现出精神文化层次的需求。先民的蔽体之物，从野草到兽皮，从兽皮到麻纺织物，从麻纺织物到丝绸纺织物，是物质需求的进步，也是审美需求的进步。不能不说，丝绸是人见人爱的产品，却一出现就被统治者完全垄断起来。他们将丝绸用于祭祀、葬礼等活动中，反映出上古时期人们对敬事上天、实现天人相通的精神追求。因此，丝绸出现伊始，就具有物质与精神文化的双重作用，在先民的生产、生活中，展现出特殊的文化内涵。它是王公贵族独享的高贵物品，是庙堂祭祀的神通媒介物质，是中国上古与陶器并美的核心工艺，是深刻影响中华文化发展走向的工艺美学。先秦以后，丝绸的生产遍及九州，踵事增华，发扬光大，成为国人富足美满的象征，同时成为历代经济活动中占比极重的一环。光彩耀眼的丝绸，凝聚了中华文明的智慧和创造精神。以"丝绸"命名的丝绸之路，打通中国与周边国家乃至中亚、非洲、欧洲、美洲的联系，丝绸则是丝绸之路上最为世界瞩目、价比黄金的特殊商品。丝绸之路大大促进了欧亚大陆的融合，是中国对世界文化的重大贡献。

如此的光荣与显耀，莫不与丝绸相关，莫不与嫘祖相关，莫不与河东相关。不仅如此，嫘祖以来，尚有三位河东人为中华丝绸，以及丝绸文化的发展做出卓绝的贡献：东晋河东籍高僧法显，他在六十五岁高龄时，从长安出发，到西域取经，又搭乘返回国内的商船，在今山东青岛登岸，前后经历十四年。法显应该是中国最早环行过陆上丝绸之路、海上丝绸之路的大旅行家，是丝绸之路上丝绸贸易的见证者。他在旅行记录《佛国记》（一称《法显传》）中描述了许多丝绸之路上的国家、风俗和商业见闻。盛唐时期的天宝十载（751 年），旅行家杜环的《经行记》中记载，在大食国（古阿拉伯帝国），他亲眼看到说着中国话的人纺织丝绸，其中一位叫乐吕礼，是河东人。杜环认为，乐师傅是作为丝织专家到大食国传授丝织技术的。元代的时候，河东木工薛景石撰写了《梓人遗制》。他以木工的职业敏感，将当时的织机一一记录，画图展示，用以指导织机制造和修复。他的制图极为精确实用，甚至在当今还能据此复原织机。

无数史实证明，河东地区是中华文明的重要发祥地，有着深厚的根祖文化；嫘祖则是对中国桑蚕业发源有杰出贡献的伟大女性，是与黄帝并称的人文先祖，永远受到后人尊敬。六千年来，河东人孜孜不倦地从事着“经天纬地”的事业，这无疑是中华优秀传统文化的重要组成部分。

本书作为“典藏古河东丛书”之一，对以嫘祖为中心的历史记载、民间传说、考古实物作出综合考察，试图证实河东地区是中国最早从事桑蚕养殖的地区之一，是中国丝绸业的主要发祥地。

文献对嫘祖的记载极少，从纪实散文的角度看，单独记述、描写嫘祖，不足以形成一部完整的著作。考虑到整个中国的桑蚕文化，无论南北，莫不以嫘祖为共祖；嫘祖以后的桑蚕文化，莫不是嫘祖桑蚕事业的延伸和扩展；在中华桑蚕史上，嫘祖是一个永远的文化存在。所以，本书以《先蚕嫘祖》为题，以嫘祖教民养蚕为出发点，将视角扩展到记述中国桑蚕和丝绸的物质文化。从这个角度，作为作者，首先感受到中华丝绸文化悠久的历史渊源、发展脉络，感受到中国丝绸文化持久而广阔的影响力，尤其感受到河东作为中华丝绸文化发祥地的巨大魅力。

在撰写此书的过程中，笔者阅读到许多专业著作和史料，主要涉及新石器时期考古与中国丝绸生产及文化方面的内容，眼前展现出一个个全新的视域。记得李济先生说，撰写中国上古历史，应该"以文化的形成及演变和民族的成长与教养为撰述的重点"；"中国上古史须作世界史的一部分看，不宜夹杂偏狭的地域成见"[1]。李济先生的观点，显示其作为世界级考古学者的宏阔思维；他的观点，当然应予遵循。所以，本书力图从中国漫长历史演变的过程中，展示嫘祖对中国蚕丝业的开创性贡献，展示运城地区在中国农桑事业上的特殊地位；并以纪实文学的笔触，记述中国桑蚕和丝绸事业发展的过程以及动人的细节，力图使之知识丰富、精彩动人。

中国的桑蚕文化源远流长、博大精深，以此形容，毫不为过。它是一门综合学，最初的植桑养蚕是农林学科，继而缫丝、纺绩、绣花又是工艺学科，最终积淀为历史、文化、美学等等，以完美求之，非通才无以完成。概而言之，就是在中国桑蚕物质文化史上，主要记述我们的祖辈们做了什么，有什么突出贡献，积累了什么文化。至于中华桑蚕和丝绸生产的技术层面则不是本书重点涉及的内容。作为丛书的一种，写作时间有限。好在借助时代优势，获取资料极为方便，笔者在关键之处把握主旨，综合判断，选择史料，努力做到丰俭适宜，图文结合，好看好读。即使如此，仍不免心有余而力不逮，错误与缺陷在所难免，敬请读者诸君不吝指教！

---

[1] 李济：《中国上古史编辑大旨》，《李济文集》，卷五，第153页，上海人民出版社2006年。

第一章　农耕文明，肇始河东
——华夏文明腾飞的起点

万古黄河是一条龙，中华民族是龙的传人。炎黄二帝开启了华夏文化，华夏后代自认是炎黄子孙。华夏在何处？自古在河东。河东千万年，从此腾飞起华夏文明。文明之始，黄帝亲耕，嫘祖亲织，耕织社会，万姓相亲。要知悉黄帝与先蚕嫘祖，必先了解河东。

第一节　悠悠河汾，浩浩黄土
——中华先民农耕的源头

河东地理形势

大约八百万年前，气候干冷，大风狂暴，风沙从西北沙漠卷起，漫天而来，浩浩荡荡，无止无休。风沙的前沿，东受太行山、南遇秦岭的阻挡，沉积到当今的晋陕甘一带，原先是古老湖泊成串的地方，演变为世界最大的黄土高原。

黄土高原是中国四大高原之一，也是世界上面积最大、黄土分布最集中、黄土地貌最典型的黄土地区。当代中国研究黄土高原的大学者史念海先生是山西平陆人。他一生亲近黄土高原，怀着一心虔诚、十分敬畏，踏遍黄土高原，丈量出黄土高原的面积，为44万平方公里，而最新一说为63万平方公里，超过法国的国土面积，涵盖今山西、陕西、河南、甘肃、青海、宁夏、内蒙古七个省区，其中以山西省的黄土覆盖面积最广大，为15.63万平方公里[①]。也就是说，整个山西都被黄土覆盖着，是黄土高原最典型的地貌。山西的物产、文化，都诞生在这片广大的黄土地上。

所谓山西，乃太行山之西，古称山右，是黄土高原的东部区域。山西的地形特点是两边高、中间低。平遥走出的歌唱家郭兰英曾深情唱道："人说山西好风光，地肥水美五谷香；左手一指太行山，右手一指是吕梁。"汾河的两厢随着山势隆起的地方，都是黄土覆盖。黄土深厚处，可达一百米以上。黄土的特点是土质疏松，极易流失。随着岁月的流逝，经过恒久的冲刷，黄土高原上已经是沟梁纵横，破碎不堪。站在广袤的晋西黄土高原上放眼一望，它像极了老者历尽沧桑的皱纹，让人感受到时间的漫长，宇宙的洪荒。这种漫长感、洪荒感，臻于极致的寂静，凝滞在世人的心间，使人不由得产生万古怀想。

黄土高原是荒凉的，但是，它对当今的晋南地区却是格外青睐。远古时候，莽莽苍苍的黄土高原上，秦晋相连的汾、渭地域发生沉陷。北有吕梁山阻挡，南有中条山耸立，所以，下陷的晋南地域气候炎热，雨量充沛，河湖遍地，草木葱茏，成群的动物自由自在地散步，与吕梁山、太行山地区山峦起伏、沟壑纵横的景象有着明显差异。

据专家考证，古老的黄河约诞生于三百万年前。她从西部山地发源之初，只是涓涓细流，沿路汇聚无数大小支流，一起穿越了黄土高原的沟沟坎坎，奔腾而来。当今，山西西北部与内蒙古的交界处，是偏关县。黄河从偏关的老牛湾转而南下。因受到峡谷地形的束缚，黄河积蓄了巨大的能量，如同巨龙奔腾，冲撞出蜿蜒盘曲的晋陕峡谷。当黄河的龙头触及壶口时，倾泻

---

① 史念海：《黄土高原森林与草原的变迁》，《史念海全集》，第五卷，第659页，人民出版社2013年。

而下，巨浪翻滚，黄沫飞溅；站在晋陕两岸看去，但见水烟翻滚，惊涛回响，震撼心魄。黄河的精气神在此完美凝聚，成为中华民族一往无前、不屈不挠的精神象征。唐代，西出蜀川，旅迹踏遍南国的李白来到北国，放眼见到黄水翻滚、浩浩荡荡的黄河，这位写过《望庐山瀑布》的浪漫诗人被惊着了，不由大声感叹："黄河之水天上来，奔流到海不复回！"李白之后一千余年，诗人光未然北上抗日，他从山西吉县这边的渡口乘船西渡黄河，被滔滔黄河雄伟的气势折服。到达延安之后，光未然住在黄土窑洞里，仍然难以抑制起伏不平的心情，随即邀约作曲家冼星海共同谱写了鼓舞中国人民抗日的《黄河大合唱》。《黄河大合唱》是黄河文化的结晶，是华夏民族兼容并蓄、一往无前精神的最好诠释。

黄河一路奔腾向南，出晋陕峡谷的龙门，倾泻在宽阔的汾渭平原之间。这里正是黄土高原在中条山和华山脚下沉降的盆地。黄河携带着黄土搅拌的泥沙，在汾渭平原上舒展地任情摆布、徜徉。古语说得好，"三十年河东，三十年河西"，道出黄河在这里桀骜不驯的性格，也因此积淀了中华先民对事物轮回的哲学认知。因此，也有了"河东"的地域概念。所谓河东，主要指今运城市为主的地方，当然也概指山西。黄河上游的土壤养分，随着黄河在河东低下的沉积地缓缓流淌，化为肥沃的土地。"天下黄河富宁夏"是自古以来的说法，但是，黄河在晋南的积淀区域，才是中国最早的农业区之一，这里才是最初养育了中华先民的地方。

2021 年 5 月，为了撰写《先蚕嫘祖》，我走进运城市博物馆。在博物馆古代展室的入口处，有一个精心制作的巨型沙盘。沙盘的内容是运城市的地理形势。俯视之下，晋南的地理大势一目了然。

运城的北部是临汾市，东部是晋城市，南部隔黄河是河南省，西部隔黄河是陕西省。这是运城市的四邻。

运城的地形东北高，西南低，北部是吕梁山脉。吕梁山的余脉南延，形成狭长的高地，是为峨嵋岭，岭上有河津、万荣、临猗数县；有孤山、稷王山，是中华先祖稷王率民农耕的地方。汾河从遥远的管涔山发源，逶迤北来，经过晋中盆地、临汾盆地，沿峨嵋岭的西侧，在河东的新绛一带呈西南走向，从万荣县的脽上缓缓灌入黄河。

峨嵋岭的东侧是涑水河。涑水河源于太岳山南端的历山，具体地点在绛县的横岭关陈村峪，然后呈东北、西南方向流动，在永济市的弘道园村附近流入黄河。宋代大历史学家、"史界两司马"之一的司马光，其家乡就在这里的夏县。司马光不忘故土，其笔记体著作《涑水记闻》即以家乡的这条古老的河流命名。而司马光则被人尊称为"涑水先生"。

涑水河的东南侧是鸣条岗。鸣条岗的东南紧靠着巍巍中条山，岗上有闻喜、绛县、夏县、盐湖区，岗的南端最低处，就是亿万年前即形成的盐湖。盐湖南侧，中条山耸然而起，翠峰壁立。历史上商汤灭夏的鸣条之战，就发生在此。

中条山下的盐池

运城的北、东、南边缘被吕梁山、中条山环绕，西边是黄河，三山一水之间的低洼处是汾河、涑水河，两水斜注，均呈东北、西南走向奔往黄河，峨嵋岭、鸣条岗顺势而卧。这里山河表里，气候温润，水深土厚，正是原始社会先民优先选择的栖息地，孕育了极为深厚的河东文化。从运城地区的考古发现看，由旧石器时期发展到新石器时期，隆起的峨嵋岭、鸣条岗像两条蜿蜒的卧龙，承载了中华上古先民们最早的农耕活动，留下难以计数的文化遗址。他们从居无定所的游牧狩猎，过渡到居有定所的农业社会，在此实现生活和社会的大步飞跃。

农耕文化

1926 年秋收后，李济先生主持的考古发掘，在鸣条岗西南坡的夏县西阴村进行，出土新石器时期的一万多片陶器碎片，这是新石器时期先民们群居生活的见证，属于典型的仰韶文化。1996 年，为纪念李济在山西考古 70 周年，山西省考古队在西阴村继续发掘。他们比李济、袁复礼等先生幸运，发现一百余件完整的新石器时期的陶器，其中有储存粮食的器具，有加工粮食的石器（打磨器），这些都表明，西阴的村民在六千年前已经从事农耕。所以，学界一致认同，西阴文化，是北方农耕文化的典型代表。这里的自然地理说明，黄土土质疏松，易于散发水分，也利于根系舒展，尤其是人类农耕工具尚不发达、刀耕火种的时期，黄土地是最适宜开发耕种的。黄土最适宜耕种粟一类农作物，于是粟作农业在北方地区得到长足的发展。运城地区气候炎热，更是刀耕火种的好地方。可以想见，夏县西阴一带的先民们，在中条山下广袤的黄土地上，日出而作，日落而息，开拓出先进的农耕文明。

农耕文明是蚕桑业发展起来的前提。农耕的发展促进了先民定居，定居促进了手工业的发达。因为农耕的发展，男子从事体力劳动的天然优势凸显出来，进而推进了母系社会向父系社会演变，并形成一夫一妻的家庭生活制度，定居耕织成为稳定生活的趋势。耕织生产，需要群居合作，于是，大型聚落诞生了。夏县西阴村的灰坑占地数千平方米，李济和后人的发掘，仅仅是一小部分。这个巨大的遗址显然是先民长期定居、抛弃垃圾的结果。因而，我们可以想象出，它本来是一处规模宏大的聚落，并延续了很长的一个时期。这里的男子们看着中条山升起的太阳，到附近的田地里耕作，直到夕阳西下方才归来；而家居的女子们在屋里屋外穿行，忙着做家务。伴随着生齿渐多，寒冬来临，他们为防备灾荒或过冬，不仅加固自己的房屋，在屋顶苫好茅草，还做了各色陶器，用来储存生熟食物。至于纺织布匹，做成衣裳，已经是再平常不过的事了。数千年后，考古学家们把先民们生活的剩余物发掘出来，其中陶器品种繁多，不仅有储存粮食的大缸，还有石制的乃至陶制的纺锤，直接证明西阴村民们已经长期从事农耕和纺织，发展了古老的耕织文化。2020年9月，研究人员对河南渑池、山西丁村等六处仰韶文化遗址的小口尖底瓶陶片样本做过分析检测，在陶片内侧发现平纹织物印痕，为仰韶文化时期纺织技术的存在提供了物证。时代稍晚的陶寺，出土过一件青铜铃，有清晰的丝织纹印记。可以想象，假若在游牧时期，先民们迁徙不定，生活必需品一定不会太多，也无条件组织繁复的手工业生产。

现代考古发现证明，人类进入新石器时期，已经实现定居，其中距今六千年左右的仰韶文化，是分布在黄河流域的文化带，从甘肃陇西，延伸到陕西、山西、河南西部，多半在黄河流域的黄土高原上，汾河谷地、渭河流域、伊水两岸则是其核心区域，是中华早期农耕文明的发祥地。史念海先生说："迄至于1975年，在黄土高原上已经发现的仰韶、龙山以及新石器时期其他各种文化遗址约有一千六百余处，1975年以后还陆续有所发现。虽不能说这些遗址中都出土了农业生产工具，不过，大致可以看出当时农业生产的轮廓。""在这一千六百余处新石器时期文化遗址中，以泾渭两河下游的关中平原、汾河和涑水河流域以及甘肃洮河、大夏河流域最多。这表明这几个地区农业的发展，比其他地区规模大……尧舜和夏人在这个地区的活动固然有待于考古工作进一步证实，不过，汾涑流域农业的发展状况，已可显示出这些记载和传说并非属虚妄。"[①]显然，桑蚕业从涑水河、汾河谷地两旁被黄土深深覆盖的峨嵋岭、鸣条岗上发展起来，是最具备自然和文化条件的。广为人知的证据是，李济先生在西阴村遗址的发掘中，发现了半个切割过的蚕茧，佐证了史念海先生的判断。考古学家余西云先生则说："西阴文化在东亚地区最早进入国家形态，地理环境以黄土区为背景，产业以小米农业为主，最早的王称为黄帝，是黄色文明的源头。家庭形态以扩展式大家庭为特色，

---

① 史念海：《黄土高原草原和森林的变迁》，《史念海全集》，第五卷，第684页，人民出版社2013年。

形成'亲亲'观念，重视亲情和人伦。宗教上以祖先崇拜为核心。地处中原的西阴文化，一边吸纳周边文化，一方面辐射周边地区，多源融合，生生不息。这些因素塑造了中华文明的特色。"我们确信，古老的运城周围，在黄河、黄土地滋养下，由黄帝部族发展起来中华最早的桑蚕业，成为中国社会文明进化的一大标志。

第二节　巍巍中条，七彩盐池
——中华先民环聚的宝地

在中国现代考古的百年发现中，旧石器、新石器两个时代的遗址，以山西居多，山西则以运城居多。打开《山西历史地图集》，环聚在临汾和运城盆地的遗址，密密麻麻，约在两百处以上。而别处的遗址，虽有密布如星的情况，但均抵不过晋南这块盆地的数量之多。运城确是全国旧石器时代遗址最多的地方，新石器时代的遗址也罕见地集中于此。

万古盐池

俯视着运城的沙盘地图，我又一次疑惑起来，这是为什么呢？

盐，盐池！

盐，是人类生活的必需品，号称百味之王。科学的解释是，盐是咸的，盐的咸味可以刺激味觉，从而增加唾液分泌，帮助消化，提高食欲。不仅如此，盐可以参加体液代谢，消炎止痛。在所有的调味品里，什么都可以少，唯独盐不能缺。人类还在游牧社会的时候，主要从动物的血液中获取盐分；到农业社会，人类以植物性食物为主，就必须有专门的外部盐分补充，才能正常生存。所以，盐的稳定来源特别重要；随着私有化推进，部落之间的竞争加剧，盐上升为战略物资。秦汉以后的历史上，大部分时间内，盐由国家统一经营。汉代的时候，桓宽作《盐铁论》，主张国家专营盐铁，盐成为关乎国家经济命脉的核心物资之一。明代，北方蒙古民族的俺答汗时常侵扰内地，民不聊生。明廷乃设九边，加固长城，并予延长，驻军加以防范，山西尤其为防范重点。边防需要大量粮食，明太祖朱元璋规定，盐商要供给边防粮食，换取盐引，再以盐引作凭证买盐去牟利。到隆庆年间，宣大、山西总督王崇古（河东蒲州人）在内阁首辅高拱、张居正的支持下，成功实现"隆庆和议"，边民安靖，国无战事。乃采取"开中法"，盐商纳粮即可换取盐引。不久，王崇古的外甥、蒲州张四维主持朝政，又推行"折色法"，以银换取盐引。无论哪种政策，盐都是核心内容，运城盐池是盐商们的目的地。从此，晋商以地利之便借助"盐引子"崛起，进而左右中国经济命脉数百年。

盐池的重要和影响可见一斑。

古人采盐，一般仰仗海盐；因运输不便，内地的食盐，则主要依托井盐和池盐。井盐耗费大，池盐的提取则近于海盐，方便得很。运城的盐池，在黄河中下游地区，是最大的天然盐池，它的重要性自然毋庸置疑。

于是，我再次站在运城的版图前，眼前一亮，中条山末尾的北麓，峨嵋岭、鸣条岗台地的南端，一泓碧水呈长条形状，依偎在中条山的怀中，这就是万古不变、长刮长新、取之不尽、用之不竭的盐池。

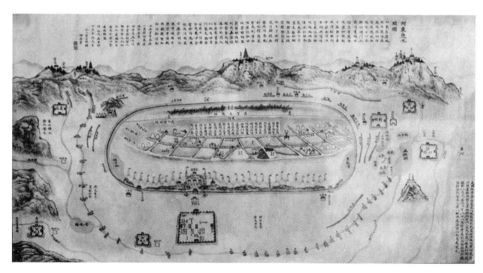

古盐池图

采盐图

现在的运城盐池，南北长三十公里，东西宽三公里至五公里，总面积约一百三十平方公里，由鸭子池、盐池、硝池等组成。盐池的盐，是水卤经日光暴晒而成，颜色洁白，质味微苦。盐池及其盐的形成，是地形、气候等综合因素凝结的结果。其科学原理，一般人难以理解。上古的产盐，未见文字记载，北朝郦道元《水经注》"水六"说："水出石盐，自然印成；朝取夕复，终无减损。"虽讲述北朝盐池，但可大致见出上古时候盐池自然产盐的状况。当春夏的南风穿过中条山，吹拂在盐池上，白盐于是凝结。因此，舜帝时候的先民们载歌载舞，吟唱《南风歌》，感谢上天的赐予："南风之薰兮，可以解吾民之愠兮；南风之时兮，可以阜吾民之财兮。"南风时来，白盐产生，解民缺盐之苦，且增加收入，盐池之利，可谓大矣！

现在，我们站在中条山上向下一望，或以无人机从万米高空俯视，盐池实在是美极了：碧水一泓，白盐闪光，红藻漂动，日影如金，山形浮绿，飞鸟翔空。回思一想，这万年不变、按时产盐的盐池，不是上天的赐予，又做何解释？于是，我们不难理解，为什么在运城盐池，先民们要立一座池神庙，祈求盐丰民足；再往上古追溯，则不难理解为什么各部族之间为了盐而频繁地争斗。

运城盐池，在自然地理上看，真是一个特殊的存在。

在农业考古学家卫斯看来，上古的临汾、运城盆地是一个水乡泽国，汾河在这一地区有洞过水、高粱水、平水、古堆水、浍水等支流，湖泊有盐池，最大；还有王泽（在今新绛县东南）、方泽（在今河津、稷山、万荣一带）、董泽（在今闻喜东北）、晋兴湖和张泽（在今永济东北），至于泉眼就更多。明代顾祖禹说，这里的泉眼"平地涌出，其大三轮"，或"泉出岩顶，悬流千尺"，或"大旱不涸，隆冬不冻"。从明代追溯到上古，这里的水面当然更为广阔，盐池的水域亦当更为浩大。所以，旧石器、新石器时代的先民们的聚落，是在距离盐池较远却不是很远的地方。自古以来，就有先民"逐水而居"的说法，运城水多，盐池周边当然是他们居处的理想地方。先民们为何要"逐水而居"？是为了取水方便？恐怕未必，如果取水方便，就有水害并存。我想，真的原因，就是食盐所需。

采盐，是一个艰苦的过程，程序很是复杂。原始的采盐法，直到二十世纪初，有的地方还在使用，要经过划、铲、淋、熬、滤等多道程序，不可一蹴而就。即使隋代以后的五步产盐法，也不免耗费精力、财力，但是，人类因为离不开盐，所以离不开水。这是运城周围旧石器时代的遗址最多的缘故。特别是新石器时代，进入农业社会，人口开始大量繁殖，盐的需求与日俱增，如何获取大量的盐，成为各部族首领考虑的大事。

可以想见，为了保证盐的日常需求，必须有盐的运输和储存。在距离盐池不远的夏县东下冯遗址，发现了夏商时期二里头文化的大型盐库。而且，这里距李济考古的西阴村遗址最近，它们之间有什么承续关系吗？

扯回游走的思绪，再看东下冯遗址这里，一个个圆形房屋遗址，排列整齐，多到近五十座。经过科研人员对房舍遗址的土样化验，其数千年遗留的化学元素，与运城盐池地表土样基本一致。这明显是储存盐的仓库。经过专家计算，近五十座库房的存盐量，约为12000吨，是当时人类大量产盐的直接证据。或许，这里是当时解运池盐的一个出发地也未可知。可以想象，每日从这里运盐的人们，肩担手推，把盐发往更远的地方。

有关池盐的解运，唐代大文学家、祖籍蒲州的柳宗元在他的《晋问》里描写出实情："西出秦陇，南达樊邓；北极燕代，东逾周宋。"这是一个向四方辐射的盐运网络，可见池盐的重要以及产量之大。我们注意到，从运城往北，山西地面上凡是有"解"的地名，多数与运盐相关，如解村、解店、解梁地、解县、解虞县，等等；而运城盐池原来的所在，就是解州。解，当地人读"害"音，其义或为解运。于是，运城这个地名也可以理解，它一定与盐的运输密切相关。盐池的盐，如果向南运输，就要穿过中条山，从茅津渡越过黄河，再散向中原大地。这条自古形成的山道，经过数千年，至今存在着遗迹。当我们走在坑坑洼洼、车辙深陷的石道上，很自然会想到古人运盐的艰难困苦，想到千年古道上前赴后继、坚忍不拔的运盐人，又会想到盐的悠远的历史。

上古时期，正是盐，给了河东经济率先发达、社会优先发展的巨大机遇。

炎黄及蚩尤的对决

先民在盐池的聚居，形成各种各样的部族。约六千年到四千五百年前，大约在新石器时代，即相当于历史上传说的炎黄时期，部族之间的矛盾不可避免地引发大规模战争，战争的中心原因还是盐。

现代中国学界有一个认知，炎黄和蚩尤兴替的具体时代，距今约六千年。炎帝代表东夷，就是现在的河南东部及山东一带；黄帝代表华夏，就是现在的晋南、河南西北部及陕西渭河下游一带；蚩尤代表苗蛮，就是现在的两湖一带。但是，这大致是三方战争后的格局。

炎黄之战，黄帝与蚩尤之战，他们的由来和细节当然已不可知。以情理推测，应该经历很长时间，不可能毕其功于一役。然而，决胜负的战争，炎黄之间的战役名"阪泉之战"，黄帝与蚩尤的战役名"涿鹿之战"，都是在运城盐池周边发生的。

有关炎黄之战,《史记》的《五帝本纪》有明确的记载:"轩辕之时,神农氏世衰。诸侯相侵伐,暴虐百姓,而神农氏弗能征。于是轩辕乃习用干戈,以征不享,诸侯咸来宾从。"这段的意思是,轩辕黄帝是炎帝部落的一支,轩辕氏兴起后,炎帝衰落,诸侯无礼,不按时进贡,黄帝乃兴兵讨伐,诸侯乃宾服。以此说法,黄帝所战,似乎有"替天行道"的意思。司马迁又记道:"炎帝欲侵陵诸侯,诸侯咸归轩辕。轩辕乃修德振兵,治五气,艺五种,抚万民,度四方,教熊罴貔貅貙虎,以与炎帝战于阪泉之野。三战,然后得其志。"这一段,似乎与前记相左,说炎帝欺凌他的诸侯,诸侯都归顺黄帝。黄帝做了长期准备,经过三次战斗,才战胜炎帝。这个战胜之地,就是阪泉。先说司马迁记载的"相左",如果按时间顺序而言,或许并无差池:其先,黄帝替炎帝讨伐"无礼"的诸侯;其后,黄帝率诸侯讨伐霸道的炎帝。由此,联想到春秋战国时的大国行为,一时要勤王,又一时在充当霸主的角色,在诸侯之间合纵连横。黄帝大约就是炎帝末期的大部落角色。至于阪泉这个地方,《晋太康地志》说,在今河北涿鹿城东,其地有黄帝祠;宋代沈括《梦溪笔谈》却说在解州盐泽,就是现在的盐池;还有说在山西阳曲。这些记载都距黄帝那个时代太远,不好确信。但是,以情理推断,黄帝与炎帝大战,一定是在经济或地理等方面有重要关系的地方。地处黄河中下游的盐池,不仅地理位置特殊,且有盐池之利,拥有盐池,即垄断了黄河中下游地区密集聚居着的先民们的生活和经济命脉。所以,黄河中下游是黄帝崛起而炎帝不能放弃的地方,是炎黄两个大部落兴衰交替的中心。所以,黄帝在运城盐池附近与炎帝决战的可能性更大。

炎黄之战,黄帝胜,融合炎帝部落,故而炎帝黄帝成为中华民族的共祖。时至今日,祭奠黄帝,年年不绝。不管怎么说,炎黄在盐池的决战,本质上是为了控制盐池的盐,作为其生产、发展的战略资源;客观上,炎黄对决对中华民族的形成,起到关键作用。所以,运城的盐是一个关乎先民生存关键的中介质,在中华文明进程中扮演了极为特殊的角色。

"涿鹿之战",是黄帝部族打击蚩尤部族的战役,或晚于炎黄之间的"阪泉之战"。前引《史记》所记之下,即有:"而蚩尤最暴,莫能伐。"预示着黄帝对蚩尤的战争。

黄帝与蚩尤的大战，天地感应，惊心动魄。素以荒诞不经著称的《山海经》记载这场战争："有人衣青衣，名曰黄帝女魃。蚩尤作兵伐黄帝，黄帝乃令应龙攻之冀州之野。应龙蓄水，蚩尤请风伯雨师，纵大风雨。黄帝乃下天女曰魃，雨止，遂杀蚩尤。魃不得复上，所居不雨。"大意说，蚩尤不服黄帝，兴兵作乱，黄帝令应龙在冀州的原野上与蚩尤大战。双方借助上天的力量，兴风布雨，以水克水，打得难解难分。黄帝见不能取胜，请来一个名叫魃的天女下凡，制造干旱，克制蚩尤的风伯雨师。黄帝的军队得以反攻，蚩尤因此被杀。而天女魃也不得升天，她所居住的地方，便不再下雨。以这一段惊心动魄的战役判断，黄帝与蚩尤之战，其先经历了洪涝时期，其后经历了大旱时期，在水旱交替的长期争斗过程中，黄帝更胜一筹。

黄帝与炎帝，黄帝与蚩尤，他们在反复战争的阵痛中，实现了黄帝的独尊，实现了部族的大融合，中华文化的正脉在以盐池为中心的地域形成了。

有关蚩尤的传说极为丰富，他是一个战败者的角色，面目狰狞，面如牛首，背生双翅，铜头铁额，勇猛无比，像极了秦末汉初楚汉争霸而失败的项羽。对于蚩尤，至今还有些许同情的色彩延续着。盐池边上，流传着蚩尤血变为池盐的故事，或许，在炎黄替代的历史进程中，蚩尤是一个不可或缺的厉害角色。他的后人不仅仅逃往南方，尚有留居北方的，早已与炎黄部族的后人融合，在盐池的边上，至今还有一个蚩尤村，村民们年年岁岁纪念着蚩尤，并禁止上演荒诞的关公战蚩尤的戏剧。顽强地证明着蚩尤曾经的存在。在现代中国人的血液里，尚流淌着蚩尤部族的因子。

涿鹿是一个令人疑惑的地名，一说在今天河北省的涿州，一说在今山西省的运城盐池附近。《史记》有黄帝与蚩尤战于

山东沂南县出土的汉画像石《蚩尤五兵》

冀州之野的记载，则首先应知道冀州最初在什么地方。《尚书》里的《禹贡》是中国最早的地理著作，其中记载了"冀州"，此为天下九州之首。南宋人王炎著《禹贡辨》说："晋地有冀，秦地有雍，则是冀、雍以地名州。"战国时秦相吕不韦主编《吕氏春秋》，其《有始览》说："两河之间为冀州，晋也。"就是说，冀州，在黄河和济渎之间，是后来的晋地。《周礼》中的《职方》则直说："河内曰冀州。"所谓"河内"，即是古代的河东地区，也就是今山西的晋南地区。冀州成为一个广大的地名，大致包括了今山西、河北地区，理应是从河内的冀州逐渐扩张而成的。在考古学上，则是西阴文化向北发展的结果。它的中心或出发点在今运城盐池的附近。那里是黄帝与蚩尤大战的地方，核心还是争夺盐池的控制权。有了这个控制权，就有了部族的生存发展权，以及对别的部族经济命脉上的把握。盐池和以盐池为中心的晋、豫、陕核心圈，是炎帝、黄帝为代表的中华文明的正脉和源头。因此，我们不难理解，《史记·五帝本纪》所记载的黄帝"邑于涿鹿之阿"的涿鹿，正是处于古河东的盐池附近。假设涿鹿在今北京附近，那么，黄帝的居处，与晋豫陕作为中华文化发祥地的地理位置，也未免太远，有点风马牛不相及了。可以想象，所谓"安邑"，抑或正是如司马迁所言，是黄帝"安邑于此"的地名。如此，黄帝的行踪无疑在古河东频繁出现，并且那里成为他最早的都城也未可知。至于"禹都安邑"，则是很久以后的事了。由此推断，在夏县这块古老的地方，嫘祖与黄帝耕织相伴，是极为合乎情理的。

黄帝统一华夏，成为华夏文明的共祖，传说中的五帝之首。他姓姬，号轩辕氏，因有"土德之瑞"，又号黄帝。黄帝之"黄"，使人很自然联想到黄帝部落所在的黄土高原，正是所谓"土德之瑞"。这里的黄土地厚重、包容、承受力强，赋予中华民族特有的秉性。

炎黄作为共祖，对中华文化的开启贡献巨大。《易经》的"系辞"记述："古者，包牺氏之王天下也……作结绳而为网罟，以佃以渔"；"包牺氏没，神农氏作，斫木为耜，揉木为耒，耒耨之利，以教天下"；"神农氏没，黄帝、尧、舜氏作……垂衣裳而天下治"。包牺氏，就是伏羲，他制作网罟，教民打猎，捉鱼，就是还在渔猎时代，最多有畜牧业。炎帝则制作耒耜，刀耕火种；治麻为布，民着衣裳；制五弦琴，天地之和；削木为弓，以威天下；遍尝百草，知苦辛寒；筑井为饮，疗病养人；修补洛书，完善河图。黄帝则以武力征伐，建立强大的政权，有铸鼎、发明车辆及司南、因生定姓、建国立制等功绩。尤其"因生定姓"，就是将其子孙分封在各自的土地上，形成层层累加的中央集权制，加强其血统族系对荒远地区的统治。两相比较，伏羲还在开启蒙昧时代，炎帝的贡献显然具体而细微，已经进入稳定生产的农业时代，而黄帝的贡献均关乎国家制度的基础建设，宏大而长远。伏羲、炎帝在前，黄帝在后，明显是开拓与继承的关系。

当今，中华儿女走在中华民族伟大复兴的大道上，当然一定要慎终追远，培根铸魂，要追溯历史，寻根问祖，从中华民族的共祖伏羲神农以至轩辕黄帝那里，寻找出我们这个民族的精神源头。

第三节　三皇五帝，开拓河东
——中华文明的初始期

1978 年到 1987 年，中国社会科学院考古研究所和山西省文物部门组织对山西襄汾县陶寺古代遗址的发掘，出土了陶龙盘、陶鼓、大石磬、玉器、彩绘木器等器物，确定陶寺为黄河中下游地区龙山文化的典型遗址。陶寺的发掘成果，震惊了文化界。二十世纪和二十一世纪之交，考古界又划定出陶寺文化中期城垣遗址，总面积两百八十万平方米，是属于龙山文化晚期的超大型聚落。从此，陶寺遗址一直被纳入中华文明探源工程，获得更大、更深入的发现。其中最重要的发现，有宫城遗址，以及观象台。这些重大的考古发现，令学者们长期处于振奋状态：宫殿，是为皇权统治中心；观象台，是为历法成熟、农业发达的象征；出土的中原地区最早的龙盘，正是中华民族龙图腾的展现；陶片上残存有文字，有级别很高的礼器、乐器，等等。于是，学界的认识逐渐统一到传说中的中国最早的国家形态——尧舜时期。学界怀疑，陶寺或为尧都。这与"尧都平阳"的传说正好一致。

于是，全社会的思路飞翔到中华文明成熟的初始——三皇五帝时代。

中国有尊古的传统。这个传统，始自对三皇五帝的称颂。

中国古代的三皇五帝，是一个极其复杂的演变过程。最早的三皇，指天皇氏、地皇氏、人皇氏，反映出国人发源于洪荒时代的天、地、人和谐相处的观念。五帝则指五方上帝，即白帝、青帝、黑帝、炎帝、黄帝，对应着金、木、水、火、土，则是五行观念的初始产物。

随着原始社会发展到农业社会，文明的曙光照耀在人们心头，于是，三皇五帝的所指归结到具体的部落联盟首领。实际所指则有许多版本，反映出因国家版图扩大，各地及各时期所尊奉氏族部落的差异。但是，常见的三皇五帝，则以伏羲、神农、黄帝为三皇（见《帝王世纪》《三字经》），以少昊、颛顼、帝喾、尧、舜为五帝（见伪《尚书序》）。这个版本的三皇五帝，是古代信史的主要序列，反映出以中原文化为主导的中华文化观念。

中原文化是以晋、陕、豫三角地带，或称黄河中下游地区为中心发展起来的文化，是中华古文化的源头和核心组成部分。在中国历史上，中原文化依托先进的生产方式、生活方式，以及军事力量，最早建立起中央集权的制度，并在漫长的历史上逐渐扩展，形成长期、稳定、庞大的中国版图，进而形成兼容并蓄的大中华文化圈。中原文化所具备的发端、母体和主体的崇高地位和核心价值，是三皇五帝的崇高地位以及他们长期的、持续不断的经营的集中体现。

三皇五帝的时代，跨度很长，约距现在四千年到六千年，大致等于新石器时代的中晚期。

从伏羲到黄帝

三皇五帝中，三皇的地位较高，其实是时间更早。伏羲是人文初祖。传说中，他所在的部族说法很多，一说起源于天水的成纪（今属甘肃），一说在陈地（今属河南）。大概是先在甘肃，后发展到今河南一带。传说中的伏羲，乃是人首蛇身，与女娲为兄妹相婚，生儿育女。汉代的墓葬里，出土有伏羲女娲交尾的图像，可知伏羲是华夏民族在黄河中下游繁衍生息最早的祖先。又说，伏羲发明了易理，创造八卦。司马迁《史记·太史公自序》说："余闻之先人曰：'伏羲至纯厚，作《易》八卦。'"发明易理，是对自然与人事中道理的科学总结。中国最早的著作《易》，要首推伏羲是作者之祖。有掌生育、作八卦这两条，伏羲就坐稳了三皇的头把交椅。又传说，伏羲教民结网，从事渔猎畜牧。如此，伏羲的时代，先民们就在伏羲的指导下掌握了原始织造技术，但是，当时还应该在渔猎时期。

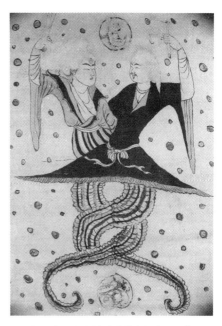

新疆高昌出土的《伏羲女娲交尾图》

神农就是前所记述的炎帝，古称神农氏，是新石器时期姜姓部族首领的总称。神农起源于今陕西渭水一带，之后一路向东发展，经历今山西上党地区、河南，以及山东。在江南的湘江流域，也有炎帝的遗迹。神农迁徙的路途经历了漫长的时间，并且在农业走向成熟的关键时候发挥了极大的作用。神农尝百草、教稼穑的传说，都记述了其对农业和先民生活的特殊贡献。1974年，在山西应县木塔内部，发现《神农采药图》。其中的神农肩披兽皮，腰围叶裳，手持药材，赤脚而行，背篓里也现出药

山西应县木塔所藏辽代《神农采药图》

材，是一千年前的辽代人对神农穿着和辛勤采药的想象之作。神农的部族不断发展壮大，尤其占据了黄河中下游地区时，对各部落具有统治地位。当今的上党地区，是国内神农遗迹最多的地方之一，其遗迹又高度集中在高平、长子、黎城一带，传说极为丰富，无可置疑地印证了神农在这里活动的历史。但是，当神农氏发展到末期的时候，遇到黄帝部族的强有力挑战，前已备述。

司马迁《史记·五帝本纪》中说"黄帝者，少典之子，姓公孙，名曰轩辕"，而未记述其籍贯。晋代皇甫谧说，黄帝生于寿丘，即山东曲阜附近；长于姬水（今陕西渭水支流），因以为姓；居轩辕之丘，因以为名；又以为有熊国国君，或在今河南新郑。古人对黄帝籍贯的记载如此混乱，有陕西、河南、山东三地，可知黄帝活动的地域很是广泛。黄帝做了部落联盟的首领，"迁徙往来无常处"，就更不是一个地方所能够局限的了。司马迁记曰：黄帝"东至于海"（东海），"西至于空桐"（今甘肃东部），"南至于江"（长江），"北逐荤粥（匈奴），合符釜山，而邑于涿鹿之阿"。这大约就是黄帝时代疆域的范围，显然不是一代人可以完成的。从前述黄帝与炎帝、黄帝与蚩尤的"阪泉之战""涿鹿之战"判断，黄帝无疑是苦心经营过晋南一带，所以，晋南作为黄帝的故乡，也在事理之中。但是，黄帝作为部落联盟的首领，经历了数百年，他什么时候初起，什么时候发迹，什么时候称霸，什么时候被诸侯拥戴为"帝"，还是一个未知数。

幸运的是，现代考古学对炎黄时代作出对应的考证，即仰韶文化时期的西阴文化，约等于炎黄时期，距今约六千年到五千二百年。它的前期是炎帝时代。炎帝以后，以鸟为图腾的黄帝部落兴起，逐渐替代以鱼为图腾的炎帝部落。2021年12月24日，考古学家、武汉大学教授余西云发表《中华文明起源，关键一步在哪里》的文章，其中说："学界一般把半坡文化解释为炎帝系统的文化，而西阴文化为黄帝系统的文化。虽然这样的解释并不能理解为史实，但让我们将考古发现与历史记忆勾连起来了。西阴文化的分布范围，与《史记·五帝本纪》描述的黄帝的活动范围'东至于海，登丸山，及岱宗；西至于空桐，登鸡头；南至于江，登熊、湘；北逐荤粥，合符釜山，而邑于涿鹿之阿'基本吻合。西阴文化也是史前文化中分布唯一能与《史记》描述的黄帝活动范围大致吻合的文化……将西阴文化大致解释为黄帝族群形成的文化，应该是比较合理的。"由此可见西阴文化的重要。

河南汝州出土陶缸上的《鹳鱼石斧图》

1978年，考古工作者在河南汝州市阎村墓地发掘出一个大陶缸，缸的高度约47厘米，口径32厘米，底径约20厘米。如果是一个素彩的陶器，它的价值就一般。使人惊奇的是，这是一件彩陶，它的深腹的外部，绘有一幅大图，巧工以紫褐色的线条，勾勒出一条白鱼。鱼的左边立着一只大大的白鹳，它的嘴正好衔着鱼的头部。鱼的右侧则是一柄石斧，斧柄上绘制了黑 × 的符号。考古学者将这幅图命名为《鹳鱼石斧图》，认为它是中国彩陶时期绘画艺术的最高成就。学者们进而猜度，此图的含义，是代表鸟图腾的黄帝部落，战胜代表鱼的炎帝部落的象征性图案。黄帝打败炎帝，又将蚩尤部落打败，成为黄河中下游最大的部落首领。从此，诸侯融合到黄帝的旗下，黄帝制鼎，建国立制，产生了国家的雏形。这是人类社会从蒙昧走向文明的一个重大节点。

2007年秋天的时候，郑州市华夏艺术博物馆收到一件彩陶盆。在它的腹部，绘有两条鸟形纹为首、节状弯曲蛇形纹为身的动物纹饰；一条鸟形纹有四翼，另一条有三翼，整体感觉如两条气势非凡的飞龙。经国家史前考古学家王仁湘、王先胜、石兴邦、田建文等一批学者认定，此物是中原地区仰韶文化庙底沟类型的鸟龙纹彩陶盆，测定距今六千年左右。虽不明出处，却无疑是仰韶文化的代表作。中国社会科学院考古学家王仁湘先生说："庙底沟类型仰韶文化，在多元一体的中华文明中，还是我们华夏文明赖以奠基的主体性文化。由此不难看出，这件庙底沟类型鸟龙纹彩陶盆的发现，对中华文明起源的意义是非常重要的。"《中国彩陶图谱》的作者张朋川说："在距今五六千年前，河南、山西、甘肃一带，出现了两个这样的新石器时代文化：一个是主要分布在泾渭流域的半坡类型，位于陇山的两侧；一个是河南、陕西、山西邻接地区为中心的庙底沟类型，位于华山的周围地区。""在史前时期，人们进行交流时，主要靠视觉形象进行交流，尤其是在公共场合，用约定俗成的图案纹样，作为氏族或部族的标志性花纹，并且反映到当时的彩陶纹样中。""鸟龙纹彩陶盆的器型具有曲腹敛口的特征，应属于庙底沟类型中的晚期的作品，距今五千年左右，正处在我国建立第一个王朝的前夕。"[1]华夏文化艺术博物馆的执行馆长李宝宗先生，有幸收到这一国宝级文物，并根据专家的鉴定称其为"华夏族徽"。我们应该注意到，"华夏族徽"所代表的仰韶文化时代，正是黄帝部族兴起并发达的时候。从考古学方面判断，夏县西阴村发掘的西阴文化，与庙底沟文化是一个类型，是仰韶文化的代表性遗址。余西云认为："西阴文化是史前，甚至是秦汉以前分布范围、影响区域最广泛的考古学文化。西阴文化彩陶的'花'纹，是华人的标志性符号。西阴文化影响所及之处，均有西阴文化的花鸟彩陶存在。在西阴文化的基础上，形成了中国最早的国族认同。"著名考古学家张忠培先生则坚持认为，仰韶文化时期的庙底沟文化，应该称之为"西阴文化"。由此，我们知悉了西阴文化在中国文化发展史上的特别地位。

黄帝之后的先王们

仰韶文化的后期，龙山文化入主中原，历史进入五帝时代。在两千年前的司马迁看来，这个时候正是黄帝的后裔先后主宰中原社会的时期，依次是颛顼（高阳）、帝喾（高辛）、帝尧（放勋）、帝舜（重华）。颛顼之前，是少昊，可知，是五帝之属的黄帝一族的首领前后延续了上千年。

现代学界已经明确，三皇五帝都不是单独的个体，实际是古代部落族群领袖的统称，而且，他们之间或者并无血缘关系。在长期的斗争中，他们互

---

[1] 李宝宗：《"华博"人的"中国梦"——把"华夏之徽"捐给中国国家博物馆》，西安读书会，2018 年 4 月 2 日。

相替代，实现了融合，并最终催生了中原大地上国家的雏形。学者李琳之先生认为，可称之为"胚胎中国"。其基本标志是：黄帝部族以黄河所在的晋豫陕交界处向周边辐射，使得整个黄河中上游及其周边地区都打上了西阴文化的烙印，从而确立了其族群语言和心理上的基本底色，奠定了中国"多元一体"文明的基本格局。

中国古人以为，三皇五帝开创了中国上古最为理想的社会模式，因而对他们的歌颂从来未曾中断。

司马迁颂黄帝曰："顺天地之纪，幽明之占，死生之说，存亡之难。时播百谷草木，淳化鸟兽虫蛾，旁罗日月星辰水波土石金玉，劳勤心力耳目，节用水火材物。有土德之瑞，故号黄帝。"

颂颛顼曰："静渊以有谋，疏通而知事；养材以任地，载时以象天，依鬼神以制义，治气以教化，絜诚以祭祀。"

颂帝喾曰："普施利物，不于其身；聪以知远，明以察微。顺天之义，知民之急。仁而威，惠而信，修身而天下服。"

颂尧曰："其仁如天，其知如神。就之如日，望之如云。富而不骄，贵而不舒。黄收纯衣，彤车乘白马，能明驯德，以亲九族。九族既睦，便章百姓。百姓昭明，合和万国。"

颂虞舜，则从他的治世之功说起："皋陶为大理，平民各伏得其实；伯夷主礼，上下咸让；垂主工师，百工致功；益主虞，山泽辟；弃主稷，百谷时茂；契主司徒，百姓亲和；龙主宾客，远人至；十二牧行而九州莫敢辟违；唯禹之功为大，披九山，通九泽，决九河，定九州，各以其职来贡，不失厥宜。方五千里，至于荒服。南抚交趾、北发，西戎、析枝、渠廋、氐、羌，北山戎、发、息慎，东长、鸟夷，

《史记》记载黄帝事迹的书影

四海之内，咸戴舜帝之功。于是禹乃兴《九招》之乐，致异物，凤皇来翔，天下明德皆自虞帝始。"

后世有关三皇五帝的赞颂，不仅仅是司马迁，而司马迁的评价最有史家眼光，也最为集中，虽不免有神话般的赞誉，也足可见出从黄帝到虞舜每一届帝王的高贵人格。在司马迁看来，这正是后世帝王们万古遵循的范式。至于他们的治绩，则是开辟蒙昧，以启文明，无论如何评价都不为过。尤其是舜的治绩，站在先王的基础上，包含着皋陶的法治，伯夷的礼治，契的社会文明建设，垂和益的物质文化建设，龙的外交事业，十二牧的行政和军事交融，以及禹的治理江河、开疆拓土，等等，显然是一个国家的形态，一个文明社会的体现，更是古人以仁爱治国，"百姓昭明，合和万国"，实现"王"天下的典范。宋代理学家朱熹高度赞扬孔子，说："天不生仲尼，万古如长夜。"而在我看来，三皇五帝的万世伟业，才是当得起这个评价的。

三皇五帝的伟业，在黄河之东的晋南，都有各种各样的传说。

《史记·黄帝本纪》载："（黄帝）举风后、力牧、常先、大鸿以治民。"这里的风后，据《竹书纪年》记载，太昊伏羲氏，以木德王，为风姓。所谓后，帝也，乃后人对他的尊称，显然，风后应该是伏羲氏部落的首领。他的陵墓还在，就位于山西省永济市。永济市通往陕西的黄河岸边，有一个古老的渡口，就是风陵渡。风陵渡见证着风后在河东的传说。或者，风后正是不避风雨，在惊涛骇浪中频繁往来于黄河两岸三地的晋陕豫地区，襄助治理伏羲的王国。伏羲应该是起源于现在的天水一带，风后的陵墓则建在风陵渡这个地方，显然是风后的部落向东发展，到达河东一带的明证。风陵在黄河岸边，正是晋陕豫交界的要道上，引发黄河两岸过客的千古凭吊。清代初年，顾炎武渡黄河赴山西，作《书女娲庙》："不见风陵之堆高突兀，没入河中寻复出，天回地转无多日。"寄寓对时空转换的感慨。其中说的女娲，应该是风后。在漫长的传说中，人们将风后演绎为女娲，并加以祭祀，已不足为信。

其实，在山西南部，女娲的传说也有许多。《泽州府志》："娲皇窟，在凤台县城东浮山北谷，谷中空虚如囊，传即炼石补天处。谷祀娲皇，山祀伏羲。"这个地方就在晋城市中水乡的水东村。晋陕交界的黄河岸边，山西吉县西南清水河北岸，有一处"女娲岩画"，是否女娲，不敢遽然断定，它的古老却是上古先民有关生殖崇拜的实证。至于汾河入黄河处的"汾阴脽"，当地人传说是女娲"抟土造人"处。恰巧，此处不远的宝鼎乡北赵村，人说是伏羲"龙马负图"，东渡黄河来到山西的地方。所以，后人就在这个地方建起"后土庙"祭祀后土。其实，后土的祭祀，与黄帝关系最密。《历朝立庙致祠实迹》记载："轩辕氏祀地祇扫地为坛于脽上，二帝八元有司，三王方泽岁举。"就是说，有"土德之瑞"的黄帝，最先在脽上祭祀后土神，当时并无祭坛，于是，扫地为坛，以示尊敬。黄帝选择河、汾交汇处的"脽上"，作为祭祀后土的地方，一定有他的深意。后来，尧舜二帝每年亲自来此祭拜，并配备了专门管理的八名人员，夏商周三代的帝王们，也年年到脽上祭祀。时至今日，后土祠里仍然保存着黄帝"扫地坛"的匾额，大概是古人为纪念黄帝所书。

山西万荣县后土祠黄帝"扫地坛"匾额

华夏民族起源于黄河，诞生于黄土地，就在汾河与黄河交界的地方，建庙祭祀先祖，见出晋南地区作为华夏民族发祥地的意义。从汉武帝始，到宋真宗，历代皇帝频繁到此祭拜。汉武帝更是在此吟诵出千古名篇《秋风辞》，感叹江山易改，人生易老，让人不断怀想远古的世界，留下无尽的惆怅。

五帝中传说最广的是"尧都平阳""舜都蒲坂"以及"禹都安邑"，又有许多尧舜名臣的墓地分布在晋南，尧舜之臣羲和墓在稷山县中舍村，尧之臣皋陶墓在洪洞县士师村，禹之臣伯益墓在襄汾县北社村，尧舜之臣后稷墓在稷山县稷王山，等等，说明中国的国家形态形成后，尧、舜及舜时期"唯禹之功最大"的禹，都选择了在河东地区建都，这已经是黄帝以后很久的事了。

1980年，谭其骧先生在山西演讲，提到尧舜禹在山西建都："关于尧舜禹的都城虽然还有各种不同的传说，有的说在山东，有的说在河北，但在山西的传说却比较可信。因为有关他们活动的范围主要在山西。比如传说夏禹出于西羌，那个时候的西羌应该就是指今天山西境内的羌族。整个夏朝的主要活动范围，就在今天山西南部和河南西部。所以，从尧舜一直到夏朝，山西，主要是晋南，是当时华北的政治经济文化重心。"

第二章 黄帝嫘祖，亲耕亲蚕
——中华耕织文化的象征

　　人类生存，最基本的需求是吃饭和穿衣。吃饭是生理性需求，是刚性需求；穿衣则不仅是刚性需求，还是精神需求。人类发展到一定程度，即新石器时期，原始农业诞生，这是一个划时代的革命性的进步，其中根本的目的、基本的内容，就是解决吃饭和穿衣的问题。中国是传统的农业社会，概括吃饭和穿衣，就是所谓"耕织"。其词极短，其旨悠远。

第一节 慎终追远，耕织之祖
——司马迁笔下的黄帝与嫘祖

　　耕织的历史可以追溯得很远很远，但是，耕织形成文化，我以为从黄帝与嫘祖算起。为什么呢？中国人所谓耕织，一定是男耕女织。男耕女织的基本含义，是男主外，女主内，这是在生产方式方面的明确分工。那么，男女分工从什么时候算起？上古历史无明文记载；如果有，应该是司马迁的《史记》和《淮南子》的记载最早，这都是汉代初年的事。

　　《淮南子·齐俗训》说，"上古之世"，神农氏"身自耕，妻亲织"。这应该是有关帝后耕织最早的记载，说明早在汉代以前，就确立了"男耕女织"的基本观念。

司马迁的《史记》，其第一篇就是《五帝本纪》。记载了黄帝一族，从黄帝记到舜帝，总共约一千年的历史。除了记黄帝一族的帝王，司马迁还记载了几个妃子，第一个就是黄帝的"正妃"嫘祖，还有就是帝喾娶陈锋氏女，舜娶二妃娥皇和女英。后妃是后世正史必须记载的，司马迁开了后妃传的先例，虽然还不是正规的后妃传。这说明记载皇帝的后妃，是历史学家们绕不开的内容。

中国古代讲究"家天下"，有帝，当然就有后。黄帝与嫘祖，就是中国古代正史中第一对被记载的帝与后。这个记载和《淮南子》神农与妻耕织的说法基本是同一个时期，却是第一次真实地说明了帝后双方的名字。

《史记·五帝本纪》曰："黄帝居轩辕之丘，而娶于西陵之女，是为嫘祖。嫘祖为黄帝正妃，生二子，其后皆有天下：其一曰玄嚣，是为青阳，青阳降居江水；其二为昌意，降居若水。昌意娶蜀山氏女，曰昌仆，生高阳，高阳有圣德焉。黄帝崩，葬桥山。其孙、昌意之子高阳立，是为帝颛顼也。"

中国早期有关嫘祖的记载，比《史记》早的，有《山海经·海内经》，其中说："黄帝妻雷祖，生昌意。"战国时期的《世本》卷一《帝系》："黄帝居轩辕之丘，娶于西陵氏之子，谓之嫘祖。产青阳及昌意。"《史记》有关嫘祖的记载，显然是根据先秦文献而来。《五帝本纪》中的这一段记载不长，是专门记载嫘祖的，信息量却很是丰富。大致有两个意思：其一，嫘祖是西陵之女，嫁给黄帝，而且是"正妃"。宋代的《事物纪原》说过，黄帝初有元妃嫘祖，次妃嫫母，泊形鱼氏，方雷氏。未知其最初的来源。但是，以情理判断，黄帝有多位妃子，而嫘祖是第一个妃子，或就是"皇后"吧。有关西陵，唐代张守节作《史记正义》，认为是国名，其实应该是黄帝时期的部落名，至于其具体位置，已不可考。但是，至少可以知道，嫘祖家族背景与黄帝相当，而嫘祖也一定是才貌双全、道德高尚的女子，才配得上黄帝，且担当起"母仪天下"的角色。其二，黄帝有二十五子，嫘祖给黄帝生育两个儿子，长子是玄嚣，另一个是昌意。昌意之子高阳，就是帝颛顼。黄帝驾崩，他的孙子颛顼立。颛顼也是五帝之一。在古代史上也是了不起的英雄帝王。颛顼驾崩，玄嚣的孙子立，就是高辛氏帝喾。帝喾之父是蟜极，蟜极之父就是黄帝与嫘祖的长子玄嚣，则帝喾是黄帝和嫘祖的玄孙。帝喾在颛顼亡故后继位，则是继承了他的叔叔辈的帝位。司马迁对帝喾的评价更高，说："帝喾溉执中而遍天下，日月所照，风雨所至，莫不从服。"如此说来，嫘祖有二子，都不能继承王位，但是，她的孙子颛顼和玄孙帝喾，都是大名鼎鼎的古代帝王。嫘祖不仅是

嫘祖育蚕图

黄帝的"正妃"，且或因了"母以子贵"的闪耀光环，在司马迁《史记》的第一篇，嫘祖就得到明确不疑的记载。那么，嫘祖的地位在中国正史上，就是第一位皇后。如此说来，后世的各位帝王的后妃们，哪个有嫘祖如此尊显的地位呢？

有关嫘祖的生平，大约就是这些，极为简略。不过，据说，在四川有一通唐碑，其中说："黄帝元妃嫘祖，生于本邑嫘祖山，殁于衡阳道，尊嘱葬于青龙之首，碑碣犹存。生前首创种桑养蚕之法，抽丝编绢之术。净谏黄帝，旨定农桑，法制衣裳。兴嫁娶，尚礼仪，架宫室，奠国基，统一中原……"语涉荒诞，记述不经，也不像唐人所撰，大概是后人伪托，只能说明嫘祖的影响很大，直到边远的蜀国。至于传说嫘祖追随黄帝四处奔走，累毙于道上，因而被尊为道神、行神之类，更是不可相信，大概是从黄帝"东至于海""西至于空桐""南至于江"等的记载演绎而来的。

关于黄帝与嫘祖的"男耕女织"，司马迁仅仅有一点模糊的记载："时播百谷草木，淳化鸟兽虫蛾。"这是说黄帝的，虽然简短，但提到很高的境界：播种不失农时，而且，将鸟兽虫蛾加以驯化，为农耕所用。这里的驯化"鸟

兽"可以理解，应该是家畜之类，"淳化虫蛾"则显得费解。据中华书局版《史记·黄帝本纪》对"虫蛾"的注解，似应为"豸"，就是无足的虫子，且引用《尔雅》的释文："有足曰虫，无足曰豸。"总之，是软体的蠕动而行的小动物。那么，"淳化鸟兽虫蛾"，仅仅是表达黄帝恩及万物，天地之间的和谐吗？恐怕未必。此一句对应上一句"时播百谷草木"，明显是为我所用的意思，有实用的经济价值。所以，这里的"虫蛾"，可能有驱除病虫害的意图，但恐怕主要与蚕桑相关。所谓"淳化"，大约有驯化的意思，使之从野生到为人所用。如果此处的"虫蛾"与蚕桑相关，那一定与嫘祖有联系，这就牵扯到黄帝与嫘祖"男耕女织"的话题。假如我们联想到历史上有关嫘祖绵绵不绝的传说，那嫘祖一定是养蚕的祖宗无疑了。

如此，读者的眼前或许会浮现出妇孺皆知的"牛郎织女"的画面，不过，这一次是远古时代的"男耕女织"图：广袤的大地上，那男子是黄帝，女子则是嫘祖。黄帝率领子孙耕地，嫘祖就在桑树下率女眷们捉蚕或抽丝。一旁嬉戏的小孩们，长发披肩，兴许就有未来的大帝颛顼和帝喾。在初耕的田野里，黄帝与嫘祖给其部族的男女们作了示范，就是所谓"亲耕""亲蚕"。于是，黄帝和嫘祖，以帝王和母后的力量，影响到他们的部属，农耕在黄帝的部族内发达起来，丝帛纺织的事业，则从嫘祖这个时代开始了。这不正是中国丝纺织业兴起的标志吗？

中国有记载历史的优良传统，在文化心理上叫慎终追远。有关耕织文化，追溯到黄帝和嫘祖，认一个源头，立一个祖宗，便树立起回望的目标，标定出发的方向。所以，对中国耕织文化的实际情况，还须做一番仔细的考量。

第二节　载耕载织，泽滋百世
——中华耕织文化溯源

前已述及，耕织的直接原因是为了解决吃饭和穿衣的问题。吃饭、穿衣，在现代人看来，已经不是什么问题，但是，在中国，往前推数十年，就曾经是大困难，更不要说五六千年前刀耕火种的上古社会。所以，新石器时期，也就是炎黄时期，发展起农业，就是一个革命性的变化；发展起纺织业，就更是革命性的变化。在那个时候，陶艺和纺织，应该是人类两大工艺，而纺织走到养蚕抽丝、生产丝帛的地步，当然是革命性的进步。2020 年 9 月，三联书店出版社出版陈胜前先生有关上古农业方面的著作，论述史前的农耕，干脆就叫《史前的现代化》，另加一个副标题"从狩猎采集到农业起源"。这个革命性的"现代化"，在文明的初期，理所当然要归功于圣人，归功于帝王。他们其实就是中国最初农耕文明的开创者、领路人。

耕织之初的"耕"

地球上有人类，至少是数百万年；而人类有比较成熟的农业，大概只是距今一万年左右的历史。再往前看，人类基本上是过着采集、狩猎的原始生活，但是，用火和穴居使人类与其他动物区别开来。现代考古学者们在山西芮城县的西侯度发现 243 万年以前人类用火烧烤动物的残迹，知道西侯度人已经用火加工食物。他们的果类食物是采集而来的；肉食则是捕猎获取的。

山西芮城县西侯度旧石器遗址动物化石和生态复原图

采集和狩猎，加强了人类的合作，社会组织缓慢形成。传说，中国最早的诗歌，后人起名叫《弹歌》，是这样的：

断竹，续竹；飞土，逐肉。

如果翻译出来，大意是：砍断竹子，编成长弓；射出土丸，追获动物。这明显是一个先民们打猎的场景：在狩猎的过程中，大家合作起来，在密林和草地上围猎动物，有的砍断竹子，有的做弓（一个简单的弹射器，恐怕不是今天看到的弹弓），有的寻取弹丸（不应该是土丸，应该是石头，或者就是考古发现的石球，弹射起来才有力量），将石丸弹射出去，动物被击倒，还要跟跟跄跄地逃跑。这时，众人发一声呐喊，一起追逐上去，将其捕获。在获取肉食的时候，也获得打猎的快乐，于是即兴而歌。仅仅八个字，和着韵脚，节奏鲜明，富有画面感，透露出上古先民们生活的信息。

人类是不断发展的，人口越来越多，人群越来越大，光靠采集和狩猎，难以维持生活，于是，对动物和植物的驯化，不可避免地发生了，他们把打猎后多余的动物圈养起来，以便后续食用；看到植物的种子掉在地上，又发了芽，就试着将食用过的果核之类埋到地下，期望收获。据科学研究，驯化动植物是一个极其漫长的过程，从不自觉到自觉，从不科学到科学，意识和手段都要经过长时期的提高。陈胜前说："从人类的角度来说，驯化可以说是人类控制动植物繁育的初级阶段。"这个"初级阶段"就是一场了不起的革命。只是这个"革命"不是短促的，而是长期的，充满着艰辛和不确定性。

从驯化到培育，是一个飞跃。现代考古学基本认定，从农业的发展看，旧石器时代，应该是人类逐渐驯化动植物的时代，比如"在旧石器时代晚期，可以确定华北的狩猎采集者已经开始驯化狗。古DNA的研究显示，狗的驯化可能早到一万五千年以前的东亚地区，人类利用狗的祖先的历史还要更早"[1]。大约到距今九千年前后，中国范围内的冰期气候基本结束，华

---

[1] 陈胜前：《史前的现代化》，第102—103页，生活·读书·新知三联书店2020年。

北地区的气温与现在相近，且更加湿润。于是，阔叶林取代从前的白桦、冷杉等，粟的野生祖本开始随着阔叶林的植被占领华北一带草原。到新石器时代早期，大致距今八千五百年至七千年，迎来中国原始农业初步显露的曙光。

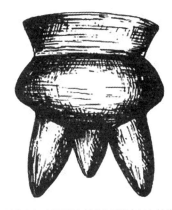

1931 年山西万泉县荆村遗址出土的陶鬶

新石器时代，进入相对成熟的农业生产时代。所谓农业生产，就是可食用的植物驯化已经基本完成，农作物的耕种（下种、浇灌、除草等）、加工（晒干、研磨、除壳、储存等）、食用（细化制作、烹煮等）三个环节逐渐形成链条，大量的有组织的人力投入农业生产劳动。新石器时代大量出土的镰刀、石磨、瓦罐、锅灶、纺轮等，显示了这个生产链条的真实存在。从考古发现判断，新石器时代，山西晋南一带种植的主要农作物正是粟，晋北一带则主要是粟和黍。卫聚贤先生在河东万泉县（今属万荣县）的荆村考古，发现粟和可能是高粱的壳皮，证实了河东新石器时期的农业生产的收获物的存在。比较典型的考古发现，是二十世纪七十年代在太行山东部河北武安县（今河北武安市）的粟灰堆积层，约有十个窖穴中的粟，堆积达两米以上，共计十三万斤左右，同时，还发现磨盘、磨棒、石镰等农业生产工具。仅仅是这些存粮，假如按每人一天一斤粮食，一年三百六十五斤，可推算出该聚落的人数最少有三百六十五人。三百多人在一起，当然是有组织的生活。如此多的粮食储存，可以证明太行山粟作农业已进入大规模生产的阶段。那么，同时期河东的自然条件要更好，其农业生产一定比太行山上好出许多。

最早的农艺师当然就是上古的圣人，他们是邦国的国王，如神农、黄帝，以及契、后稷，等等。在当今太行山上的长治市郊区，有一座百谷山，又名老顶山。山的顶端上塑造一尊炎帝神农像。炎帝高大挺拔，手持谷穗（就是粟），眼神忧郁又坚定，似乎抱定救百姓于饥寒之中的信念。南宋郑樵《通志》曰："民不粒食，未知耕稼。（炎帝）于是因天时，相地宜，始作末耜，教民艺五谷，故谓之神农。"在此，最早的神农庙可以追溯到东晋时期，祭祀历代不衰；时至今日，后人仍然对神农炎帝怀着深深的敬意，为他塑像，前往瞻拜。

黄帝时，历法似乎已经发达，故司马迁有对黄帝"时播百谷草木"的说法。"时"，就是农时，"时播百谷草木"就是不违农时。到尧帝时期，其臣契受命做火正，于是筑台观察星象，完善历法，敬授农时。襄汾县陶寺出土观象台，正是那个时候观察天象、记录时历的遗址。山西的稷山县，是纪念农耕始祖、五谷之神后稷而命名的。传说他是帝喾的长子，少年时候就喜好种麻、菽，尧舜时期担任司农之臣；禹时期，后稷仍然受到倚重。《竹书纪年》又说："汤时，大旱七年，煎沙烂石，天下作饥。后稷是始降百谷，烝民乃粒，万邦作乂。"这当然已经不可详考，然可以见得，在对抗"煎沙烂石"这样酷烈的大旱之时，万民嗷嗷待哺，圣人的表率起到拯民于水火的关键作用。

确切的记载是，《诗经·大雅》里有一篇长诗《生民》，是专门歌颂后稷的，是上古时代农业方面的真实记载："蓺之荏菽，荏菽旆旆；禾役穟穟，麻麦幪幪"，是言种植的技艺高超；"诞降嘉种，维秬维秠"，是言优选良种，科学种田；"恒之糜芑，是任是负，以归肇祀"，是言获得丰收，首先用来祭祀，感谢上天，感谢祖先。繁体字的"丰"（豐）字，上部是寓意着丰收的果实，下部是俎豆，正是丰收后献上祭祀的寓意。"或舂或揄，或簸或蹂"，是言打谷子的过程。"释之叟叟，烝之浮浮"，是言祭祀食品制作的方式。后稷率领先民们的农业生产全景，通过古老的《诗经》完整地记载下来，展现在现代人眼前，真实无疑。吟诵此诗，哪个不对后稷在耕种上的特殊贡献泛起由衷的敬意？现在，稷山县还有稷王庙，其中的壁画正是描绘后稷教民耕种的场景，画匠想象的上古时代先民稼穑艰难，以及丰收的喜悦，是一幅珍贵的先民稼穑的历史画卷。

还有一首古老的民歌，叫《击壤歌》，只吟诵了短短的五句：

日出而作，日入而息；凿井而饮，耕田而食。帝力于我何有哉!

此歌据说是尧帝时期产生的，其中的意思却是明白得很，以至后人常常念及"日出而作，日入而息"，怀念优哉游哉的农耕生活。东晋的时候，诗人陶渊明"乱也看惯了，篡也看惯了"（鲁迅语），一心想着混乱的社会回归上古淳朴的农耕时代。他曾经写了一首长长的《劝农》诗，热情歌颂后稷等"哲人"从事农耕：

> 悠悠上古，厥初生民。傲然自足，抱朴含真。智巧既萌，资待靡因。谁其赡之？实赖哲人。
>
> 哲人伊何？时维后稷。赡之伊何？实曰播殖。舜既躬耕，禹亦稼穑。远若周典，八政始食。
>
> 熙熙令德，猗猗原陆。卉木繁荣，和风清穆。纷纷士女，趋时竞逐。桑妇宵兴，农夫野宿。

诗的第三段提到"桑妇宵兴""农夫野宿"，就是描述上古时代男耕女织的场面。陶渊明毕竟距上古时代近，有关传说和文献较多，他性爱自然，怀古不置，热烈追忆上古"哲人"，以及农夫、农妇耕织田间的景象，给后人描绘出一幅理想化的男耕女织的图画。

耕织的初"织"

那么，上古的"织"产生于何时？又成熟于哪代？

人类在很原始的时期，与动物无异，是不穿衣服的。他们不知衣服为何物，尚未有生产衣服的智力和能力。《后汉书·舆服志》说："上古穴居而野处，衣毛而冒皮，未有制度。"《庄子·盗跖》："古者民不知衣服，夏多积薪，冬则炀之，故命之曰'知生之民'。神农之世，卧则居居，起则于于。民知其母，不知其父，与麋鹿共处，耕而食，织而衣，无有相害之心。"提到神农

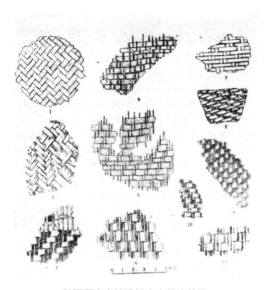

陕西西安半坡遗址出土的席纹图

时代"耕而食，织而衣"，人心淳朴，不起相争之心。大概，这里的耕织是极为简单的。此时，有发明兽皮衣服的"辰放氏"。《路史》："古初之人，卉服蔽体。次民氏没，辰放氏作。时多阴风，乃教民搴木茹皮以御风霜，绚发闾首，以去灵雨，而民从之，命之曰'衣皮之人'。"古人的记载邈远而不可详考，但是，在河南周口店山顶洞人居住的地方，出土了此地黄种人所用的骨针，实证了先民们早在三万多年前，已经学会了缝制兽皮作为御寒的衣物。但是，纺织布的手工活，在山顶洞人之后两万年左右才初露端倪。

纺织，一定始于编织。最原始的编织类型，可以想到的如草编、树叶编、皮条编等等。人类以带叶的树枝编一个帽子、一双草鞋，用以遮阳、伪装，以便行走；把树叶编起来，用以蔽体取暖；把兽皮编起来，用以御寒；把藤条编起来，用以在悬崖上采摘；把秸秆编起来，当作绳索；等等。这些手工编织一直延续到现在，想必是上古人类原始编织的手法的延续。同时，一定是原始的编织启发了后人，他们加以改进，从而进步到纺织麻布等复杂的工艺。

世界纺织考古证明，早在一万年前，古埃及人就在尼罗河畔种植亚麻。1854年，在瑞士湖底，发现了一万年以前的亚麻残片，这是迄今发现的人类最早的亚麻织物。亚麻织物在人类早期的农业生产和纺织产品中，扮演了极为重要的角色。

传统纺织从原料上说，有麻、丝、毛、棉之别。棉是外来品，南北朝时期才传入中国，毛与丝的纺织产生于新石器时代的中晚期。麻从植物来，易于提取，西亚、欧洲在一万年前即有亚麻纺织，所以，中国的纺织手工业也当以麻纺织为先。

现在，麻的品种有亚麻、苎麻、大麻、黄麻、剑麻、蕉麻等等。中国上古的麻纺织，主要是取材于苎麻。苎麻适于在多雨且阳光充足的丘陵地带生长，所以，现在的苎麻多在长江以南，尤其是云南、四川。古代则不同，《诗经·陈风》有"东门之池，可以沤苎"的歌咏，可知在陈地种植苎麻；而"沤苎"，是加工麻布的一个初始程序。于是知悉，中原地区在上古时代早就有了麻布的生产。陈，地名，在今河南东部的淮阳一带，此地可种苎麻，是那个时候中原的气候较现在湿热的缘故。

苎麻的茎部，其韧皮纤维有光泽，易于染色，自古就是上好的纺织作物。用苎麻所纺织的布，称葛布，也叫夏布。其加工程序从种植开始，每年春秋各摘采一次，经过打麻、挽麻团、挽麻芋子、牵线、穿扣、刷浆、织布、漂洗、整形、印染等复杂的工序，才能成为手工纺布。上古的时候，苎麻的纺织理应与此程序接近而要简单一些。今江苏苏州市阳澄湖畔，有一座草鞋山。1972 年到 1973 年，考古工作者在此发掘六千年前的新石器遗址，出土了葛布的残片。同时，还发现那个时候有灌溉系统的稻田，出土了炭化稻，从而知道葛布的生产是新石器时期农业发达时期的产物。有稻子，有麻布，正是上古人耕织生活的体现。

周朝时，朝中设立"掌葛"官职，负责征收并掌管葛麻类纺织原料。传说，上古的时候，葛天氏发明了用葛的茎皮纤维编织生活、生产用品的技能，如搓绳子、编葛履、纺葛布等等。晋代陶渊明特别怀念"葛天氏"时期的淳朴生活，在《五柳先生传》的末尾说："黔娄之妻有言：'不戚戚于贫贱，不汲汲于富贵。'其言兹若人之俦乎？衔觞赋诗，以乐其志，无怀氏之民欤？葛天氏之民欤？"

古代葛的加工图

先秦时期儒家经典《礼记》，说到诸侯、大夫们所穿的深衣，就是苎麻制作。到唐代，有乐府《白苎歌》，描写苎麻纺织品"质如轻云色如银，制以为袍余作巾"，官场上的人争穿"白苎"衣服，飘飘然如玉树临风，以为时尚。可知，苎麻的纺织在唐代时已是非常成熟了。这当然是后话。

要说麻纺织与蚕丝纺织孰先孰后？依常理，以麻的原材料易于提取，麻纺织应该在先。古人的记载，却是将桑麻作为一个固定用词，桑是在麻前的。

《管子·牧民》："藏于不竭之府者，养桑麻，育六畜也。"陶渊明《归园田居》其二："桑麻日已长，我土日已广。"孟浩然《过故人庄》："开轩面场圃，把酒话桑麻。"想到这些，难禁心生疑惑，或者是桑产蚕，蚕生丝，贵于麻纺织品？丝光鲜亮丽，产量少，最初只是作为祭祀所用，穿在贵人的身上；麻就不一样，是大众皆宜的纺织品，粗布葛衣称"绤"，细布葛衣称"絺"。《史记·五帝本纪》："舜耕历山，历山之人皆让畔；渔雷泽，雷泽上人皆让居；陶河滨，河滨器皆不苦窳。一年而所居成聚，二年成邑，三年成都。尧乃赐舜絺衣与琴，为筑仓廪，予牛羊。"显然，舜建功立业的地方，都在今河东地区，而尧赐予舜的絺衣，是帝王服用的，级别很高。有趣的是，絺，也是一个地名，就在今河南沁阳市西南。或者，上古的沁阳这个地方，就是产葛布的专业基地，用以供应相距不远的邦国贵族们享用。或者是桑麻本身如古人文字中常提到的"农桑"一样，是农业的代名词，桑是养殖，麻是种植，因此先后有别吧。

总之，桑麻在上古农业生产中占有极为重要的地位，是解决先民穿衣吃饭、果腹蔽体的基本生产手段，一定是上古时代最早农业的象征，且一定是传统的纺织业的象征。

无论桑还是麻，先民们对它们的物质需求，首先是蔽体的需求。蔽体有取暖、遮羞、审美三个功能。以情理度之，人要穿衣，最原始的需求恐怕还是为了保暖，然后才是遮羞，审美应该是最末产生。

《淮南子·氾论训》记载，黄帝之臣伯余初始做衣服，"而民得以掩形御寒"。宋刘恕《通鉴外纪》说，西陵氏之女嫘祖是黄帝的元妃，她开始教民育蚕，治丝茧，做衣服，从此，天下百姓无冻伤之患，后世敬祀她为"先蚕"。

这两条记载，都说在黄帝时期发明了衣服，发明者是伯余或嫘祖；都强调衣服最基本的物质本能，即"御寒"。但是，丝绸初生产的时候，产量极小，要求"衣被天下"，达到全民御寒的目的，恐怕是不可能的。

因而想到，丝绸首先是编织品，是经纬搭配的产物。从人类初始知道编织，到编织丝绸，经历无数岁月，编织一直重复着经纬交错的编织手段。而所有以前的编织岁月，似乎都是为着丝绸的到来做准备。丝绸的生产，点亮了世界服饰之美最高峰的灯塔，成为中国人数千年来经天纬地的大事业。

第三节　先蚕尊胜，西阴树桑
——历史上的嫘祖和河东的桑蚕业

嫘祖生活的时代，距今大约是六千年，往事缥缈，不可妄断，须作寻踪质疑，并探索一番嫘祖故地河东桑蚕的盛事。

"籍贯"之疑

《史记》说，嫘祖是黄帝的"正妃"，乃"西陵之女"。西陵在哪里？唐代张守节为司马迁记载的"黄帝居轩辕之丘，而娶于西陵之女"作"正义"："西陵，国名也。"哪个地方的国？张守节未予说明。我以为，如果张守节知道西陵所指的具体地方，一定会说明。说西陵是国名，这要从"轩辕之丘""西陵之女"的对应解读：黄帝的家族居轩辕之丘，是一个部族，或名邦国；黄帝的父亲则是轩辕之丘的国王。那么，以门当户对的礼俗，黄帝的家长要娶一位邦国国王的女儿为妻。所以，西陵一定是一个国名，其实就是一个部族的名字。

判断"陵"字，有两个基本含义，一是高地，一是陵墓。以"丘"对应"陵"，则"陵"也应该是一处高地。古代，先民们选择居处，很是注意环境的，选择在高地上，可以避免水患，去除污染，少生疾病。《左传·成公六年》："晋人谋去故绛，诸大夫皆曰：'必居郇瑕氏之地，沃饶而近盬（指今运城盐池）。国利君乐，不可失也。'……韩献子对曰：'不可。郇瑕氏土薄水浅，其恶易觏。易觏则民愁，民愁则垫隘，于是乎有沉溺重腿之疾。不如新田，土厚水深，居之不疾，有汾、浍以流其恶，且民从教，十世之利也。'""土厚水深"的地方，必定是高地。晋国的新田，就在河东的峨嵋岭上。现在的考古发现，古人在二级台地上居住，是新石器时期选择居处的合理原则。因此，所谓西陵，当然应该是居住在另一处高地上的部族，而且理应在轩辕之丘的西面，地方不会太远。这样，黄帝与嫘祖两家的部族，正是门当户对了。之后，"西陵"成为一个古老的复姓，此西陵氏抑或与西陵"国"相关，是以地而名姓的，符合黄帝时代"因生定姓"的情况，且应该与嫘祖这一族相关。所以，嫘祖的家世一定是渊源有自的，是一个大的部族。

那么，西陵究竟在何处？查寻各种地名词典，现在可知的"西陵"有数处。与嫘祖有可能相涉的西陵，或为战国的楚邑，在今湖北宜昌、黄冈、浠水等地。但是，这些地方距黄帝活动的地方稍远，且应该晚于黄帝生活的时代，似与嫘祖所出的西陵无关。

有关嫘祖记载较多的地方，在四川盐亭，这里是著名的蜀锦产地。清代仍然是丝绸产地，乾隆《盐亭县志》记："所产甚饶，又名川北绢……缫丝、织绢，比户机声轧轧。"这里的织户对嫘祖的祭拜代代不绝。南宋王象之所著的《舆地纪胜》记载："盐亭之蚕丝山民，祭拜嫘祖。"又，在盐亭金鸡镇有嫘祖山，山上有唐代《嫘祖圣地碑》，其中说："当是时也，青龙场嫘轩宫修葺告成。"且曰："黄帝元妃嫘祖，生于本邑之嫘祖山。"现在，该地有多处涉嫘祖的地名，如嫘祖村山、嫘祖坪、嫘祖坟、嫘祖穴等等。有学者推测，盐亭在四川巴陵之东，而巴陵即东陵。（《尚书集传》："东陵，巴陵也，今岳州巴陵县也。"）盐亭在东陵西，又有丝绸生产，且有嫘祖纪念地，似乎此地即西陵无疑。

然而，这个判断，所据史料均距离嫘祖那个时代太远，推测成分大，可信成分就小。联想到李白著名的《蜀道难》"蚕丛及鱼凫，开国何茫然"，则使人不禁浮想联翩起来，只是李白也说："尔来四万八千岁，不与秦塞通人烟。"自古如此，黄帝在剑门关外的中原活动，很难能够越过千山万水，与川中的"嫘祖"联系得上。

西陵到底在何处？嫘祖到底是籍贯何处？委实是一个谜。于是，作大胆猜想，西阴，或就是西陵？这里是黄帝频繁活动的区域，有黄土利于耕种，有盐池之利便于生存，有师村出土的蚕雕，更有西阴出土的蚕茧，可以纺绩。嫘祖，这个中国最早养蚕抽丝的"先蚕"，或许就出生于此。无论如何，西阴村的百姓就认嫘祖是本村的先祖，这完全符合中国人认祖归宗、亲亲相因、温情脉脉的古老传统。我们且往下推演。

"名字"之疑

嫘祖，这就是她的名字吗？此也大可怀疑。

《孙子兵法》第一篇曰："国之大事，唯祀与戎。"就是说，国家最主要的事，首要的是祭祀祖先和神灵，然后是组织军队，保卫国家。从祭祀，进而形成更加敬重祖先的传统，深入人心，深入血脉。所以，自古即多有神化先祖、加誉祖宗的行为。比如，传说中帝颛顼的玄孙彭祖，生于彭城（今徐州），别名铿，又说是殷商时的大夫，居然活到八百岁，为长寿之祖，乃呼作彭祖。国人讲究养生，追求长生，因而大力推崇他，直到神乎其神，《庄子》《楚辞·天问》等著作，均有记载。五代的时候，有道士名陈抟，有道行，享高寿，人称陈抟老祖。大概高寿而兼有大德的人，即可称"祖"，后人见其名，则莫不敬重有加。所以，嫘祖作为黄帝的元妃，是为天下圣母，被称作"祖"，也在情理之中。

如果嫘祖的"祖"真是后人所加，那么，她的名就是"嫘"（也有作"雷"的，应该是误写）。以"女"加在"累"的左边，表明她是一个女子。这位叫嫘的女子，在她如鲜花初开的年龄，嫁给了黄帝，相夫教子有功，并以其盛德母仪天下。所谓相夫，就是在黄帝率民耕稼的时候，她也亲自参与农耕，并在养蚕抽丝方面做出特殊贡献；所谓教子，就是将她的儿子玄嚣和昌意着意培养，她的孙子颛顼、重孙帝喾先后称帝。这是古人深信不疑的。历史上显赫的后妃很多，我想，嫘祖在桑蚕、丝绸方面的业绩，就是她的盛德，是她名垂千古、臻于圣境的内在原因。

但是，司马迁的《史记》，并无嫘祖从事桑蚕养殖、剥茧抽丝的记载。嫘祖作为中华养蚕第一人，正式被奉为"祖"，可能是嫘祖以后的事。

2021年5月，我们到西阴村考察李济先生1926年在此考古的遗址，走在村里东西横陈的主干道上，蓦然发现两侧的墙壁有嫘祖率百姓养蚕的绘画。民居的附近，有一座破败的庙宇，我们随即拨开荒草，进去一看。不看则已，一看，正面建筑的横梁上，赫然有一个牌匾，上书"嫘祖祠"。祠内已然破败，并无塑像之类，但此地有嫘祖祠，还是引发我们的兴趣。询问村人，方知嫘祖祠至少在明清的时候就有，也有说更早的，但难寻确切记载的证据。查阅村里有关嫘祖祠的文字记载，祠中原来是有塑像的，墙壁上也绘了嫘祖教民养蚕的故事，只是时间过久，祠中留下一些影影绰绰、似有似无的痕迹，供好奇的来访人探访和想象。在当今西阴村人的眼里，嫘祖是一个

山西夏县西阴村李济纪念馆

似有似无的存在，年轻人或许尚不屑了解这些历史，老年人却是以有嫘祖而心存感激。因为这一份感激，也一并感激了发掘西阴村遗址的李济，在遗址旁建了李济纪念堂，此或为全国仅有的为李济建立的纪念堂吧。有意思的是，纪念堂前，桑树排列，正是桑葚青紫交替的时候，摘一个紫葚，放在嘴里，酸甜可口，还是想到嫘祖，以及她活跃的那个时代。幻想她或能从漫画的砖墙上飘下来，教村里的女子们采桑，抽丝。

不仅西阴村有嫘祖祠，四川盐亭县有嫘祖纪念馆，江苏吴江区盛泽镇有先蚕祠，陕西白水县仓颉庙的壁画上，也有嫘祖教民养蚕、制丝、纺织的画面，这里，嫘祖与仓颉同时闪耀着中华文明的光辉。河南开封也说先蚕圣母家乡在河南西平县，或在开封杞县葛岗镇空桑村，这里更是古丝绸文化的发祥地。如此种种说法，正如司马迁记载，黄帝放眼天下，忙于天下大事，是一个四海为家的人，嫘祖追随黄帝到处奔波，把她从事蚕桑养殖的技术传遍华夏大地。嫘祖之德，不亦大乎？不亦盛乎！

前已述及，黄帝在盐池附近与蚩尤大战，那么，黄帝在晋南这片古老的土地上活动，也是理所当然。如此，嫘祖在运城这里从事桑蚕事业，当然可能。西阴村有嫘祖的祠堂，后人对她念念不忘，爱之深切，还编制了嫘祖详细的年谱。看着年谱，嫘祖就活灵活现地出现在眼前。西阴村人有板有眼地讲述，西阴，本名西陵，就是西陵氏的原生地。因为桑树遍地，遮天蔽日，只有在下午的时候，村子里才可以透进来一点阳光，故将村名改为西阴。这不，与嫘祖养蚕的事迹果然接轨。在盐池北边不远的西阴村灰土岭上，李济他们一掘就掘出了半个蚕茧。谁能断言嫘祖没有来过夏县？或者她就是西阴的人呢？

"先蚕"之疑

史书记载嫘祖养蚕，并尊为"先蚕"，出自南宋罗泌《路史》后记五："（黄帝）元妃西陵氏，曰嫘祖，以其始蚕，故祀先蚕。"元代金履祥《通鉴前编》也说："西陵氏之女嫘祖为帝元妃，始教民育蚕，治丝茧以供衣服，而天下无皴瘃之患，后世祀为先蚕。"这里的"先蚕"，"蚕"是作为动词用的，"先蚕"，就是最先养蚕的人。其中《路史》提到的"祀"，就是将嫘祖作为最先养蚕的祖宗供奉起来。

其实，祭祀蚕神的盛典很是古老。

上古的祭祀已然不可详考，但是，祭祀是国之大事，国都之内，朝廷两边，左设宗庙，右设社稷。每当春来，天子"亲耕"，皇后"亲蚕"。亲耕之地在国都之南，亲蚕之地在国都之北。一阳一阴，代表帝后亲自劝农。关于亲蚕的目的，《周礼·天官》规定："中春，诏后帅外内命妇，始蚕于北郊，以为祭服。"始蚕，就是先蚕。黄帝、嫘祖亲耕、亲蚕，则嫘祖是"先蚕"，就是最早对蚕神祭祀的那一个。久而久之，嫘祖遂成为蚕业之神。最先祭祀蚕神的，反而成为被祭祀的行业之神。这是经过了漫长的历程的。

从商代起，甲骨文上即赫然书写着"蚕示三牛""蚕示三宰"，祭祀的规格很高。周代的《礼记·月令》说，季春之月，"天子乃荐鞠衣祭于先帝"。鞠衣，汉代大学问家郑玄注："鞠衣，黄桑服也。色如鞠尘，像桑叶始生。"可疑的是，《周礼·天官·内司服》说明，鞠衣乃是王后的六种衣服之一，则此"先帝"可能是兼有农桑之功的王者，其最大的可能就是黄帝。而黄帝是男性，献王后的鞠衣显然不合情理，所以，此处的"先帝"应该是嫘祖。黄帝与嫘祖，是一而二、二而一的。西汉刘安撰《淮南王养蚕经》明确记载"黄帝元妃西陵氏始蚕"，这是当今可知最早记载嫘祖为第一个养蚕的人。[①]其时间与司马迁写《五帝本纪》差不多。又，蚕神名菀窳妇人、寓氏公主，见卫宏《汉旧仪》。元代的时候，王祯著《农书》，其卷一记道："若夫汉祭菀窳妇人、寓氏公主，蜀有蚕女马头娘，又有谓三姑为蚕母者，此皆后世之溢典也。""溢典"即虚假的典制、典故。可知，王祯颇怀疑菀窳妇人、寓氏公主，是民间创造的蚕神，而官家都奉嫘祖是桑蚕业的正神。

《隋书·礼仪志二》有关祭祀蚕神的内容很多，其中说，《周礼》规定，王后在北郊祀蚕神；汉代，皇后在东郊祀蚕神。曹魏、孙吴也有祀蚕神的祭

---

① 刘克祥：《蚕桑丝绸史话》，第5页，社会科学文献出版社2011年。

礼。西晋时，皇后在西郊祭祀。到南朝刘宋，在国都台城西的白石里，"为西蚕设兆域，置大殿七间，又立蚕观"。历代皆有对蚕神的祭祀，祭祀蚕神的礼仪逐渐升级。其共同点就是皇后主持祭祀，是皇帝亲耕、皇后亲织的耕织传统的继续和演绎。刘宋更是建了墓地（兆域），建立七间的大殿，仅次于帝王的九间大殿，作为祭祀嫘祖的地方，蚕观，则是供皇后教民养蚕的演习场所。如下文的"蚕宫""蚕坊"。

北齐的时候，"京城城北之西，去皇宫八十里外"，有蚕坊，方圆达千步。蚕坊内建蚕宫，"方九十步，高一丈五尺"，并用荆棘作围栏。其中设蚕室二十七口，参与管理的都是宦官之流。路西就是皇后祭拜的蚕坛，路东则有"先蚕坛"，规制略高于皇后的蚕坛，并选民间蚕妇扮作"蚕母"。"每岁季春谷雨后，吉日，使公卿以一太牢祀先蚕黄帝轩辕氏于坛上。"随后，皇后亲自到蚕坛做蚕事，这里描述很是详细："备法驾，服鞠衣，乘重翟，帅六宫升桑坛东陛，即御座。女尚书执筐，女主衣执钩，立坛下。皇后降自东陛。"女主衣用长钩将桑条钩将下来，皇后随即亲自捋三条桑叶，放到一旁女尚书所执的筐子里。皇后示范完毕，朝中命妇们也上前照着皇后的样子，捋数量不等的桑叶，交付"蚕母"。捋好桑叶，大家返还至蚕室，皇后率命妇等将桑叶切碎，交予"世妇"，撒在蚕宝宝们的床上，仪式才告结束。我们特别注意到，这里的先蚕居然是黄帝，但主持祭祀的是皇后，且穿着"鞠衣"，不像前述的"天子乃荐鞠衣献于先帝"。到后周，先蚕就是西陵氏神了，且明确为"神"："后周制，后妃乘翠辂，率

祭祀先蚕图

三妃、三妖、御媛、御婉、三公夫人、三孤内子至蚕所，以一太牢亲祭，进奠先蚕西陵氏神。"这里的"西陵氏神"当然无疑是嫘祖了。

隋唐以后，嫘祖作为"先蚕"的地位稳固不变，而皇后在春天祭祀"先蚕"嫘祖，也成为定制。直至明代，嘉靖帝在西苑设先蚕坛。清代乾隆年间，在北海东北处设先蚕坛，其中有祭坛、观桑台、蚕室、茧馆、织室、先蚕神殿、蚕署，建制完善，岁岁祭祀先蚕嫘祖，礼不稍衰。

现在，清代以前祭祀先蚕嫘祖的神坛多已废弃不存，而北海的先蚕坛，与先农坛等则完好地保存着。北海先蚕坛，为北京现存的九坛八庙之一，是我国古代祭祀蚕神仅存的实物遗存，颇为珍贵。站在这里，遥想古代皇家祭祀蚕神、重视农桑的场面，感受中国古代的帝后们一直重视农桑的传统，把老百姓吃饭穿衣的日常生活，当作社稷稳定的大事紧抓不放。这个优良的传统，追溯起来该是来自黄帝和嫘祖他们那个洪荒的时代。

嫘祖既然是祖，就要神化，广被天下的嫘祖传说和神话很多，就是一个传说，在各地也是大异其趣，传说在千年演变、万人口述时添枝加叶，不断变异。比如民间传播最广的"马头娘"的故事，有的称"蚕花娘娘"，有的叫"蚕马故事"，等等。这样的演绎，其实是嫘祖作为"先蚕"的影响力在中华大地上的辐射，是中国桑蚕业兴旺发达的标志。

2021年5月，我再次来到西阴村考古场地时，走进李济纪念馆，屋内摆设了许许多多李济先生考古寻根的文字和图画，我不禁留神观看。屋子西墙下的桌子上，有一沓资料，拿来翻看，俭朴的封面上赫然写着"西阴文化与蚕神嫘祖的故事"，再往下看，就有蚕马娘娘这个古老的故事。事后仔细阅读，发觉此与全国各地所述大同小异，心里怀疑，这个故事一定大有来头。于是翻阅资料，多方查证，终于知道，故事其实就是来自晋代干宝的《搜神记》。因为是文言文，读来难懂，索性翻译过来，复述如下。

故事大致说，太古的时候，一个部族的大人远征，只剩下一女在家。女子长成，美丽漂亮，已经到了出嫁的年龄。因其父亲久久不归，女子极为思念。一日，不由得对她所养的牡马自言自语："马儿呀，如果你能够接回我的父亲，我就嫁给你。"马儿极通人性，一听此言，对家里女主人也动了爱慕之心，乃挣开缰绳，撒腿而去。

常言道，老马识途，马儿不久即赶到大人出征的地方。大人见马，惊喜异常，那马儿却是望着来路悲鸣不已。大人暗惊："此马这样神态，必有异常，难道我家里有什么意外吗？"于是，急急乘马而归。因一路狂奔，大人对马儿加倍爱护，多喂草料，不料马儿全无心思享受。

回到家来，大人见女儿无恙，也就放下心来，并不责怪于她。却见那马儿每见女儿从家里出入，就喜怒交加，奋起嘶鸣，如此者多次。大人见了颇是骇异，乃私下里问其女。女儿迫不得已，述说了以前对马许愿的事，说，一定是这个缘故。大人说："先不要声张，恐怕有辱门声。你暂且不要出入。"于是，大人出来，以伏弩将马儿射杀，又将马儿的皮剥下来，挂在庭院中的树上。

一日，大人出门办事，女儿与邻居女子在院里玩耍，见树上挂着的马皮，以足反复踹之，说："你就是个畜生，却要娶女人为媳妇！招致屠杀，又剥下你的皮来，真是自讨苦吃！"还未说完，马皮骤然挺立，卷起女子就走。

邻居女子惊骇不已，跑着去见大人。等大人归来，已经不见其女。后来数日，在一棵大树的树枝上发现女儿和马皮，已经化为蚕，蠕蠕而动，比别的野蚕个头明显大出许多。邻居妇人取回养着，收获比平常多出数倍。因而名此树为"桑"。桑，就是丧的意思。从此，百姓家家种桑树养蚕。

蚕马的故事，传说来自晋代干宝的《搜神记》，干宝又记自什么文献，想来也是源远流长了。至今，

马头娘年画

江南还广泛流传养"龙蚕"的故事。所谓龙蚕，就是蚕王，是大的蚕宝宝。这故事中的蚕马明显比一般的蚕宝宝要大，或与龙蚕有相似之处。且以蚕像龙，与以蚕像马，大概都是取蚕首昂然向上吐丝作茧的形状，表达蚕业兴旺的心愿。而且，龙与马二者本质上相似，"龙马精神"的成语正是二者相似的暗示。因而，将龙与马用在养蚕上，很是符合蚕农盼望丰收的心理状态，久而久之，约定俗成，成为养蚕的信俗。

其实，有关蚕的传说和对蚕的信奉，恐怕还有更为悠远的来历，值得追溯。战国的时候，大思想家荀况曾作《蚕赋》，描述蚕的形象："有物于此，儵儵兮其状，屡化如神，功被天下，为万世文……臣愚而不识，请占之五泰。五泰占之曰：此夫身女好而头马者与？"就是说，蚕这个小动物，蠕动着爬行，如行列行进，每每羽化成为神，有多种灵异，生产的丝绸，尤其珍贵，泽被天下……为臣我愚笨，不识它到底是什么，请面向五帝的牌位占卜。占卜师虔诚地占过，说，此物莫非就是腰肢像美女而头面像马头的那种虫子吗？

荀子的《蚕赋》仅仅 168 个字，却简练地记述了家蚕变态、眠性、化性、生殖、性别、食性、生态、结茧、缫丝、制种的全过程，可知当时养蚕业的成熟。他将蚕的身子描述为像女子，头像马，透露出女子养蚕的生产历程；而马头的象征，则与龙马相接，有图腾象征的意义，这恐怕是蚕被神话的较早的记录。此传说的源头，一定比荀子的记录更早，经历了极为久远的口头传播历程。

总之，蚕主要是女子养的，历来如此。而女子养蚕，要归结为先帝们开创的农桑事业。所以，黄帝的"正妃"，便不可避免地成为养蚕抽丝的先祖，并被奉祀了几千年。

有关中国远古时期女子养蚕，沈从文先生有自己的看法："我国人民养蚕织丝，起源极早。主要贡献是广大劳动妇女。照历史传说，多以为创始于黄帝妃子嫘祖。因此，历代祀作蚕神，且封'西陵圣母'。根据《尔雅》记载分析，蚕类的饲养，实在经过许多人，在各种不同条件下，用各种草木叶子，经过长期试验，后来才特别发展了蚕种和柞蚕，绝不是由一个人发明的。"①沈从文先生的观点很有道理，从事物发展的原理上分析，养蚕应该是在人们不断实践的基础上被先民们接受的。从这个道理上看，当然没有绝对的一个发明人。但是，在远古时期，尚处于蒙昧阶段，而且许多现在看来小的发明，那时候，可能就是革命性的变化，所以，善于总结、提高的人，就容易被尊敬，尊为此项发明之祖。上古时期，黄帝"亲耕"，皇后"亲蚕"，是年年惯常的隆重仪式，这一定是源于上古圣人们的亲力亲为。所以，后人把养蚕抽丝的发明权归于嫘祖，尊奉嫘祖为"先蚕"，又借用她"母仪天下"的示范作用，引导天下人从事养蚕抽丝，也是完全合乎情理的。

古远的河东桑蚕业

河东是黄帝与嫘祖最早活动的地方，是尧舜禹的故都，是后稷教民稼穑的地方，理所当然是中华桑蚕业最早的发展区域之一。

现代考古是河东桑蚕业率先发展于河东的一面镜子。1926年，中国考古学者李济等先生，在夏县西阴村第一次发掘，就发现了半个家蚕的蚕茧；1960年，在芮城出土蚕蛹形陶饰；2019年，在夏县师村掘出我国年代最早的石雕蚕蛹。这些稀奇珍贵的发现，都处于新石器时期，时间大约距今六千年。假如不是桑蚕业在河东有广泛的发展，怎么会有如此多的物证闪现在我们眼前？更有趣的是，在夏县东下冯遗址等涑水河流域的遗址，发现茧状的窖穴，真是一件仿生学的杰作！从此，知悉河东地区确实是在新石器时期就有了比较发达的桑蚕业，先民们对蚕的习性和特点有着充分的认知，从而把养蚕经验渗透到日常的农桑生活中。

然而，考古的发现，还不止于此。

进入二十一世纪，河东的陶寺遗址考古是"最早中国"的一个大发现，已经世人尽知。但其中的出土文物，并非人人皆知。有一批骨质匕首，外表光滑，柄端有孔，一边为钝刃，长约22厘米，宽约22—34厘米。专家判断，

---

① 沈从文：《介绍三片古代刺绣》，《沈从文全集》，卷30，第92页，北岳文艺出版社2009年。

此为缫丝过程中缠丝所用的工具。同时，在另外一个墓葬里，发现了红色的丝绸。两处与桑蚕业相关的文物似乎都印证着，在尧都平阳这一带，桑蚕生产继承了黄帝、嫘祖时期的事业，得到长足的发展。

我国最早的诗歌总集《诗经》，是商周时期社会生活的真实记录，有关桑蚕的诗歌极多。《唐风》《魏风》正是古河东地区的诗歌，并有多首诗是歌咏当地桑蚕的。其中提到"汾沮洳"，就是汾河谷地两旁，种满了桑树。历史地理学家史念海先生特别注意到这个现象，说："正由于种桑养蚕已成为黄河流域人们极为熟悉的事情，所以，诗人们触景生情，随时歌咏，流露到诗篇当中。"我以为，那时候，哪里有什么专业的诗人！史念海先生所言的诗人，其实就是当时的劳动者；相关于桑蚕的诗，就是养蚕种桑的农夫们发自内心的歌唱。诗歌是抒发情感的，而记录桑蚕是真实的，是一桩桩、一个个生动活泼的桑蚕生产的场面。

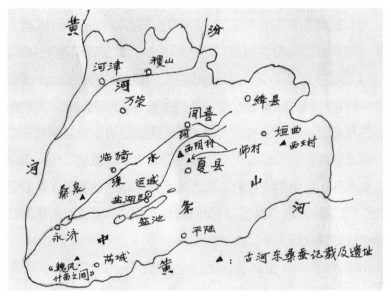

古河东桑蚕记载及部分相关遗址示意图

与《唐风》歌咏的那些桑蚕的事相对的，是周朝的晋国。晋公子重耳周历各国，经十九年后，回到日夜想念的故土，第一个地方就叫"桑泉"。于是，桑泉这个地名盛载了丰厚的历史记忆，是重耳复国称霸的起始处。桑泉这个地方在哪里？就在今临猗县，而所谓桑泉之泉，则在临猗和永济的交界上，之间是涑水河。河的上游，就是夏县。可以想知西阴桑蚕的浓荫，一直延伸到桑泉那里。于是，当地人流传着古老的故事，说泉水成溪，自北而南，渗入漫沟的桑树林。桑葚成熟的时节，熟透的果实落入溪水，溪水甘甜。北朝时，人们取水酿酒，遂成远近闻名的"桑落酒"。清代乾隆时的《酒史》说："桑落酒，河中桑落坊有井，每至桑落时，取其寒暄所得，以井水酿酒，甚佳。庾信诗曰'蒲城桑落酒'是也。"其说为井水，然也与桑葚相关。如此想来，晋文公的时候，桑泉一地，甚或其周边，就是桑林遍地，是蚕丝的产地。

春秋末期的时候，晋国公卿大夫的势力上升，晋灵公很是着急，欲加害把持政权的赵盾。一日，晋灵公在宫里埋伏甲兵，赵盾有生命危险时，有一勇士出来相救。事后询之，士名灵辄。某年，赵盾在首山打猎，见到桑阴下有人躺着不动，问之，为饥饿所迫。赵盾即给他饭吃，并让他带回一些肉给母亲吃。灵辄搭救赵盾，乃为报答一饭之恩。这是春秋时期一个极为有名的故事。我们注意到，灵辄躺的地方，在桑树下。桑树在首山，即今河东的雷首山。可知，春秋时，河东确实是桑林遍地，灵辄一卧，就卧在桑阴之下。

假如我们将以上提到的地方回顾一下，河东的夏县、芮城、汾河谷地、临猗的桑泉，那么，整个峨嵋岭、鸣条岗上，中条山两边，都是桑蚕的养殖地，难怪西阴村民说，西阴，就是桑树之阴，浓荫蔽日啊！由此可以想见先秦时期河东养蚕的景况。

先秦以降，河东的桑蚕业仍然是当地百姓的主体事业。史念海先生说："《唐六典》杜氏《通典》《元和郡县图志》，以及《新唐书·地理志》诸书备载各地贡赋。它们的内容尽管未能完全一致，已经看出当时黄河流域关内、河南、河北、河东诸道的桑蚕地区的规模……诸道中产丝最少的是相当于现在山西的河东道，只有它的西南部黄河弯曲处的河中府（今永济市）和汾水下游的绛州（今新绛县）是以毂、绢、麻布充调的。其实，河东郡养蚕的地方不是限于这一府一州。隋时，太行山西麓的长平、上党二郡多重农桑。这二郡于唐为泽州及潞州，正为河东道的属地。"①在史先生的文章里，我们可以明确地看出中国最盛的唐代，河东的桑蚕生产势头仍然强劲，而河东的概念，也不是局限在今运城地区，而是包含着古上党地区。

唐代以后，上党的"潞绸"成为天下名品，下文将加以专述。事实上，明清时期，河东的桑蚕业旺盛。民国《解州全志》说："《舆地志》曰，河东魏晋以降……大抵勤俭。禹德所型，忧思唐风之遗，士大夫质直无险谲。百姓朴淳畏公，尽力南亩，妇女织紝亦勤。此河东风俗。"将河东妇女"勤于织紝"的原因，归于河东风俗的感染，不无道理。具体到田赋，"万历间加增丝绢银一十二两三钱五分""额外织造绫绢，加征工费银一十七两三分七厘五毫"。这些均非田赋的主要内容，却见出丝织品的生产，在民间是不曾停顿的。民国时期，河东的《芮城县志》卷五记载说："栽桑养蚕，旧时已有，然未普及。今则设有农桑分局，专务讲求。各村栽桑成畦，渐有视为专业者。""妇女无贫富皆事织紝，每至春夏之交，并春蚕缫丝。县西一带，间有织造茧绸及丝带、丝线之品者。"官府除设"农桑局"外，尤其重视教育，在学校设桑蚕科目，并专辟桑园，用于学生实习养蚕。种桑养蚕，不仅发展于芮城一县，而是民国前期在山西全境大力实施的"六政三事"的必设项目。

所以，我们清晰地看到，古河东地区，自上古的嫘祖养蚕开始，这里的桑蚕业就不曾停顿过。因此，河东的作家韩振远先生写到嫘祖，不无感慨地说：

> 这可能是一种情结。在晋南，几乎每一个生活在乡村的孩童，都养过蚕。春天，桑树还没长出嫩叶的时候，把吐满蚕籽的白麻纸宝物一样揣在怀里。过几天，纸上蠕动出黑色的幼蚕。房前屋后的桑树上，正好长出新叶。若是别人家的树，要偷偷爬上去，揪几片桑叶，把幼蚕一条条放在上面。过几天，蚕蜕皮了；又过几天，蚕体肥壮，变成了白色。在沙沙的蚕食声中，有一天，一条条的蚕

---

① 史念海：《黄河流域蚕桑事业盛衰的变迁》，《河山集》，第260页，生活·读书·新知三联书店1978年。

都昂起了头，不停地摆动着，蚕儿吐丝了。不到一天，就结成洁白的茧。

作为嫘祖的后代，关于蚕的知识，根本不需要任何人提醒，无论是感性的，还是理性的认识，他们从小就有了。

我想，如果知道了西阴，知道了嫘祖，知道了河东蚕丝业对人类的贡献，他们还会为祖先，也为自己感到骄傲的。[1]

---

[1]　韩振远：《回眸远古》，第152页，作家出版社2007年。

第三章　蚕茧惊现，追踪探源
——以考古实证传说

公元 2006 年 10 月 15 日，山西省文物局、运城市人民政府在中国人现代考古的发端地——夏县西阴村立碑，纪念李济、袁复礼等先生在此考古 80 周年，其文曰：

> 岁在丙寅，月在戊戌，日在丁丑，鄂人李济，而立之年，领朴素民族情怀之风，发掘西阴，开中国学者独立主持之先。噫欤哉！至于今，八十载矣！华夏变化，地覆天翻，再造文化精神，为首推之功焉。
>
> 先生发轫于西阴，成就于安阳；领导史语所，桃李满天下；忠诚真理，襟怀坦荡；孜孜忘倦，著作等身。评价先生，皆曰"考古之父"。史册记载，不及二三，勒石铭之，以为永远。

中国考古之父李济，在夏县开启了中国人自己的考古发掘，一个特殊的遗存——半个经过切割的蚕茧被发现了。碑文所言极其简略，百年前的考古发现不能详悉。这到底是怎么回事？有什么永久的价值和意义？

第一节　李济寻梦，初踏禹都

——夏县来了考古人

1923 年，一位年轻的中国人，从美国著名的哈佛大学毕业，获取了哲学博士学位，随即匆匆回到祖国。这位年轻人是李济，因为他的归来，沉睡在神州地下的古物开始向现代人绽放精彩，中国的现代考古事业向世界打开了一扇大门。

令人印象深刻的是，李济考古的始发地，在山西省夏县西阴村。之后，西阴村遗址成为国家重点文物保护单位，成为世界知名的一个考古点；西阴村新石器遗址发现的半个蚕茧，在中国成为一件与蚕业相关的标志性文物，熠熠生辉。

1925 年，是中国考古划时代的年份。这年的 3 月，美国考古学家毕士博，邀请李济参加佛利尔艺术馆在中国的考古活动，这便有了李济从事考古事业的开始。

这年 4 月，在"整理国故"的大背景中，清华大学成立著名的国学研究院。研究院的专任导师有五十二岁的梁启超、四十八岁的王国维、三十五岁的陈寅恪、三十三岁的赵元任，此即清华大学名震国内学术界的四大导师。年仅二十九岁的李济得附骥尾，在研究院讲授人类学、古器物学、考古学。他们的基本观念是，以现代科学方法整理国故。王国维讲授《古史新证》，明确提出对学术界影响巨大的"二重证据法"，即纸上史料要与地下史料互相印证，其影响至今不衰。

李济刚从美国学成归来，他把自己的学术视野放得更远："我个人研究所得，中国在有文字之史前已有文化，为固有文化，这在山西南部有几十处。这文化与后来的文化有没有关系？或是这时期的文化完全沦没了，后来的文化是另起的？这时期的文化与西方历史有何关系？与甲骨文关系是并行的，还是一条线上原来的文化？这些都是重要问题。"所以，李济认为，"中国人为人类的利益起见，不能不把自己的历史用心研究一番，以期对世界学术有所贡献"[1]。本着这个理念，李济决定与中国地质调查所的袁复礼赶赴晋南作一次考古调查。

世人未料到，李济的首次调查，将要在山西的南部叩开中国现代考古的大门；他们发现的一个极微小的物品——半个蚕茧，将与中国养蚕业、丝绸业紧密联系起来。

李济其人

李济是怎样一个人？触发他到山西考察的具体动机是什么？

1995年，为出版《李济文集》，李济的公子李光谟编写了《李济先生学行纪略》，从《纪略》中，我们可以看清李济卓越的一生。

在二十世纪即将到来的时候，1896年，李济诞生在湖北钟祥县（今湖北钟祥市）一个叫双眼井的乡村。《纪略》特别记道，李济三岁时，中国产生一件对文化界影响极大的文物发现，"王懿荣首次收集到河南安阳出土的十二块龟甲，是为甲骨文字最早问世之际"。王懿荣的发现，可称偶然，命运却安排了李济诞生的时代。

李济的父亲李权是当地的饱学之士，拥有全县最大的学馆。他亲自以传统教育的方式安排儿子的幼教，因此，李济在少年时期，就对儒家经典烂熟于心。1907年，李权通过晚清最后一届科举考试，被分派到晚清朝廷里的学部工作。所以，李济随父亲离开湖北，到天子脚下的北京城接受教育，大大地开了眼界。这对偏处小县的少年李济而言，真是莫大的幸运。四年后，更加幸运的机遇降临，在一千余名考生中，李济脱颖而出，考入清华学堂，成为清华学堂招收的首届学生。恰在此岁，发生了改天换地的辛亥革命，李济在清华的学习生活进入崭新的时期。

---

[1] 李济：《考古学》，《李济文集》，卷一，第321页，上海人民出版社2006年。

1918 年 8 月，抱着"科学救国"的理想，二十二岁的李济同清华同期毕业的五十七名同学，赶赴美国留学，在马萨诸塞州克拉克大学读心理学专业，一年后改学人口学、社会学；1920 年，李济转入哈佛大学研究生院，在人类学研究所读研究生。他深切地感到，"既然要关心中国将来的命运，就要设法从了解它的过去入手，因而明确了从人类学和考古学开始自己一生的事业"（《纪略》），在此，李济撰写博士论文《中国民族的形成》。

李济在哈佛大学时留影

李济虽然在美国读书，却已标定研究中国古代文化的方向。1920 年去哈佛研究院的时候，李济甚至写了一篇小小的自传，描绘了他个人心目中的宏图大业："他的志向是想把中国人的脑袋量清楚，来与世界人类的脑袋比较一下，寻出他所属的人种在天演路上的阶段出来。要是有机会，他还想去我国的新疆、青海、西藏，甚至去印度、波斯去刨坟掘墓，断碑寻古迹，找些人家不要的古董来寻绎中国人的原始出来。"[1]

1923 年，李济博士毕业，立即归国，先在南开大学短暂任教；1925 年，回到母校清华大学，便有了从事考古的举动。

考古的初心

李济本是研究人类学的，与考古关系密切，却不是专业的考古人，而且，创建不久的清华大学，也没有考古专业。他要到晋南考察，定下在那里发掘，起初是因为上述的理念，当然，具体的"发掘的动机也非偶然的"。

从 1922 年起，瑞典的考古学家安特生与北平地质调查所合作，用三四年的时间，在我国河南、奉天（今辽宁）、甘肃大力发掘。根据发掘，安特

---

[1] 李光谟：《从清华园到史语所——李济治学生涯琐记》，第 14 页，清华大学出版社2004 年。

生得出结论，中国在商代以前的仰韶文化，为公元前三千年。李济说道："安特生在发掘上，我个人觉得他是功过参半。他的方法还不精密，非科学者最成功的方法。"而且，李济声明了他的方法："我们考从前的历史，材料之可珍贵，那考古的方法就不能忽视，以与中国全体民族有关。以前讲历史，方法很不注意。从人类全体历史关系来看，不能不注重掘地法之考古学。"①在李济的考古报告《西阴村史前的遗存》里，也将这个道理另述了一遍，最后说道："这个小小的怀抱，就是我们挖掘那夏县西阴村史前遗址的动机。"②

在河东作考古调查

1926 年，李济在山西主持了自己的田野考察，作为其初始考古的准备。次年，李济撰文《山西南部汾河流域考古调查》，记录了这次记忆深刻的考察，发表在美国《史密森研究院各科论文集刊》（第 78 卷第 7 期）。因这次考察对李济在山西的考古活动极为重要，故而笔者将李济的考古调查稍稍修饰一番，简要复述如下。

1925 年的 12 月，寒冬腊月，在清华大学的研究所里，正筹措着做考古研究的李济，见到美国佛利尔艺术馆的专员毕士博。这个毕士博专门研究亚洲的东方艺术，他见到年轻的李济，建议他做一点野外工作。这正合李济的想法。两人商定，李济到山西南部的汾河流域去做考察。

李济后来说到去山西的原因，一是觉得山西的河东地区是传说中尧舜禹的故乡，即传说的"尧都平阳，舜都蒲坂，禹都安邑"，所以，山西的河东地区必有可资验证的地下文物；另一个想法则是，出于爱护古物的初衷，太重要的地方（大概指后来的殷墟遗址一类地方）不敢去发掘，所以，选择先到山西。李济的两个原因，第一个是必然，第二个是偶然，偶然与必然结合，成就了他们在夏县西阴村的考古。他们当然不知道，这一次对古代历史

---

① 李济:《中国最近发现之新史料》，《李济文集》，卷一，第 324 页，上海人民出版社 2006 年。

② 李济:《西阴村史前的遗存》，《李济文集》，卷五，第 170 页，上海人民出版社 2006 年。

的考察，本身要成为创造历史的事件。

1926年2月5日，李济自行组织的考古调查从北京启程了。与他同行的合作伙伴是袁复礼。袁复礼是中国地质调查所的专家，时年三十二岁。他刚刚结束在甘肃的地质调查，积累了地质调查的经验，对史前考古也感兴趣。此时，他正好要赴山西考察地质，于是李济和袁复礼结伴而行。中国现代考古史，讲到中国人自己组织的首次考古，李济与袁复礼成为不能分开叙述的两位前辈。

李济初到山西，人生地不熟，出发的时候，特别请清华大学的校长曹云祥和名师梁启超，给主政山西的阎锡山和相关官员们写了介绍信。带着这些介绍信，李济和袁复礼坐在进入娘子关的火车上，还是稍微有一点不安。他们知道阎锡山素以保守著称，不知道这位山西王会不会答应，在他统治的地面上寻找一处发掘古物的地方。

2月7日，李济一行抵达山西中部的省会太原。从城南的火车站下来，距离南城门也就是几百步的路程。很快，他们看到高高的南城楼上，悬挂着阔大的匾额，上书"首义门"。因而想到阎锡山留学日本士官学校，回到山西后，在1911年10月29日，发动太原的辛亥革命，被孙中山称赞为北方革命的先锋，于是，李济他们悬着的心稍稍放了下来。

进得南门，李济和袁复礼往北行进，穿过太原的闹市柳巷，往西拐个弯儿，向北一眼望去，就看到一座威武的衙门，正是山西的督军府。进

1926年，李济与袁复礼在太原

入府门，打问阎锡山的办公处，却只是"拜会"到他的秘书。秘书倒是极和蔼，看了李济递上的信函，说阎先生近日公务缠身，不便接见。不过，在李济讲清了此次调查的"必要性"后，秘书便谦恭地答应，可以完全满足他们的要求。这让李济和袁复礼大喜过望，连忙谢过秘书，退了出来。

李济他们首次来太原，原不知是否可以南下晋中、晋南考察，不料顺利获准，于是开始忙着添置必要的物品，雇用车夫，顺便观览了自明代建成的颇是雄伟阔大的太原古城。

转眼到了第三天一早，李济急着要离开太原，南下河东，出发时拍摄了几张照片留念。时隔近百年，照片有幸存在美国佛利尔艺术馆，从模糊的照片看出，离开太原的时候，天气很是寒冷，袁复礼戴着棉帽，站在大车边，检点车夫装运行李；另一张照片里，李济已坐到车上，大车是敞篷的，李济身穿棉衣，戴着礼帽，专注地看着镜头，似乎对即将开始的考察很是憧憬；第三张照片，便是出发，有一匹马、一头骡子、一头驴，大概是一时不能凑齐一样的牲口，情急之下，形成这样奇怪的组合，于是，两个年轻人乘坐大车，经过一座小庙，在寒风瑟瑟中出城，一路向南而去。

李济他们2月9日从太原出发，沿汾河谷地向南，经过介休、临汾、浮山、翼城、曲沃、安邑（今盐湖区）、运城，到达夏县。在晋中介休县（山西省介休市）的时候，正是旧历新年，李济进驻县城，过了一个晋中年俗的春节。李济看着当地人很是特别，就以他的人类学专业技术，选取居民做了一次人体测量。事后，李济好奇地说："看来，他们很像是一群异种系的人。我看到一些人，他们的连鬓胡堪与一般的亚美尼亚人相媲美；我也看到一些长着纯黄色胡髭的人。"这引起李济对山西古人来源的疑问。

有趣的是，后来成为中国有名的考古大家的张颔先生，就是介休人。他看到李济的这番描述，笑呵呵地说，你看，我就是那个黄色胡须的人。其实，介休一带，早就是胡人出没的地方，那里有一个贾胡堡，曾是胡人聚落。

从介休出发，翻过灵石、霍州的韩信岭等大山，就到了临汾。这里是古尧都的所在地，原名平阳。李济说："这是一个勾引起人们的历史遐想的城市——尧帝的古都！""然而，不论他在这方面干过什么没有，事实上，就连关于他的都城的传说也都没有听到。"2月19日，李济到达安邑西北的舜帝陵，经过调查，对舜帝陵的确切位置，也有一番怀疑。李济的这些经历和"遐想"，加强了他在山西考古的欲望。

3月22日，李济带着沿途积累起来的各种怀疑，来到夏县。夏县当然与夏朝相关，因此，他的本意是在此着意调查禹王的遗迹。看到高耸数丈的禹王台，又看了早就听说过的禹王陵墓，初出茅庐的李济还是怀疑，"从外表上判断，我根本无法肯定这些是或不是真正的陵墓"。但是，李济心想，初次的考古，不能在尧舜禹的陵墓上动土，因而，他要找一个合适于初次发掘的最佳遗址。

惊现西阴村遗址

正在彷徨之际，24日，李济与袁复礼走到夏县西阴村，一个发现使他惊喜起来。

李济说道，这时，"出现了意想不到的事。当我们穿过西阴村后，突然间一大块到处都是史前陶片的场所出现在眼前。第一个看到它的是袁先生。这个遗址占了好几亩地，比我们在交头河（指此番调查中在晋南的一条河流——作者）发现的遗址要大得多，陶片也略有不同。当我们随意捡拾一些暴露在地表的碎陶片时，聚拢了不少村民。我们没有在这里逗留多久，以免引起过多的注意"。这次，李济收集到86块陶片，其中14块是带彩的。

西阴村是夏县西北部的一个村庄。为追寻李济当年的足迹，我们专程从运城市区驾车开往夏县，向北约十公里，经过东阴，即到达西阴村。西阴之西，是阴庄，三个以阴名之的村庄，猜想最初是一个源头。李济的马车"穿过西阴村"，与现在从县城向北的道路一致。在村西的路北边缘，有台地高出南面的路表，约有四米，当地人称作"灰土岭"，就是袁复礼发现大量"史前陶片"的地方。李济是个君子，他将同行发现陶片的事实直白地写到书里；李济又是敏感的，为不影响即将开始的考古，他们若无其事地离开了西

山西夏县西阴村遗址：发掘前的灰土岭

阴村。调查的目的地很容易就找到了，就像是天意如此。可以断定，离开的时候，两位年轻人该是多么兴奋！

李济与袁复礼肯定，西阴村就是即将考古的理想地点。所以，他们在晋南只逗留了数日，便在3月26日结束调查行程回到北京。

为发掘筹备一切

在北京，李济急着谋划在西阴村考古发掘。但是，在山西冬日的调查，使他感染斑疹风寒，李济被迅猛而来的病魔击倒了。幸亏清华导师赵元任的夫人杨步伟先生懂得医道，她果断地将李济送到协和医院，历经半年，李济方才恢复如初。

李济卧床养病的时候，他的心并未闲着。他盘算着到西阴村考古发掘，尤其是发掘的经费，当时的清华大学一定难以支付。5月26日，李济口授一信，发给美国考古学家毕士博，告诉他山西调查的收获，而且说自己病愈后即到西阴村，作实地的发掘。

毕士博本来就鼓励李济作考古实践，所以，接到李济的信，随后与清华大学校长曹云祥商定，考古团由清华研究院组建，经费由美国佛利尔艺术馆提供。条件是，考古结束后，李济写中英文两种报告，英文报告归佛利尔艺术馆出版，考古所得古物则由中方保存。在曹校长看来，这个条件一点也不苛刻，而学校欠缺经费，于是当即答应了这个条件。

1984年，李济的弟子、蜚声世界考古界的大考古学家张光直先生评说："从这个计划上，我们可以看出，当时中国的学术界对田野考古还是陌生的，所以，一个国立的学校要出去考古挖掘，还得向外国的学术单位求助经费。但这第一个中外合作计划采取的立场是明确的：学术是天下之公器，中外合作是可以的，而且，在当时条件下还是必需的，但古物是公有的，而且是国有的。李济先生的国际地位、国际眼光并没有使他在爱国、在维护国家地位上作出任何让步。这种眼光远大的爱国精神是李济先生一生从事学问、从事事业的特色。"[1]

7月14日，李济代表清华大学与美国佛利尔艺术馆订立《山西省历史文物发掘管理办法》，并签字。这个《办法》有关山西，更是中国现代考古的开山文献，故列在下面：

一、不得破坏坟墓或纪念性遗址遗物；对历史文物的报道要着眼于保护。

二、发掘所得应为国家保存。

三、为促进学术研究，清华学校有权安排出土文物公开展览。

四、出土文物的复制，应在清华学校同意条件下由指定单位负责进行。

五、出土文物经研究后，由清华的考古学者以中文写成专题论文。

一九二六年七月十四日

这一份简单的文件用英文写成，保存在美国的佛利尔艺术馆，逻辑清晰，内涵丰富，包含了现代考古的基本理念，更在文物的保护和保存方面，体现出明确的国家意志。据《李济文集》编者的考断，"原件保存在该馆李济档案卷内；文笔绝似李济的风格；英文签写的日期笔迹亦为李济的，可认定李济所写或代表清华拟定的"[2]。

西阴村的发掘结束后，李济随即写出发掘报告《西阴村史前的遗存》，

---

① 李济：《李济文集》，序二，上海人民出版社2006年。
② 李济：《李济文集》，卷二，第157页，上海人民出版社2006年。

1927 年，作为清华学校研究院的丛书第三种出版。首段文字即说明了到西阴村考古的"缘起"："我第一次往山西考察古迹是在民国十四至十五年（1925—1926 年）的冬春；回到北京就病卧起来，所以，把那即时再回原地发掘古迹的愿望就耽搁了半年。但是，当我觉得可以再出门的时候，我即与毕士博商量这件事。"可知，李济很重视第一次的考古，为确保成果，为西阴村的发掘作了多方面的准备。

李济在这次考古发掘完毕后，在 1927 年年初，用英文写了《西阴村史前遗址的发掘》，寄给美国的佛利尔艺术馆，作为对发掘前合同的履行。此文的前面，罗列了许许多多鼓励和支持他到山西考古发掘的人物，其中说：

> 读到这份报告（指李济的《山西南部汾河流域考古调查》）后，毕士博先生，以及清华学校的校长曹云祥先生和梅贻琦先生都极力主张我组织一个考古队到山西南部去做进一步的工作。这件事本可以更早一些开始，不料我在这年春天得了一场大病。直到秋季，我的身体才恢复到可以保证再次外出的地步。这时，可以说是万事俱备，只待出行了。

第二节　彩陶世界，西阴之纹
——西阴村新石器遗址的考古发掘

李济有备而来

前面的叙述，皆为铺垫，是李济在山西考古的前奏。当李济病愈，各项准备就绪后，就急不可待地组织了团队赶赴晋南的夏县。当然，为行动方便，还是少不了请与山西方面熟悉的大佬们，如北洋政府的两位前国务总理颜惠庆先生和熊希龄先生，都写了"得力的介绍信"。

这是李济第二次到太原。这一次，受到山西省政府官员的热情接待。事后，李济特别提到："阎锡山先生，在他的治下，我们安安静静地工作了几个月，不但允许我们实验这科学的考古一个机会，并且给了这团体许多行旅上的方便。这是我们应该鸣谢的。"[1]

1926年10月，李济与袁复礼同行，从太原，直奔夏县，10月10日到达西阴村。做了一番准备后，李济和袁复礼做了分工，袁先生负责调查，并绘制了一张比例尺为四千分之一、等高线为两公尺的西阴村地形图，标明了该村全部的道路、水井、坟头、大树，以及遗址邻近的两个村庄。李济则负责管理发掘工作。他雇用了发掘的民工，对他们作了简要的培训。民工们觉得很新鲜，很好奇，但守规矩，看到李济郑重其事地讲解发掘要领，知道这是一件要事。15日，开始期待已久的发掘。

为了熟悉西阴村的情况，2021年4月，笔者特意来到这里。走上灰土岭的台地，果然如李济所言，"这个遗址的区域是极广"，足有数亩地之大。它位于村的西北处，地面上除一处桃园外，均是裸露的耕地。耕地的南侧，靠近村西北围墙的边缘，立了一通新刻的石碑，上书"李济先生发掘西阴遗址纪念碑"。纪念碑的背面文字是简体字横排的，记述了李济考古的过程。在村长的指点下，我们在空地上随意捡拾起许多陶片，这是历经六千余年的彩陶片啊！不知道经历怎样的风雨历程，保存到现在。它们有红陶，也有灰陶，还有带纹样的，浮土上暴露的陶片都不过巴掌大。因而联想到当年袁复礼捡到陶片时的惊呼，以及李济急忙凑到近前仔细观看的情景，便有了与古人近距离接触的感觉。

6月初，我们再去往灰土岭，遍地的桃树已挂满果实，太阳映红浓绿中挂满枝头的桃子；耕地上铺了绿色的麦苗，彩陶的碎片早已覆盖在绿色之下。因而想到，李济选择10月后前来考古发掘，是不愿因消息走漏，给未来的考古发掘增加麻烦；而且，持久的发掘，不能不破坏耕地，于是延续到深秋到冬天初临的时候。

---

[1] 李济：《西阴村史前的遗存》，《李济文集》，卷二，第169页，上海人民出版社2006年。

发掘灰土岭

山西夏县西阴村遗址：发掘中的灰土岭

将要发掘的灰土岭，袁复礼作出这样专业的描述："遗址的面积，东西长约560公尺，南北800公尺。自然的浸溶与耕种的消耗渐渐地产出来那壁立的袋状的灰色储积，下垫着那红色的净土，上盖着那黄色的农土。农土上好些地方也见着灰土，这大概是原来的袋状的灰土为耕种搅过的结果。"按照袁复礼的计算，遗址的面积有448000平方米，很是壮阔，不知是一座村落，抑或是垃圾遗迹，抑或是作坊遗址。如果全部打开，一定可以看到许许多多史前的秘密。但是，这是第一次的发掘，只具有实验性意义，所以，选择发掘的地点，李济并未全面铺开，而是"把精力集中在一段很小的面积"。他说："灰土岭的南面壁立，突出于邻地约三四公尺。这种地势宜于'披葱式'的挖掘，所以，我就决定了采取这个方法。"①

全面考量了遗址的情况，李济选择在路边发掘，发掘的土很容易向下移走，可减少劳动量。发掘的方法，采用"披葱式"。这是李济的一个发明，就是发掘者像剥洋葱似的把土层一层一层剥下来。发掘面积很小（东西长约八米，南北宽约六米），又分成八个方块，竟然挖掘了近四十天，平均每个工作日仅发掘土方一立方米。后来，李济曾动情地回忆："我怕经验不够，损坏了固有的材料，择的地点很小，一层一层地剥下，差不多每一撮土都是经过五个指头的。"在这里，李济采取的精细化发掘方法，体现出对待古老历史文化的温情与敬意。李济的精细化，体现在发掘、记录、测量、采样的全过程。正是因为发掘得精细，才方便将各类发现的物件一一清理出来，并标

---

① 李济：《西阴村史前的遗存》，《李济文集》，卷二，第182页，上海人民出版社2006年。

定具体方位。出土的物件中，最多的当然是陶片。陶片"差不多把灰土岭塞满了"，虽然没有看到一件完整的陶器。陶器的质料极多，从极粗、极厚、灰色、不带彩、手做的片子，到一种极细、极薄、蛋白色、带彩、轮作的陶片，还有石斧、石刀、骨制的箭头，以及各类日用品杂件，如骨簪、石坠子、雕骨、针头、陶制的陀螺等，各种情况都展现在现代考古人眼前。遥想远在新石器时代，西阴村的陶器工艺已经达到非常成熟的地步，因而，李济和他的同事不由得想象那时陶人们争奇斗胜的功夫，想到这里一定是一个热闹的原始社会生活聚落。

李济对西阴彩陶的花纹最感兴趣："彩纹中最要紧的个形是横线、直线、圆点，各样的三角，宽条、削条、初月形、链子、格子及拱形也有。最有趣的集合是四个三角成的一个铁十字。这个十字与安诺及苏萨所见的完全不一样。那西阴纹的集合尤其是特别，别处没有见着类似的花纹，所以我命名为'西阴纹'。""西阴纹"的概念，是李济这次考古的最大发现之一，它应该是河东的先民们，在新石器时代的图腾意识的浓缩，是"华"的图案的抽象化表现。中华文化的祖根，这里应该是中心。

然而，李济的发现尚不止于此。

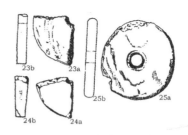

山西夏县西阴遗址出土的纺轮

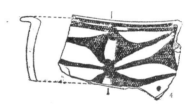

山西夏县西阴村遗址出土陶器上的"西阴纹"与河南陕县庙底沟仰韶文化遗址出土的"西阴纹"一致

发掘坑里的半个蚕茧

山西夏县西阴村遗址
出土的半个蚕茧

新石器时期彩色陶器的集中发现，固然是李济西阴村考古的主要成果，但是，一个意外的发现，吸引了李济的注意力。某一天，李济的眼光突然注意到发掘坑里有一件白色的蚕壳式的东西，李济小心地将它捧在手心，仔细观察。这小小的蚕壳，被什么物件切了近一半，切口平直整齐，蚕壳的外表毛茸茸的，放在显微镜下观察，虽腐坏掉一半，剩下的一半尚闪着丝的亮光。李济和袁复礼简直不敢相信他们的眼睛，这是六千年前的蚕壳吗？李济从蚕壳发掘的坑里反复看那土层，土色一致，没有别的土壤入侵的任何痕迹。以李济的谨慎和细心，他不敢断定这就是蚕壳，于是，慢慢地用白纸包起来，嘱咐下属务必妥善保存着，以便研究。

有关夏县蚕业的考察

考古继续着，李济的心却不时想着那半个蚕壳似的小物件，假如这是真的蚕壳，中国的先民，在这个时候就养着蚕吗？养蚕，就意味着有织丝吗？织了丝，是穿衣，还是派了别的什么用场？

因此，李济当时就特别注意连带地考察了夏县的丝绸产业，他这样记道：

当我最初发现它的时候，我知道这意义很重大，就非常注意这件事。但是，我没有找着第二个。据本地的传说，这一带的丝织业是很古的，现在，夏县城还有织绸子的工场。但是，这种工业代表一种畸形的集合，最为研究人文学的所注意。现在，夏县丝织业的工人都是从河南来的，生丝也大半从河南买来，因为本地产的不够用。更可令人诧异的是织成的绸子都运到陕西、甘肃去卖。所以，夏县丝织业的存在，一不是因为地方上的工人的灵巧，二不是因为生丝出得多，三不是因为本地的需用多。按经济的原理，这确是一个不可解释的现象。但是，按着人文学的说法，我们可以把它当作一种"文化的遗留"看待。

可以推知，李济的心思确实是被半个蚕蛹式的物件反复搅扰着，达到念念不忘的境地。在他的判断，夏县在民国时期的丝织业，是"文化的遗留"。这话说得很是艺术，其实说白了，就是夏县在古代一直从事丝织品的生产，而且很是古老，或者就可以追溯到新石器时期也未可知。因为是推测，李济只是说了"文化的遗留"。

为着李济有关夏县丝织业的这个判断，笔者查阅了《民国山西实业志》，其第六编"工业"第二章"纺织工业"之下，专设"丝织业"（第六节），记"沿革"者，作如是记述：

> 山西丝织业，民国时期，有阳曲、解县、夏县、沁水、平遥、曲沃、五台诸县。各县之中，夏县独占鳌头，计有同兴长、双盛义、同兴合、大兴太、天盛永、长瑞祥、同兴祥、永兴源、余庆德、宝华绸厂、裕庆源、玉聚合、明太昌、天顺成、改进绸绫实验厂、新义长、德泰厚、蔚泰厚、聚盛成、合和公、三盛恒、自兴成、长顺兴、自立成、德义恒、新盛右等二十六家，占全省五十一家丝织业厂的半数，总产值也占全省产值的半数以上。产品为春绸、纺绸、手绢、裤巾、春纺大小湖绉，是相关各县中产品花样最多的；其销售，除在本省推广外，夏县与高平、沁水、绛县的丝绸产品，还远销到河北、陕西、甘肃等地，尤以西安为大宗。

《中国实业志》（山西卷）的记载很清晰地佐证了李济的观点。可知，李济在发现西阴村地下蚕茧后，所做的调查是可靠的。根据夏县一地热闹的丝绸业的经营状况，可以推知，必有数以千计的农民从事丝绸生产、销售，数万人的家庭依赖丝绸业生活。丝绸生产成为夏县当时的特色产业，似乎指证着夏县在传统丝绸业方面是颇有渊源的。

恰在此时，李济的考古成果——半个蚕茧在夏县的西阴村发现，与夏县兴盛的丝绸业，古今六千年之间形成具备强大气场的呼应。

这令李济感到兴奋，并对半个蚕茧的来头萌生起无限的遐想。

第三节　真乎假乎
——有关半个蚕茧的世纪争论

"惊险"的回程

不知不觉，西阴村的考古到了 12 月初，接近数九寒天的时候，饶是一向温暖的晋南，也已天气阴冷，好在李济主持的发掘已进入尾声。发掘所得文物实在太多，其中主要是陶片。要不要带这么多物件回京城，是个问题。他们争论了多次，决定全部带走。李济请来西阴村的村长崔廷瑚，雇了村民将所有发掘所得的文物仔细打包起来，一看竟有七十六个木箱，各重四十余公斤。李济说："想想要让它们平安到达北京，真令人战栗不已"[1]。于是又请夏县第五区区长蒋海平，租了九辆大车，把这些珍贵的文物装上大车。在即将出发的时候，李济想到应该答谢一下县区的长官，以及西阴村的村民，不料县长阎杰闻讯，早已从西阴村南边的县城专程赶到，对李济他们说了一番暖心的话；又吩咐赶车的车夫沿路小心，呵护好车上的物件。村民们也来告别，其中有许多人参与了考古发掘，已经与李济他们熟络起来，舍不得他

---

[1] 李济：《西阴村史前遗址的发掘》，《李济文集》，卷二，第 186 页，上海人民出版社 2006 年。

们走；看热闹的人围着马车转来转去，议论纷纷。他们不知道，李济和袁复礼这两个年轻人，要挖掘这些他们从小见惯了的瓦片，当宝贝地运到北京那个大地方，到底是为什么。

送别的场面很是热闹，使得李济、袁复礼不知道该说什么好，只是转着圈道谢，然后恋恋不舍地起身，赶着五六十头马、骡子、毛驴混杂形成的车队，拉了一百余米长，尘土飞扬，浩浩荡荡，朝北奔太原方向而去。两个月的西阴村考古，留下一片永远的记忆。

从此，西阴村这个普通村庄的名字，便深深镌刻在中国考古的丰碑上。李济、袁复礼的考古令世界知道：六千年前，在这里曾经生活着一批中国的智慧的先民；六千年后，李济在这里开掘了先民的生活场景，使这里成为中国学者现代考古事业的发祥地。

九天以后，李济他们的车队在吸引过无数好奇的眼光后，艰难地走到太原南二十公里的榆次火车站，准备从这里乘火车沿正太路东出娘子关，在石家庄再向北回到北京。

在榆次，发生了一件有趣的事。当李济他们的车队沿侯马、临汾一路向北行进时，几十个人，几十头牲口，堂而皇之，甚是招摇。沿途的百姓看见车辆沉重，车上整齐地装着一色的大木头箱子，行走缓慢，尘土在车轮底下翻卷，不时飞扬起来。押车的是两个不土不洋、穿戴奇怪的年轻人，不像晋商的保镖，也不像商贩，颇怀疑是什么盗贼，于是，纷纷向县政府报告。县政府的长官们并未接到上峰沿路保护的指令，却也不大相信有盗贼会在光天化日之下长途行走，便多了一个心眼，将神秘车队的情况报告省政府。省政府得到报告的官员肯定不是李济事先拜访过的那些要人，也不明就里，听到沸沸扬扬的传言，将信将疑，便派人在榆次火车站将车队截获，以便查明究竟。

检查人员将车队拦住，在关口"验货"。接连打开木箱，都是破碎的陶片，并无什么宝物。这些人不耐烦了，问道："你们花了这么多钱，运这么多货物到北京，难道都是这些破砖烂瓦？"李济回答："都是一样的，请你们每一箱都打开看就是了。"检查人员懒得再看，便不再检验。检查人员当然不会注意到那半个蚕茧，在李济看来，这次考古最重要的发现，正是这个轻得不能再轻的小小的蚕茧。

次日，要装运上火车，搬运工觉得箱子如此沉重，内里必有宝贝，不免又是议论纷纷。这时，出来一位车站的职员，对工人们说："这些箱子装的都是科学标本，运到北京后就要化验。化验后才可以提炼值钱的东西出来……"车站职员的这番半懂不懂的言语，化解了一场"风波"。李济与袁复礼终于登上火车，向北京而去。

路上无事，李济一直想着榆次车站那位职员的"智慧"语言——"提炼"。后来，在《殷墟陶器研究报告》的序言中，他回顾道，"提炼"一词或能确切说明这一研究工作的性质，至于"提炼"出来的是不是"值钱的东西"，却是个"见仁见智"的问题，是个采取何种价值标准衡量的问题。为此，李济在多年后又写了一篇文章，叫《史学家应追求的境界》，对做学问的境界做了深刻的阐发。[1]1970 年，李济写了《试谈治学方法》一文，说道："已故地质学家丁文江先生有句名言，他说，在中国研究社会和自然科学，'到处是黄金，只要有人捡'。他所指的黄金，完全是就科学价值而言。这种抽象的'黄金'，也许是一块泥土、一堆化石、一件破瓦罐……"这一番言语，正是他从"提炼"的思维中发挥出来的。依李济的看法，他从西阴村发掘的那"半个蚕茧"，是此次考古最重要的发现，这正是李济的一次"提炼"。它比丁文江所言的"黄金"，不知道还要贵重多少倍。更庆幸的是，直到现在，这蚕茧还好好地保存在台北的故宫博物院内。

有关蚕茧的考论

1927 年 1 月 10 日夜晚，清华学校的国学研究院举行了一次特别的茶话会。参加的人员一色为学界精英，教务长梅贻琦，四大导师梁启超、王国维、陈寅恪、赵元任，以及全体的助教、研究生都出席了茶话会。茶话会的主题只有一个，就是欢迎李济、袁复礼从山西夏县西阴村归来。

---

[1] 李光谟：《榆次车站的风波》，《从清华园到史语所——李济治学生涯琐记》，第 127—129 页，清华大学出版社 2004 年。

清华学校国学研究院导师合影（前排左起：李济　王国维　梁启超　赵元任）

　　为考古人的归来做欢迎会，而且有如此高的规格，必有其原因。在今天看来，李济、袁复礼在夏县的考古，是中国学者第一次现代意义上的考古活动，当然重要；李济赴山西考古前，得到社会各界的积极支持，清华学校地质系主任翁文灏十分关注李济的考古行动。他知道袁复礼参与了山西的考古调查，特意把即将赴江西做地质调查的袁复礼"借给"李济的考古队。特别重要的是，王国维先生在清华大学开史学新课程，提出"地下材料"四个字是史学新证据的重要来源，"是第一个把地下材料介绍到中国史学界的人"[1]，此即当代学界常常提到的"二重证据法"的研究方法，故而对李济第一次考古发掘的成果，清华的国学研究院的导师们都寄予厚望。

　　1992年，李济之子李光谟写了《半个蚕茧》一文，详细介绍了清华园的这次具有划时代纪念意义的茶话会。

　　茶话会开始，出土的主要文物早已布置在室内的桌面上，李济指着文物，将在西阴村的考古做了简要的介绍。各位学者首次面对这么多中国人自己挖掘的文物，边看边听，不时提问。主张以"地下材料"为史学提供新证据的王国维先生，兴趣尤其大，他看看这件，摸摸那件，就像见着老朋友一

---

[1]　李济：《形成时代的中国民族与中国文化》，《李济文集》，卷五，第86页，上海人民出版社2006年。

考古學專刊
甲種第五號
梁思永考古論文集

中國科學院考古研究所編輯
科學出版社出版

《梁思永考古论文集》书影

般高兴。当看到一件彩陶的边缘时，他拿起来，仔细地看。以至在二十七年后，李济记忆犹新。他说："我记得很清楚，当我把西阴村发掘所得的陶片与石器等，做一次公开展览演讲时，观堂（王国维）先生也曾到场参观。他对西阴村出土的一块带彩的残陶片感到甚大的兴趣，摩挲抚弄，仔细地揣测，讨论它的可能用途，更与形式类似的铜器比较。他这一热烈的兴趣留在我的心中的印象甚深。"[1]王国维先生似乎想从西阴的彩陶片看出与商代青铜器的联系。可惜时过不久，王国维先生就投湖自尽了。也许是受到李济考古的激发，也许是受了王国维先生自尽的影响，颇有学术责任感的梁启超先生，很快给在哈佛大学学习考古的次子梁思永写信，命他休学回国，来协助李济在国内的考古事业。梁思永回国后，即集中精力研究了李济从山西带回来的陶片，写出《山西西阴村史前遗址新石器时代的陶器》，对西阴村出土的陶片，从陶质、陶色、纹饰，到口部、底部、腹部都作了分类研究，梁思永断言："在西阴村史前居住的陶器生产鼎盛时期，不仅相对地说生产了最多的典型的西阴陶器，并且在器类和器型上也最为富有变化，丰富多彩。"梁思永将西阴村遗址的陶器，与中国其他遗址乃至远东的相关遗址做了比较，从而肯定西阴村遗址与仰韶遗址是同时代遗存，而西阴略早于仰韶遗址。这为后来余西云、张培忠等考古学家提出"西阴文化"的概念，奠定了基础。后来，在殷墟考古中，梁思永与李济密切配合，彻底拉开了中国现代考古的大幕，他们二人成为中国现代考古的宗师级人物。

当然，梁思永的归来是后话。当时，与会的先生们的热情还是集中在那

① 李济：《南阳董作宾先生与近代考古》，《李济文集》，卷五，第208页，上海人民出版社2006年。

半个蚕茧上。

那时，参加欢迎会的戴家祥教授还是一个年轻人，他记述了那天晚上，灯光闪烁之下，清华的师生们观察那半个蚕茧的生动场面：

> 助教王庸端着一盒子遗物上来，其中有被割裂过的蚕茧。同学都伸长了脖子看。有人说，我不相信年代那么久还是这样白（实际是用棉衬着）；有人说，既然是新石器时期的遗物，究竟用什么工具割它？静安（王国维，字静安——编者）先生说，那时候未始没有金属工具。（他）同时提到加拿大人明义士的话说："牛骨、龟甲是用耗子牙齿刻的。"李老师拿出一块仿佛石英石一样的石片，说这种石头是可以刻（割）的……

半个蚕茧实在是太少，师生们不免产生种种怀疑。从此，有关半个蚕茧的争论，从欢迎李济考古归来开始，就没有停止过。

1927年，李济在"清华学校研究丛书"上发表了《西阴村史前的遗存》的发掘报告，其中特别说到发现蚕茧的事。为了对出土的蚕茧有一个明确的结论，李济于1928年赴美国时，就把这个蚕茧带着，漂洋过海，到华盛顿的史密森研究院找专家协助他做了鉴定，希望有一个明确的结论。经过鉴定，认为是家蚕的祖先的蚕茧壳。

对半个蚕茧的出土，国内研究农桑和丝绸历史的专家和考古学家都产生了极大的兴趣，争论不断发生，一直持续到二十世纪九十年代。争论的一方面，主要是李济的学生、著名考古学家夏鼐。他认为，蚕茧埋在黄土中保存几千年是不可能的，这个蚕茧是后来掉进考古的土层中的；六千年前的生产技术太落后，养蚕织绸可能吗？石刀切割蚕茧，不可能如此平整。夏鼐的观点直到二十世纪六十年代后才发表。他在中国考古界的地位很高，有些人是同意其观点的。[1]

---

① 李光谟、李宁编：《半个蚕茧》，《李济学术随笔》，第284页，上海人民出版社2008年。

东邻日本的专家也给予关注。李光谟记述道：

> 日本的藤井守一和布目顺郎是不同意夏鼐的观点的。藤井在他的《世界的纺织技术和美的源流》一文中认为，与蚕茧同时出现的纺轮，说明可能是用来把断丝纺织成纱的；茧壳割成半截，原因或许在此。布目顺郎在1967年设法从台北"故宫博物院"搞到西阴村茧壳拍摄的反转片，并复原为照片。他从大小、形状上判断，认为那个茧壳应与现在桑树上的被称为桑蟥的野蚕属于同一品种。此外，布目又证明，黄土层保存蚕茧是可能的，用石刀切割蚕茧也是可能的。

二十世纪八十年代初，浙江省蚕桑协会的蒋猷龙撰写论文《家蚕的起源和分化》，放大西阴村出土的蚕茧的照片，认为那不是桑蟥，而是近于家蚕的茧。这与美国专家的结论接近。

反对者的论点还在继续，他们认为，即使这蚕茧是人工切割的，但如何证明当时就已经产生了丝织技术？

1983年，《中国原始社会史》的作者宋兆麟，从民俗学的角度观察，四川省大凉山的一支藏族人，叫布朗米，意即吃蚕虫（蚕蛹）的人。这些人先是吃蚕蛹，吃蚕蛹的时候，发现可以抽出蚕丝，后来就发展为养蚕抽丝。所以，作者认为，西阴村发现的蚕茧，应该是吃蚕蛹后的遗留物[1]。

数十年后，李光谟说道："事实上，从近半个世纪的考古发掘中，例如钱山漾的新石器时代遗址中，已证明了五千年前丝织业的存在了。但李济在他的报告中，并没有根据西阴村出土的'孤证'作出什么断然肯定的结论。即使有人发挥了他的观点，那也不等于是由他本人负责的研究成果。何况这个科学上的是非，还说不上'定论'呢。"

我们应该感谢李济，是他主持开创的中国现代考古，在山西夏县的西阴

---

① 朱新予：《中国丝绸史（通论）》，第6页，纺织工业出版社1992年。

村展示了河东在六千年前已经有了丰富的物质文化生活；他们发掘出的半个蚕茧，虽不能肯定就是家养的蚕茧，却也很难得出相反的结论。何况如前所述，李济本人其实是倾向于夏县那个地方，自古就有从事丝绸业的传统。他在《中国上古史之重建工作及其问题》中说："中国的蚕丝，清清楚楚，传入西方的时间最早在汉初的先后。据考古学的发现，中国本土，公元前一千年的商代，不但文字里看得见它的存在，而且还发现过丝制包裹的痕迹。在山西西阴村的彩陶文化遗迹里，我个人曾发掘出来半个人工切割下来的蚕茧。1928年，我把它带到华盛顿去检验过，证明这是家蚕的老祖先。蚕丝文化是中国发明及发展的东西，这是一件不移的东西。"[①]

李济这段言语，很是谨慎。但是，他又说，半个蚕茧是检验过的，应该是"家蚕的老祖先"。既然是家蚕，一定就是供养殖了抽丝用的。而且，联系中国发明的蚕桑业，是一定"不移"的东西，就是倾向于西阴的蚕茧文物，是与新石器时期桑蚕业相关的。我们也相信，李济先生的这个判断，有着科学依据和合理的逻辑关系。

李济在山西的考古成就，吸引了清华大学一位学生，他是卫聚贤（1899—1989年），河东万泉（今属万荣县）人，字怀彬，号介山，又号"卫大法师"。出身寒素，聪明绝伦，性情坚毅，执着不屈。1926年，卫聚贤从山西商业专门学校毕业，考入成立不久的清华国学研究院，师从梁启超先生，他的论文又是王国维先生指导的。当他见到李济在山西的考古发现时，十分惊异，于是自称是李济的学生，立志从事考古。卫聚贤从1927年到1931年，在万泉（今属万荣），他的老家，发掘了汉武帝祭祀过的汾阴后土祠，以及荆村新石器遗址，成为中国早期的考古学家。卫聚贤因此兴奋地说："我的考古学兴味，于此日增。"之后，卫聚贤随即著了《中国考古学史》《中国考古小史》，是中国考古学的开山著作，李济先生欣然为其著述作序。2021年，山西考古研究所的考古学家田建文先生，在吉林大学做学术报告《1949年前的山西考古》，称卫聚贤是那个时代"疯狂的考古人"。田建文说，

[①] 李济：《中国上古史之重建工作及其问题》，《李济文集》，卷一，第359页，上海人民出版社2006年。

卫聚贤"勤于思考"，他认为，《唐风》"集于苞桑"，注家将"苞桑"解作"丛桑"。现在（指民国年间），山西安邑（今夏县）与万泉交界处，有堰头路，两旁条桑很多。这种条桑俗叫"桑铺陇"，即是"苞桑"。《诗·魏风》又有"十亩之间兮，桑者闲闲兮"，山西南部在古宜桑可知……卫聚贤又说，山西高平县（今山西省高平市）有一种特别的蚕，名"桃色三眼蚕"，生长较易，适宜于天然生长。茧丝淡红色，时久当变为暗红色。其色泽与李济先生所发现的相同。桃色三眼蚕小而硬，李济先生所发现的蚕茧，轮廓甚小，其形正同。普通蚕茧四百七八十个为一斤，桃色三眼蚕平均三百七八十个为一斤，质坚而硬，故能于一丈以下的土层中，因日光照射不到，存在至今。是以断定，李济先生所发现的蚕茧为"桃色三眼蚕"的一种。

卫聚贤先生以他惯于算计、勤于思考的特点，大胆推测，河东地区的养蚕，是数千年不曾衰弱的，而且，以他惯常的历史统计的方法，进一步推断，西阴村发现的半个蚕茧，正是本地长期饲养的"桃色三眼蚕"。卫聚贤的这个判断，自有他的实例和逻辑，可惜当时无人接续着做详细的实证，成为百年遗憾。

另一位山西人卫斯，在二十世纪八十年代，作了《我国栽桑育蚕起始时代初探》的论文，其中以西阴村遗址出土蚕茧和浙江钱山漾出土丝织品为标本，认为，人工养蚕与纺织技术相关，也与家畜驯养的经验相关。考古证实，黄河中下游地区，在新石器时期，在中国农业早期发展成熟，纺织技术和养蚕技术均已具备，所以，这个时期的先民们最先从野蚕丝纺织，走到家蚕丝纺织，于是，相应地，发展起来大规模的桑树种植。

李济先生主持的西阴村考古发掘，是一件大事，在中国考古史上具有划时代意义。1996年，为纪念西阴村考古70年，李济先生100周年诞辰，山西省考古研究所组织了西阴村考古的第二次发掘。七十年后的再次发掘，

山西夏县西阴村遗址第二次发掘出土的彩陶

收获颇丰，出土了百余件完整的陶器，这比起李济在七十年前的发掘幸运许多。主持考古发掘的田建文等写就考古报告——《西阴村史前遗址的第二次发掘》，从大量的出土实物，具体确认西阴村遗址属于庙底沟文化的早期阶段，或西王村二期文化与庙底沟二期文化的临界点上，并得出结论："通过西阴文化，我们可以彻底地认识和研究仰韶文化。"

数十年后，国内考古界证实了西阴村遗址考古的重要价值。

因此，我国考古大家张忠培先生首先提出，应该以"西阴文化"代替"庙底沟文化"。他特别撰文《西阴奠基　泽滋百世——李济先生发掘西阴遗址70周年纪念》，热情洋溢地说：

> 迄今七十年矣！比我自己走过的人生道路还长。静思，漫远而悠然，多少回春风飘飘，秋雨潇潇，多少次红了樱桃，绿了芭蕉；顾首，倏忽弹指间，不禁叹宇宙浩渺，恨人生短暂。当神游的思绪返回四壁摆满考古著作的书房，又庆幸自己此生逢时。这就是，用考古学的理论和方法，我和每一位考古工作者都能够认识到几千年甚至百万年前的人类文化，从而实现多少前贤先哲们梦寐以求的古今对话。已逝的历史像长河。由于现代考古学的兴起，当今观史，正如俯瞰黄河，从西北雪山汇聚涓涓细流，越山度岭，扬波荡沙，奔腾东涌，直至黄色浪涛拍向东海之滨，令人心动神驰，荡气回肠。

他特别指出：

> 现在，大家都肯定以庙底沟遗址上、下层为代表的那类遗存，确具独立的性格，依据考古学的惯例，实际上已分别名之为西阴文化和荆村文化。这倒不是为山西争名分，而是对那些考古学先驱已作出的成绩进行必要的肯定。

余西云著《西阴文化：中国文明的滥觞》书影

张忠培先生的一番肺腑之言，道出了数代中国考古人的心声。

2006年，考古学家余西云先生著《西阴文化：中国文明的滥觞》，第一次系统地论述了"西阴文化"这一在史前中国占有重要地位的史前考古遗存的内涵，并主张以"西阴文化"代替"庙底沟文化"，确定"西阴文化"分萌芽阶段、形成和发展阶段、文化大迁徙阶段，而其萌芽阶段，正是在晋西南、豫西北、关中东北的黄河三角区地，是黄河流域东西文化交流的产物。其时间距今约六千年到五千二百年，前后绵延约八百年。余西云特别提到晋西南芮城县东庄村、翼城县北橄村、垣曲县小赵村、河津古镇、洪洞县耿壁村等遗址，认为，这些遗址，"无论是器类组合，还是具体造型，都可作为西阴文化的典型"。说明古河东地区，以西阴村为中心的西阴文化，是新石器时期的中心地区，为中华文明的形成作出特别贡献。西阴文化是新石器时期典型的彩陶时期，陶器以盆、罐、尖底瓶、钵为大宗，陶色分红（褐）、灰两大类。西阴人的生活中，取水和酿酒使用尖底瓶、平底瓶，盛放食物用盆、钵、杯，存放粮食用缸、罐，做饭用釜、釜形鼎，生产工具有陶球、纺轮、陶饼等等。

西阴文化作为中华文明的滥觞，它以晋、陕、豫三角区为基点，作了长期的扩张，其文化辐射面几乎覆盖大半个中国，它以花卉彩陶纹的"西阴纹"为特点，在中华大地上形成"重瓣花朵"式的早期中华文化格局。在西阴人的生活时期，传统的家庭模式趋向瓦解，社会的阶层化已经出现，私有观念逐步形成，从而成为中华文化意义上的早期中国。

在西阴纹、西阴文化的背景下，西阴村出土的半个蚕茧，暗示出它特殊的价值。

2021 年 9 月 23 日开始，山西考古界组织大型展览"与华相宜——晋南西阴文化特展"，展览词中说道："西阴村遗址是人文丰盈的古文化遗址，半个蚕茧，是中国丝绸文明的重要物证，也是万里丝绸之路的原点。"

当我们低头凝视西阴村新出土的纺轮，有陶制的、石制的，不由得联想到李济在此发现的半个蚕茧。它们之间有必然的联系吗？李济、梁思永们对此没有进一步探讨，这个问题在我的脑际产生无限的遐想。

新石器时代的那个村庄，或者不叫西阴村，但是，在此居住的先民们，已经熟练掌握了纺织的技巧，看看现在出土的各种纺轮，可以证实这个判断是真实不虚的。嫘祖，她一定是一个极端聪慧而敏感的女子，在日常生活中，嫘祖经过观察，发现了野生蚕茧的丝，在温水里可以抽出来，不禁好奇地抽丝破茧，随后，就借助已有的纺织技术，将这些蚕丝纺织成第一块丝绸。当轻薄如云、光滑闪亮的丝绸展现在人们眼前时，谁也不敢相信自己的眼睛，却相信这一定是上天的恩赐，于是，这极为稀罕的新奇的物品，有了一个崭新的名字——丝绸，或者是别的名字。名字并不重要，只是这丝绸，确实在夏县这个地方飘然而起了，就像一抹朝霞显现在万籁俱寂的清晨，人们不知道这预示着什么。但是，在当时，先民们就被丝绸本身的华丽和灿烂震慑到心灵，感受到它的灵性。于是，丝绸生产之初，被牢牢掌握在少数人那里，穿在贵人的身上，成为黄帝冠冕上的饰品，成为祭祀先祖的上品。当时，谁也未曾料到，丝绸的诞生，成为东方土地上的特产，竟然在整个世界上影响了数千年，至今绵绵不绝。这或许是李济一开始就特别注意这半个蚕茧，并在发现它后，仔细调查夏县蚕茧抽丝的深层次原因。

因此，我们要感谢李济，以及由此成长起来的一代又一代中国考古人。因为他们的千里踏查，寻寻觅觅，此一番有关蚕茧与丝绸的古今对话，方得以展开、深入，显现出无限精彩的广阔空间。

第四章 天虫作茧，初为衣裳
——远古桑蚕业的探索

　　《千字文》开首两句说："天地玄黄，宇宙洪荒。"意为上古时期，人类开天辟地，一切昏暗而荒凉，环境如此，生活自然困苦。约一万年前，中国土地上的先民们经过艰难发展，进入新石器时代，生活方式逐渐由居无定处的狩猎向固定不移的农耕发展。农耕生活，带来男耕女织的变化，女主内，男主外；社会结构也由独立的部族向部族联盟发展，最后演变为国家的雏形。此时，丝织品登上邦国的祭坛，成为部落首领们的必需品，从而深入史前文化的核心。

第一节 丝织肇始，经纬南北
——出土文物里的远古桑蚕

　　历史上传说的三皇五帝时期，大致对应着考古学上的"仰韶文化时期"和"龙山文化时期"。这个历史阶段，人类社会在生产方式、生活方式方面的变化，是革命性的变化，天翻地覆的变化。

　　在物质生产和生活方面，男子成为生产的主导，农业成为最基本的方式，彩陶、黑陶、青铜器依次出现，玉器更是大量出现在上层社会之间；因物质生产丰富起来，社会出现阶层，私有制诞生，继而国家机器诞生。为此，大规模的战争，血腥的厮杀时常发生，以致"血流漂杵"。战争加剧了社会的分化，大部分人沉陷在底层，少部分人掌握着国家机器。这些已经在前面的记述中，给予比较详尽的展现，无须赘述。我们关心的是，这个时期，丝绸生产的基本状况。

考古得到的丝绸物证

新石器时代，伴随着彩陶、玉器、青铜器的诞生，有一样高贵而神秘的物品出现了，那就是丝绸。不过，最初一般称丝帛，丝绸的概念是后来才有的。

前文已专章记述了李济先生在 1926 年的考古，那次发掘，在六千年前的土里见到半个蚕茧，震动考古界，也振奋了丝绸行业。

李济先生的发现，是直接发现了蚕茧，尚不能完全证明与丝绸生产的关系。因为他的发现是中国人考古的第一次，发现与丝绸有关的蚕茧当然也是第一次，故而即使有争论，这个发现也是意义非凡。从 1926 年到现在，中国人在中华大地上的考古，已接近一百年，考古成果极其丰硕，尽管桑蚕与丝绸之类是极易腐败的，而考古发现的有关桑蚕、丝绸的实物遗存还是林林总总，不时显露出来。这些看似不太显赫的发现，集中起来观察，却一再证实着李济先生他们的发现，确实是有关桑蚕生产的，是一个具有历史意义的发现；中国的丝绸生产，在先秦时期，已经达到非常成熟的地步。丝绸的最早产生，则在无文字记载的仰韶文化时期。

且看几处相关的考古实物。

1984 年，河南荥阳青台村的仰韶文化遗址，出土了公元前五千三百年的罗，呈绛色，丝线无捻度，已炭化。据 2020 年 5 月 13 日中国青年网转引《科技日报》的消息报道，上述的"罗"存在一个瓮棺里，是"经过染色处理的彩色丝绸制品"。考古学家顾万发说："这些丝绸距今五千一百年至五千三百年。"这个判断，与上述的公元前五千三百年，在时间上基本一致。此文又说到，"中国最早的丝绸"出土在河南荥阳市城关汪沟遗址，距今五千五百年左右。这块丝绸也在瓮棺中，用来包裹少年的遗体。

考古学家判断，五千五百年这个时间段，正好是传说的黄帝部落那个时代。

1958年，浙江吴兴县（今浙江省湖州市）钱山漾出土绸片、丝带、丝线，绸片变质，呈黄褐色，尚未炭化，可知是平纹组织，蚕丝纤度偏细，是经过缫丝工艺而后织成的，属家蚕丝的纺织品；丝带炭化，丝线成Z捻。经测定，为公元前2735年前后的遗物，距今近乎五千年。

2020年8月，河南省考古工作者在渑池县仰韶村作第四次考古发掘，出土了玉环、象牙手镯、玉钺、玉璜等高等级珍稀遗物。尤其稀罕的发现有两个：一个是仰韶遗址出土的极为常见的尖底瓶，竟然有谷芽酒、曲酒的痕迹，于是，知道这些陶瓶不仅仅是以前人们认知的打水器具，还可能用来发酵粮食，用来储酒；第二个发现是，中国丝绸博物馆的专家对仰韶遗址墓葬的十四个土壤样品做过分析，其中的两个样品发现丝蛋白残留物，说明有关墓葬可能存在过丝绸实物。我们相信，现代考古借助先进的考古技术，即使不易察觉的丝绸遗物，也可测得出来，展现出它们绚烂的真容。[①]

1978年12月，福建武夷山白岩崖船棺内发现烟色丝织品，织物密度稀疏。技术测定，为公元前1862年前后的遗物，是大致相当于夏商时期的产品。

商代是奴隶制社会权力高度集中、经济进入快速发展的阶段，统治者普遍信奉鬼神，玉器、青铜器大量用作祭祀或随葬品。包装祭祀品的则往往是麻布或丝织品。1953年，河南安阳殷墟出土青铜器，表面附着包裹青铜器的丝织品残片，经纬密度达到72根×35根/平方厘米。这样的密度，可以织造平纹的纨、縠，也可以织造菱形暗花纹的文绮和刺绣，说明当时已经发明了专门的提花织机，丝纺织技术达到成熟的境界。

---

① 河南日报：《仰韶重大考古发现：小尖口瓶是酒器！丝绸！混凝土！》，2021年9月29日。

除了直接出土的丝绸之外，纺织的工具更证明了先民们从事丝纺织的经历。浙江余姚河姆渡遗址，曾经出土木制纺织机具，距离现在六千余年；良渚文化的瑶山 11 号墓，出土过玉石制造的纺缚；反山

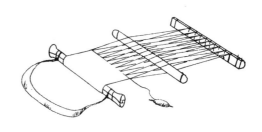

浙江杭州反山遗址出土腰机复原图

23 号墓，出土了一架木制原始腰机部件。历经数千年，这样的木制工具以劫而不灭的顽强精神，坚定地与当代人见面，用以证实远古的先民们如何发挥聪明才智，解决穿衣的问题，真的是奇迹！而且，经过工匠的巧手，一架原始的腰机被复原出来了。

更为惊喜的是，这样的腰机在我国偏远的少数民族地区还可以见到。纺织时，纺娘席地而坐，把卷布轴用腰带系在腰部，两脚撑紧经轴，两手持开口打纬刀，按照次序完成挑线、引线、打纬等动作。如此周而复始，即可以织简单的织物。要知道，腰机虽然简单，却是那个时代一个巨大的发明。

如此种种的出土遗存，一再证实了中国原始的养蚕抽丝，直指新石器时期，这正是黄帝与嫘祖生存的那个时代。

桑蚕肇始的多元说

《中国蚕业史》的作者认为，中国蚕业的发生，是"多中心"的，"它们各自成为中国蚕业起源的组成部分"。"如果加以大范围的区划，即中原的山东、河南，东部的浙江，南部的广东，西部的四川这样四个中心圈。"《蚕桑丝绸史话》的作者也说："黄河流域、长江流域两个地区蚕桑丝绸的起源和早期发展，是平行的和各自独立的，既无明显的时间先后，也无明显的传播和承接关系。所以说，我国蚕桑丝绸的生产的出现是多源的。"[1]笔者以为，这个判断，固然有一定的道理，但是，请不要忘记，华夏文明的共祖是炎黄二

---

① 刘克祥：《蚕桑丝绸史话》，第 10 页，社会科学文献出版社 2011 年。

帝，炎黄是在黄河中下游这个中心逐渐发展起来的，嫘祖是中国桑蚕业的共祖，那么，丝绸发源的"多元说"，恐怕是值得商榷的。何况，作为从一开始就被族权、皇权垄断的丝绸产业，理应是有一个大的中心，就是这里说的山东、河南中心。这个中心区，当然还要包括山西、河北等距离黄河近的地区。山西的河东地区是尧舜禹的古都，炎黄蚩尤的传说在这里不绝于耳。出土了蚕茧的夏县，产生了"潞绸"的上党，当然是中国丝绸的发生地之一。

第二节　黼黻文章，记载綦详
——古诗文里的桑蚕

中国有文字的时代，应该在尧时期，陶寺出土的陶器上，就有"文"字；而文字的成熟时期，是商代，即清代末期发现的甲骨文。所以，有关商代以前桑蚕业的记载，一般是出于传说和想象，商代以后，则多为实录性的文献。

商代甲骨文里仅与丝相关的文字就有一百余个，还有许多关于桑蚕的记载，如"贞，元示五牛，蚕示三牛，十三月"，以及"蚕示三牢，八月"，等等。示，指献上祭品，用以祭祀的意思。以五牛、三牛、三牢祭祀，表明对蚕事的高度重视。

《管子·轻重甲》亦云："昔者桀之时，女乐三万人，端噪晨乐，闻于三衢，是无不服文绣衣裳者。"并说，商纣王"多发美女，以充倾宫之室，妇女衣绫纨者三百余人"。《墨子·后语上》也批评商纣王"酒池肉林，宫墙文画；雕琢刻镂，锦绣被堂；金玉珍玮，妇女优倡；钟鼓管弦，流漫不禁，而天下愈竭"。描述夏与商末期的国君昏庸无道，穷奢极欲，而丝绸、金玉之类，是帝王奢侈生活的象征，表明丝绸高贵的品质和发达的生产程度。

《诗经》是中国最早的诗歌总集，也是记录商周时期蚕事最多的文献。

《魏风·十亩之间》写在桑园采桑的女子想嫁给心爱的男人："十亩之间

兮，桑者闲闲兮，行与子还兮；十亩之外兮，桑者泄泄兮，行与子逝兮。"这《魏风》就是当今晋南地面的诗歌。桑园十亩，那是一家的桑园，地面很是宽广，由此或者可以推算出桑户及丝纺织业的经营规模。

且看，有关河东桑田的诗歌还有《魏风·汾沮洳》："彼汾一方，言采其桑。"言女子在汾河湿地的桑园里采桑。沮洳，指汾河附近的低湿之地。

《唐风·鸨羽》："肃肃鸨行，集于苞桑。"说一种似大雁的鸟，扇动翅膀，落在茂密的桑树上。唐，也在今河东地区，具体地点大约在今临汾市的翼城县一带。

《小雅·隰桑》也是记述桑间爱情的："隰（低平的湿地）桑有阿（柔美的样子），其叶有难（茂盛的样子）；既见君子，其乐如何。"这里的桑，种在低而平的湿地上。

《鄘风·桑中》说男女在桑中相约，又邀约在上宫，送别在淇水的过程。鄘这个地方，是周代的国名，故地在今河南卫辉市的地面上，就是太行山的南麓，与河东毗邻。

《郑风·将仲子》："将仲子兮，无逾我墙，无折我树（栽种）桑。"

《鄘风·定之方中》："景山与京，降观于桑……星言夙驾，说（欢愉）于桑田。"

宣扬桑间的爱恋，这桑树、桑叶，都长得肥嫩茂盛，那里是青年男女约会的好地方。

《诗经·豳风·七月》是描写农业生活的长幅画卷，有爱情，也有许多与丝织相关的事：

　　七月流火，九月授衣。
春日载阳，有鸣仓庚。女执懿筐，遵彼微行，爰求柔桑。
春日迟迟，采蘩（白蒿）祁

《诗经·豳风·七月》张继红手书

祁（众多）。女心伤悲，殆及公子同归。

　　七月流火，八月萑（春秋时郑国的沼泽萑苻）苇。蚕月（三月）条桑，取彼斧斨（斧头），以伐远扬，猗（牵引，拉）彼女桑（低矮的桑树）。

　　七月鸣鵙（伯劳鸟），八月载绩（纺织）。载玄（黑而赤的颜色）载黄，我朱（红）孔阳（鲜明），为公子裳。

　　诗中写的是豳地的风情。豳，是周王朝发祥的地方，今陕西彬州市一带。春天的时候，阳光明媚，采桑女沿着田间的小路结伴去桑田里采摘桑叶，用来喂蚕。她们在桑间劳动很是愉快，却不免因为不能与"公子"归去而伤心。随后，又写到桑女为公子纺织，做出玄黄交杂的丝绸衣服，从而把从养蚕、采蘩，到纺织、缝衣全过程的"蚕事"都描写出来。有关"采蘩"，是将蘩（白蒿）采下，经过开水煮沸，以蘩的汁液浸泡蚕卵，可以促进蚕卵孵化，关乎蚕事的繁荣。

　　《秦风·车邻》则说："阪有桑，隰有杨；既见君子，并坐鼓簧。"此处的桑是长在秦川的黄土原上，杨树则长在湿地上。

　　《卫风·氓》："氓之蚩蚩（憨厚的样子），抱布贸丝。"是描写卫国那里丝绸的交易，是丝帛生产好以后的事。

　　《曹风·鸤鸠》："鸤鸠在桑，其子七兮。"《小雅·南山有台》："南山有桑，北山有杨。"这一类的桑，广泛地在诗歌中用作起兴，借以合辙押韵，或非实指。桑存在于日常生活中，以至随口歌咏起来，便亲切地将桑挂在嘴边。

　　《大雅·皇矣》："攘之剔之，其檿（落叶乔木）其柘。"柘，落叶灌木或小乔木，其叶可以喂蚕。以柘叶喂食的蚕叫柘蚕，此蚕吐丝叫柘丝。说明在周代以前，应该就不只是桑树养蚕了。

　　《诗经》所歌咏的蚕事，从地域分布看，主要在山西（《唐风》《魏风》）、陕西（《秦风》《豳风》）、河南（《郑风》《卫风》《鄘风》《邶风》），还有山东（《曹风》）。这不是说其他地方不产丝，而是说，丝绸因统治者主要在黄河中下游地区，就近的晋、陕、豫当然是蚕的主产区。即使桑蚕产生的"多元说"，也一定是有主有次的。

所以，《中国蚕业史》也说："所有这些地区，相当于现在的山东、河南、山西、陕西、甘肃、四川、湖南、湖北、江西、江苏、安徽和浙江等省。从丝织品的产量和质量来看，可知当时在山东、河南、山西，蚕业是最繁荣的。"[①]山西，在周代，主要是河东的汾浍谷地，属于晋陕豫华夏民族发祥地的中心，当然应该是周以前蚕业发达的地区。

有关周代以前的蚕业，其他古文献也有许多记载。

《周礼·夏官·职方氏》："河南曰豫州，……其利林、漆、丝、枲"；"正北曰并州，……其利布、帛"。并州即《禹贡》的九州之一，在今山西中部。帛就是早期的丝织品，属绢罗之类。可知山西确是周代以前丝的主要产地。

传说为春秋越国范蠡所著的《范子计然》中说："白素出三辅（今陕西关中）……锦大丈出陈留（今河南开封附近）……能绣细文出齐（今山东）……绨出河东，白纨素出齐鲁。"记述当时的丝绸物产，主要是陕（三辅）、豫（陈留）、晋（河东）、鲁（齐鲁）。也证实河东地区是春秋时期丝绸的主要产地之一。绨，即粗而厚的绸子。想想也是有道理的，河东较今山东、陕西、河南的气温要低一点，尤其是冬天更冷，做厚实的绨袍，符合当地的气候、环境特点。

第三节　虔敬事蚕，屡化为神
——以蚕为神的祭祀传统

上古蚕雕的暗示

2020 年 5 月 7 日，中国现代考古将届一百周年的时候，在河南郑州巩

---

① 浙江大学编著：《中国蚕业史》，第 44 页，上海人民出版社 2010 年。

义市的双槐树古国遗址重大考古成果发布会上，展示了一只用野猪獠牙制作的蚕。蚕的形状是曲弓的，通体透明。专家说，吐丝阶段的蚕，发出透明的颜色，且证明它是一只家蚕。蚕在吐丝的时候，头部和尾部的肌肉会来回伸缩，弓曲不已，因而形成 C 形，吐丝将尽时，才会变成 S 形，最终要成为 8 字形。所以，专家认为，古人当时已经掌握了养蚕缫丝的技术。与会的李伯谦、王巍等考古学家很是惊讶，认为这只牙雕的蚕，证明"肇始了中国的农桑文明"。

双槐树遗址，处于黄河和伊洛河交汇的河洛文化中心区。站在遗址高处展望，黄河两岸的景象尽收眼底，气象阔大。考古学专家注意到双槐树遗址的特殊位置，断言其不是一般的部落遗址，而是级别非常高的都邑性质中心聚落遗址，属于仰韶文化晚期，距今约五千三百年，是"中华文明探源工程"的重大成果。可知，这一件透明的骨质蚕雕，绝非一件玩具，应与古代图腾相关，与王室的祭祀相关。小小的蚕雕有如此重要的地位，明显地告知世人，这里发展了成熟的农桑文明。

在双槐树遗址紧邻的黄河北面，就是运城市的垣曲县，古黄河的渡口济民渡就在这里。往北跨过中条山，就到了盐池；盐池的北边十余公里，就是夏县西阴村。

有趣的是，在西阴村南的师村，也发现了距今六千年到六千五百年间仰韶文化时期石头雕刻的蚕蛹。

师村位于中条山北麓，盐池以北约七公里。2019 年，吉林大学考古学院和山西考古部门联合发掘师村古聚落遗址，意外发现四枚石雕的蚕蛹。蚕蛹的大小如枣核一般，上面均用尖锐器物刻着条状的花纹。这四枚蚕蛹，不仅为近一百年前李济他们发现的半个蚕蛹提供了实物佐证，而且，从两处遗址出土的彩陶花纹看颇

山西夏县师村出土的新石器时期石雕蚕蛹

为一致，在时间上应该与西阴村遗址同期或稍早。无独有偶，早在1960年，在中条山南麓芮城县的西王村，出土了一件西阴文化时期的"蚕蛹形陶饰"。而在2022年，在山西闻喜县上郭村，山西考古专家又发掘出仰韶晚期遗存，其中也有一枚石雕的蚕蛹。这个地方也在鸣条岗上，距离西阴村遗址不足百里。

从西阴、师村、西王村以及上郭村发现的蚕茧和手工蚕蛹，都是我国目前发现的最早的蚕文化遗存，是我国桑蚕业在河东最早发展起来的有力物证。

其实，蚕的迹象在仰韶文化时期河东以外的遗址，也不时显露出神秘的面容。

2021年是中国现代考古一百年，百年前，1921年，瑞典学者安特生在辽宁省沙锅屯遗址，发现长数厘米的大理石蚕形饰。

1960年，在河北正定南杨庄也发掘出陶质蚕蛹。

1963年，江苏梅堰遗址出土的陶器，表面刻着蚕纹。

安徽蚌埠郊区吴郫新石器时期遗址，发现陶器的底部刻画着蚕儿营茧的形象，蚕的体外有许多直线，被专家认为是蚕在蚕蔟中吐丝。

在偏远的甘肃临洮，有一个冯家坪遗址，距今约四千二百年，也有刻画了蚕形昆虫的双联陶罐。

辽宁与内蒙古交界处的红山文化遗址，则发现许多以玉雕刻的蚕。

1953年，在河南安阳殷墟大司空村出土的玉蚕，长3.1厘米。玉蚕的嘴是张开的，似乎在嚅动着吃它喜爱的桑叶。同时出土的还有包裹青铜器的丝织品痕迹。

1957年，陕西宝鸡西周贵族大墓中，出土了数量可观的一组玉蚕，都是仿真

河南安阳殷墟大司空村出土的玉蚕

的雕刻，像极了真蚕，最大的长约四厘米，最小的还不到一厘米。

如此多蚕的形象，遍布中国各地，辽宁、山东、甘肃、河南、陕西、山西，山西的早而多，引人注目。有骨雕、石雕、玉雕、陶制。

人们不禁疑问，残存到现在的蚕的形象，是先民们无意间的作品？是供儿童的玩具？还是供欣赏的工艺品？

现代考古证实，新石器时代，先民的生产工具还比较落后，要制作陶蛹似乎容易，在小石头上刻出细而深的槽，却是一件极不易做到的事，石头怎么固定，用什么坚硬的工具雕刻，都是问题。至于将猪牙雕刻成蚕的形状，就更加难乎其难。最难的是在玉石上做工。做一个玉蚕，古人要多少工时？难以想象。

那么，为何还要费时费力，做这么多无实用价值的蚕的形象？想来一定是蚕具有与图腾相关的神秘力量，促使先民们不厌其烦地制作蚕的雕像，用作祭祀或陪葬品，从而祈求与神同在，生者得到富足，死者得享安宁。

"天虫"猜想

蚕，有一个特别的名字——天虫。

这与先民对蚕的崇拜相关。打开百度，对"天虫"作如此解释："天虫是幼蚕感染细菌死亡硬化所形成的产品，一般都当作中药来使用。"翻开《辞源》，"天蚕"则是另外一番解释："野蚕的一种。屈大均《广东新语》卷二四：'天蚕出阳江，其食必樟枫叶。岁三月熟醋浸之，抽丝长七八尺，色如金，坚韧异常，以作蒲葵扇缘，名天蚕丝。'"从作为野蚕的"天蚕"，到中药产品的"天蚕"，是一个自然的过渡。

小小野蚕，为何冠以"天"的称谓？似乎与蚕是"龙精"的传说相关。《周礼·夏官·马质》"禁原蚕者"，汉郑玄注引《蚕书》之说："蚕为龙精，月值大火，则浴其种。"前人对"龙精"的解释，一为水，二为日，三为蚕。然而未作进一步解释。以字义度之，蚕与龙精相等，自然不用解释，而龙在水，龙在天，是古人对龙上下翻覆的表意，以水与日代指龙，都是对中华龙图腾的展示。而蚕之吐丝，昂昂然似龙；蚕之羽化，亦似龙之变幻莫测。抑或因此，先民们将蚕与龙联系起来，于是对龙形的蚕充满了虔敬之情。

早在中华民族的先民进入文明社会的初期，对上天的祭祀，就是先王、贵族们最重要的精神文化。祭祀的实质，是表示神权天授，以实现对万民的统治，对社会秩序的控制。所以，最尊贵的陶器、玉，以及以后盛行的青铜器，都作为礼器，高高供献在庙堂之上。在祭祀天神或祖先神灵的时候，先王和贵族们，无不穿着衮服，这多半是丝绸制作的。于是，丝绸在最初产生的时候，就进入庙堂，参与祭礼。在凡人的眼中，王公贵族们耀眼的丝绸服饰，是可望而不可即的，它不是一件奢侈品，而是与那些玉器、青铜器一样，有着神秘的外观，非同一般的尊贵品质。

进而，丝绸被用作丧葬的用品，覆盖在陪葬的物品上，甚至装裹在死者的身体上。《礼记·丧大记》说，殓尸之制，先以衾覆，"君锦衾，大夫缟衾，士缁衾"，有严格的级别规制。锦是绚丽的色织提花物，缟是不染色的白丝织物，缁是黑色，指黑色布衣，可知，大夫以上的死者，以丝绸产品覆盖着死者的遗体，礼制严格，不可僭越大概是由来已久的。

殷商的时候，有一个很有名的女子，她叫妇好。考古学家判断，好应该是她的姓，妇则是亲属称谓。她是殷商武丁的妻子，又是一位显赫的女将军，屡次率兵征伐周边方国，开疆拓土。她率领的兵丁，最多的一次达一万三千余人，并且取得辉煌战绩。妇好三十余岁不幸去世，美妇归天，将星殒落，武丁异常悲痛，追谥其曰"辛"，其后人则尊称为"母辛""后母辛"。武丁对妇好实行了高规格的礼葬，是独葬的大墓，超越了一般王妃帝后的规格。妇好墓在安阳的殷墟，现在，从殷墟出土的一万余件青铜器，铭文里提到妇好的，就有二百余处。妇好墓出土的大量青铜器居然有五十多件有纺织品附着物，四十多件显示是丝绸产品。

最早对商代青铜器上黏附的丝绸做分析的人，是瑞典女科学家西尔凡。她著了一部书，叫《殷商的丝绸》。这位细心的作者，仅仅在一件殷商的铜钺上，就发现平纹组织的绢，以及平纹上呈现菱形花纹的绮。那件钺上，还仿佛有刺绣的残迹，可以想见殷商丝绸样式之华美。

我们可以想象，在六千年前后的社会生活中，野蚕吐丝的景象，被先民们视为神奇的现象。它小小的躯体，在短促的一生中经历卵、幼虫、成虫、蛹、结茧的过程。尤其是到蛹的阶段，蚕似乎失去生命的迹象。有不更事的幼童要问，它死了吗？老者说，它没有死。果然，不几天，蛹又不可思议地长出了一双翅膀，羽化成蛾。蛾咬破蚕茧的壳，并产下蚕卵，翩翩飞了出来。那幼童觉着真是不可思议。而智者，在反复的观察中，发现了蚕蛹抽丝的用途。第一根蚕丝吐出来，这便是天丝，自然之丝。所以，那富于变化的蚕，被先民们给予一个神奇的名字——天蚕。一个"天"，在今人可以理解为自然，在古人尚处于蒙昧的时代，则宁可理解为"天赐"之"天"。蚕的变化太过神奇，不好以常理解喻；它对世人的赐予，是一束闪闪发光的丝。可以大胆猜想，丝者，死也。蚕吐丝后，死了。人们感激蚕以死作出的贡献，把蚕吐出的物质叫作丝，取死的谐音也。此为先民们对上天赐予的虔诚膜拜。而智者的发现，促使野蚕的吐丝，进化到养蚕吐丝。丝绸纺织，一个划时代意义的生产开启了。

上古的社会是淳朴的，当智者引导先民们发明了养蚕和抽丝，先民们知道将一切归功于亲耕亲蚕的黄帝和嫘祖。所以，嫘祖成为发明养蚕抽丝的始祖；嫘祖养蚕抽丝的图景被固定为一个景象，成为一个象征，这无疑是准确可信的。

袁宣萍、赵丰合著的《中国丝绸文化史》写到这些内容，极为形象地发挥了一段："黄帝正妃嫘祖发明蚕丝的传说与地下新石器时代遗址出土的丝绸实物互相印证，让我们似乎看到了一片雪白的蚕儿在远古祖先的注视下昂头食桑的场景。这些可爱的生物，伴随着中华文明从远古走到今天，这在世界文明史上是绝无仅有的。"[1]

---

[1] 袁宣萍、赵丰：《中国丝绸文化史》，第15页，山东美术出版社2009年。

第五章 栽桑养蚕，剥茧抽丝

——中华桑蚕生产史述

丝产于蚕，蚕养于桑。

桑是蚕赖以生存的最佳食物，就像国宝大熊猫，只是吃着绿色的竹子，蚕主要是吃桑叶。吃桑的蚕，吐出的丝，品质最好。其次是柘，再次是柞，等等。柘只是桑的补充，以柞叶养蚕，是野外放养，兴起于宋元以后。与丝绸最早结缘的主要是桑蚕，中国是桑的王国，桑是蚕的最爱。

第一节 植桑之源，蚕蛹羽化

——桑与蚕的天然缘分

记述有关中国古代的桑与蚕，话题先说得近一些。

大侠黄飞鸿与西樵桑蚕业

改革开放之初，内地百姓热情地看港台的电视剧，其中最热衷的，莫过于全民观看大侠黄飞鸿。芸芸众生或许过分关注黄飞鸿非凡的武功，以及亦庄亦谐的剧情，却很少有人知道，这位武功盖世的大侠，他的家乡是一个植桑产丝的好地方。

黄飞鸿的老家，是西樵镇，乃是明清时期一个非常有名的镇，今属广东佛山市南海区。西樵在古时候，原来是江南最大的采石场，历史可以追溯到六千年前的新石器时期。但是，西樵处于珠江三角洲，到处是港湾湖汉，水网纵横。西江、北江的泥沙伴着流水缓缓流淌，沿着西樵山、龙江山、锦屏山附近的岛屿或丘陵台地慢慢沉积下来。宋代的时候，珠江三角洲的沉积加快，人们沿江修筑一些"秋栏基"，阻挡海水对农田的冲击。明清时期，农民在围好的堤坝内挖掘了无数鱼塘，为了固基，堤坝上则种满了桑树和其他果树，面积达数万亩，当地人称作"桑基""果基"，或者干脆称作"桑园围"。如果站在突兀而起的西樵山上，放眼望去，山下是郁郁葱葱的桑树，以及如梦如幻的烟渚，煞是好看，于是，西樵山成为广东著名的风景名胜区。

不过，风景好看，多是达官贵人、文人墨客的事。当地的农民辛勤地侍弄着围基上一望无际的桑林，逐渐发展起来养蚕业，并带动着缫丝和纺织业的兴盛。晚清实业家陈启沅先生看到商机，创办了中国第一家近代机器缫丝厂，成为西樵近代工业的起源。陈启沅根据实践，写了一本《蚕桑谱》，指导蚕农的缫丝实践。陈先生就是百余年前可以知悉名字的养蚕缫丝的智者。

据考证，西樵纺织业最发达的时候，有机工三四万人。武术名家黄飞鸿在机工中发展了南拳，成立"锦纶堂"。机工们团结在锦纶堂周围，形成保护自身的自卫力量，令官府感到害怕。西樵的桑间和缫丝的工场，成为演绎大侠黄飞鸿传奇、彰显公道的绝佳场所。实际上，这里真正发展起来的是造福万民的丝绸业。到民国初年，西樵机工们创造出著名的"香云纱"，轻薄而富有身骨，不仅远销上海、南京，又漂洋过海，到达欧洲，被富人们视为珍品。1998年，中国第一个纺织工程技术研发中心在西樵成立，大大促进了西樵纺织业的发展，每年开发出数以万计的新产品。

这是中国丝织业在近现代一个颇为耀眼的侧影，侧影是从南国名胜西樵山下的那数万亩围基桑林开始的。但是，中国的桑蚕业在遥远的北国，在数千年前，就兴旺发达了。

悠远的桑族

桑，是地球上无数植物中的一个特异品种，生长范围广大，从热带到亚热带，都适宜桑的生长。桑又是极为古老的植物，地球上有桑，在一百万年以上。

也许，桑在极为漫长的生长期内，养成了对生存环境的无限适应，几乎可以不择地而生，田间地头，院落山丘，都可以见到桑的身形；一场大雨过后，桑便从墙根的缝隙里冒出来嫩绿的小芽，无人知道它的种子是从哪里飘来的。假如无人理睬，不数月，桑已然成长为高可及人的小树，枝条修长，绿叶有致。如果桑树经过嫁接，次年就可结果。春天结束，开花，结出绿的毛茸茸的果实，名叫桑葚。不久，经阳光滋润，果实膨大，且变红；当果实红到发紫，就是甘甜味美的佳品。

桑葚，是一种奇异的果实，中国古代流传已久的二十四孝里有一则，说的是东汉末年，蔡顺以桑葚奉母的故事。元代的时候，特别崇尚孝亲，剧作家刘唐卿把蔡顺的故事编写为杂剧，名曰《降桑葚蔡顺奉母》，在民间广为流传。其中说，东汉末年，饥荒蔓延，某冬，蔡顺的母亲病危，思食桑葚。蔡顺知道，冬天何来桑葚？因此心焦异常。万般无奈下，蔡顺在院里设香祷告，愿上天将冬天变为春天，命桑树结出桑葚，又许出种种大愿，只要母亲病好便是。上天显然敏察了蔡顺的孝心，即刻转移乾坤，变换季节。于是，和风吹来，桑树漫山遍野一起发芽，并结出鲜美的桑葚。蔡顺见状，喜不自胜，立即上山，采摘桑葚。此时，山大王延岑见了，命喽啰拘来柔弱的蔡顺盘问。他看到蔡顺将青的桑葚放在篮子的一边，紫的桑葚放另一边，不禁发问。蔡顺告他，青的自食，紫的奉母。延岑大为感动，赠以粮肉。蔡顺即刻回家奉母。蔡母用了新鲜的桑葚，即转危为安。蔡顺也因孝心感天，被朝廷格外重用。这则故事虽属荒诞，却是以异常的手段，宣扬了古代以孝道为第一的社会道德价值观。而桑树和桑葚，被认为是一种可以起死回生的奇异果实，想来必定有着民间对桑树及桑葚悠久的认知方面的根源。

三国时《魏略》记载，汉末，曹操的军队千余人西迎天子，遇到粮荒，得到新郑长杨沛奉上的干桑葚，才勉强渡过难关。因此，曹操下令，在大河以北广收干桑葚，借以充饥。想到这些故事，我们可以理解，汉代前后，北方地区一定是桑林遍地，而古人对桑树、桑葚奇异的崇拜，起初或是出于度荒的原因。

桑树，可以是乔木，高达十余米；也可以是灌木，割去枝条，来年再生。是乔木，抑或灌木，是因品种而异的。高耸的桑树，其枝干是上好的木材，质量轻而可塑性好，且会散发出淡淡的香味，最适宜打造家具；桑条则适宜编织各种容器，如箩筐之类，美观，实用。

桑树之于古代百姓的生活，实在是有着千丝万缕的联系，所以，当游子想念故乡的时候，即干脆称故乡为"桑梓"。桑柔而梓硬，象征着慈母严父。于是，故乡的桑梓，即成为一个永恒的象征，存在于千千万万的游子胸膛里最柔软的地方，也永久地存在于古老的乡村。

所以，直到现在，古老的桑树仍遍布中华大地，见证着桑对于桑梓的久远与绵长。

山西运城盐湖区关羽故里常平村古桑树

关帝故里，在山西运城市盐湖区常平村。关帝庙的院内，有一株高约四米、胸围近两米的桑树，树龄在三百年以上。此树奇特，从每年5月开始结果，直到9月，长达四个月的花期，树上一直挂满五色的桑葚，绿、青、浅红、紫、紫黑，当地人称之为"五世同堂"桑树。更为奇特的是，此树的果实，移植到别处，皆是一期挂果，不复有四个月的花期。想来关帝的故里，就是植物，也自有它特别的地方。此外，闻喜县的石门乡白家滩村，有千年古桑，高至十七米，桑葚大而多，呈浓紫色。当地人传说，此地也建有关帝庙，又说是汤王藏兵、练兵处。汤王，或许是唐王李世民的误读，方符合桑树千年的实际。不仅此二处，山西的柳林、沁县、沁水、阳城等地方，也多有古老的桑树，证实了山西全境，在养蚕抽丝方面，都有着古老的历史。

古老的桑树，其实遍布在中华各地。每一片桑阴下，都流传着久远而动人的故事。

洛阳的白马寺，是东汉时期佛教传入东土的第一座佛寺。寺内的一株桑树，历经四百年以上，仍然郁郁葱葱。

福建泉州著名佛刹开元寺，是千年古寺，民国时期律宗的大师弘一法师，曾在此修行。寺内有古桑一株，历经千年以上，被尊为桑神、桑树之王。据说唐睿宗李旦垂拱年间，寺建于桑园之上，那桑树竟比佛寺还早，且有"桑开白莲"的神异传说。

在西藏雅鲁藏布江的大峡谷内，有一株更为古老的桑树，已经有一千四百余年的树龄，相传是松赞干布和文成公主所植，树高 7.4 米，树围 13 米，枝叶繁茂，年年开花而不结果，当地人称"布欧色薪"，即雄桑树。

桑与中华先民的交往假如追溯到最早的以桑养蚕的时候，也恐怕超越六千年。如此说来，这些古老的祖爷爷级别的桑树，对于六千年前的桑园之树来说，也还是小孩儿；假如以一千年为期，须有六株大桑树的时光连接，方可探接到先民们最早从事以桑叶养蚕的时代。

国人植桑的时光何其遥远啊！

科学对桑树的解释是，落叶乔木或灌木，喜温暖湿润气候，却又耐寒，抗干旱，耐湿水能力强。这不就是南北皆宜栽种的树种吗？

事实上，中国的桑树，最早的时候，是从北方开始大片种植的。

东汉的时候，一篇著名的诗歌，叫《陌上桑》。其诗言，采桑的女子名叫罗敷，有句云："罗敷喜蚕桑，采桑城南隅。青丝为笼系，桂枝为笼钩。"说城南的一角有个桑园，女子罗敷到那里采桑叶喂蚕。她手提盛桑叶的笼子，其实就是篮子，笼系是青丝所做；她用来钩拿桑条的钩子，又

晋剧《采桑》中无盐的脸谱

是桂枝专制的，极言其华贵。这都是比兴的手法，借以烘托罗敷的美丽。我们关注的，不是罗敷的美貌，以及她的华贵，而是她所处的城南，那里竟然是一个大大的桑园。所谓"城南"，不得而知，"陌上"也未讲是何处，但是，我们知道，《陌上桑》这一首汉诗，明确无疑是汉代北方的杰作。

汉代的大学者刘向，写过一本书，叫《列女传》，其中有"秋胡戏妻"的故事，说秋胡新婚三日，即被征召入伍，远赴战场。十年后，秋胡因功得官，荣归故里，途经家乡附近的桑园时，见到一位漂亮女子，正在采桑，忍不住上前调戏，不料女子恰巧是他久不相见的刚烈的妻子，随后演绎出种种有关道德和大义的故事。元代的时候，平阳（今山西省临汾市）杂剧作家石君宝将这个故事改编为《鲁大夫秋胡戏妻》，到当代，则演变为京剧《桑园会》，久演不衰。我们这里关注的也不是故事的情节，而是说明，大名鼎鼎的《桑园会》，历经千余年而不衰，它也是北方有关桑园的文学作品。另一个与采桑有关的元杂剧，也是平阳人郑光祖创作的，名叫《丑齐后无艳连环》，也叫《智勇定齐》，其中演说丑女无盐（即无艳，本名钟离春）在桑林里采桑，巧遇追赶白兔的齐国公子，齐相晏婴说合他们成婚，无盐因此凭借智慧和勇气击退秦国、燕国的进攻。此剧也是广为流传，晋剧中即有《采桑》一折，见得无盐的智、勇、德，样样齐备。

《左传》的故事里，写到晋公子重耳被迫出奔晋国，周游在齐国，娶了齐国公主齐姜。于是，年盛的公子不思进取，也是在桑园里会见齐姜，卿卿我我起来，不料被采桑的女子发现。齐姜见到桑树上头的女子，始而尴尬，继而恼怒，再到恨铁不成钢，一狠心，竟然将采桑女斩杀，并劝勉重耳走出温柔乡，归国报仇，一个盖世霸主的复国心路竟是从齐国的桑园起始的。

以上提到的桑园故事，无一例外，都发生在北方。

于是，往上推演到《诗经》，是桑与蚕最早的文字记载:《魏风·汾沮洳》:"彼汾一方，言采其桑。"《唐风·鸨羽》:"肃肃鸨行，集于苞桑。"这些涉及桑园的诗句前已引及，此仅仅说到《魏风》《唐风》的古诗，是要说明它们是河东地区种桑养蚕的真实形象。从《诗经》记载看，三千年前以至更早，种桑并养蚕的地方，主要是北方，具体一点说，是黄河中下游地区。当然，晋南是一个核心区域。

桑树从野生到大量种植，主要是因于喂蚕，目的是生产丝织品。或说，采摘野桑的树叶，已经不能满足曲折蠕动着的蚕的无尽食欲，先民们开始大量种植桑树。当蚕宝宝长大，食欲旺盛，桑叶还是无法满足它们的需要时，蚕农们即采摘柘叶作为补充。但是，蚕实在是太喜欢食用桑叶了，而且食用了柘或柞叶片的蚕丝，明显不及单纯食用桑叶的质量，于是，桑树的种植面积被迫扩大。《诗经·魏风·十亩之间》说:"十亩之间兮，桑者闲闲兮，行与子还兮;十亩之外兮，桑者泄泄兮，行与子逝兮。"一块桑林十亩大，十亩之外，还有桑林，可知，西周的时候，在魏这个地方，也就是现在的晋南一带，种桑养蚕，已经有很大的规模，是很普遍的现象。战国时候，也就是东周的晚期，亚圣孟子说:"五亩之宅，树之以桑，五十者可以衣帛矣。"就是说，在五亩大的宅院种植桑树，养蚕抽丝，五十岁的老人就可以穿上丝绸衣服，过上好日子。这是孟子设计的理想的养老办法。所以，我们在古书里往往会看到有大片大片的桑树林，就可以知道，这里一定是养蚕的地方。

桑树的栽培，是一门技术活。

《蚕桑丝绸史话》的作者刘克祥判断:"商代以前，主要是利用野桑饲蚕;商代后，桑树的人工栽培逐渐普遍;到西周、春秋时期，人工栽培的比重越来越大。当时主要有高干乔木桑和低干乔木桑（即女桑）两个品种，栽培技术也逐渐成熟。桑树每年都要进行整枝，造型也相当讲究，既要充分利用太阳光进行光合作用，提高桑叶产量，又要考虑到采摘的方便。"

《诗经·豳风·七月》记载了整理桑树的劳作:"蚕月条桑，取彼斧斨，以伐远扬，猗彼女桑。"农历三月，也称蚕月、桃月，蚕就要吃桑叶了，桑农带上斧头，赶到桑园，修理太长的桑条，使桑树的枝条疏朗，以便通风;

看到空地上有弱小的桑树，就把它绑牢，以助其成长。这是很古老的桑树栽培记录。现在的桑树栽培，已经非常成熟，却依然遵循着古法。

第二节　天赐蚕茧，缲丝织帛
——原始的丝帛生产推想

神奇的蚕

蚕真是一种神奇怪异的物种。

从科学的角度界定，蚕属节肢动物内的昆虫纲，鳞翅目。蚕的一生极短，大约只是四十五天，不到七周。四十五日之内，蚕儿从卵，到幼虫，到蛹，最后华丽转身，变为翩翩飞舞的蛾，此即所谓"羽化"。古人或许从蚕变蛹，转而为飞舞的蛾，在生命的最后绽放华彩，仅数日即仙逝的生命历程，感悟到生命之短促，所以有庄生梦蝶的故事。庄子极敏感，竟然不知自己为蝴蝶，抑或蝴蝶为我，于是，悲喜交集。这是有关生命的终极性话题。古人对蚕的生死轮回的感悟，当然不止于庄子，何况蚕非同一般的蛾，是可以给人们带来实实在在的经济利益的，因此，他们将这种感悟上升到对蚕的膜拜，于是，就有了那些经过精雕细刻的玉蚕、陶蚕、石头蚕等等，摆供在祭桌上，或随葬在死者的坟墓里，寄托了先民对生命循环往复、生生不息的念想。从这个意义上看，蚕短暂的生命，又充满着哲理，使人永久回味。

蚕就是这样奇异的物种。

蚕的真实，是它日夜不停地吃着自己喜欢的桑叶。如果是万籁俱寂的夜晚，站在蚕宝宝的近处，就会听到沙沙的声响，这便是汉语里的"蚕食"，使人感受到蚕食的力量；蚕食的声音，在桑农听来，是最美妙的交响乐，以至喜从心起，乐而忘疲。他们看着蚕卵发育成幼虫，幼虫长大后，将丝吐出来，作茧自缚，蚕茧外包的丝，长达三百米，最长可达一千米。当蚕吐尽最后的丝的时候，已然筋疲力尽，蜷缩在茧内，近乎十五天，像极了死亡的状态。所以，李商隐说，"春蚕到死丝方尽"。当蚕蛹的核心积蓄了力量，破茧而出，羽化成蛾后，茧随即被蚕农收获，这便是人们盼望的丝的最初的产品。人类尚处于蒙昧的时代，对蚕丝的认识，不就是上天所赐吗？

桑蚕在蚕农的习惯称呼，就是野蚕。清代汪曰桢《湖蚕述》"桑蚕"部分，综合许多史籍，做出判断："蟓，桑茧，即今桑蚕，亦称野蚕。"野蚕"生于桑间，形与蚕同，色黑而小，色亦不白"。"每年五六月采一次，此农家自然之利也。"养蚕、敬蚕、祀蚕，终究是为了织丝取利。

丝织伊始

关于养蚕，《中国丝绸文化史》作过合理的推测："中国内地有着广泛的桑树和野蚕的分布，结出野生的蚕茧，并被先民们注意到；其次是此前已经成熟的纺织技术。有了这样的自然与技术条件，才有蚕丝业发展的可能。""野蚕以桑叶为食，本是桑树的天敌，与桑树相伴而生。因此，原始先民有机会接触到自然分布的大片野生的桑树与食桑为生的野蚕。可能是为了吃蛹或是占卜，或是别的什么原因，他们切割、撕开蚕茧，使得丝纤维松散，或蚕茧在雨水中浸泡导致丝纤维离解，种种机缘使得人们对蚕结茧、茧抽丝这一自然过程有了直观的认识。"

成书于春秋战国时期的《尔雅》，已经将蚕分为桑蚕、柞蚕、萧蚕、艾蚕等等。如此细密的分类，表明春秋以前，养蚕已经很是成熟。可以想象，从采集野蚕茧缲丝织绸，到人工养蚕，一定是经历了很长的时间。但是，我们已经不可能详知了。

穿衣是人类有别于其他动物的进步。因为穿衣，便发展了纺织。发现丝的妙用，便发明了养蚕抽丝织帛。《淮南子·氾论训》说："伯余（黄帝之臣）之初作衣也，緂麻索缕，手经指挂，其成犹网罗；后世为之机杼胜复，以便其用，而民得以掩形御寒。"可见，最初的纺织，是极为原始的。现代考古工作者，在六千余年前的黄河流域、长江流域，出土了葛布、麻布的纤维，这应该是有了类似"机杼"的纺织工具。浙江余姚河姆渡反山 23 号墓，出土了一件可以复原的腰机，主体由卷布轴、经轴、开口打纬刀组成。卷布轴的截面呈椭圆形，可以分为两部分，如果错缝相扣，即可将织好的物品夹在卷布轴中；开口刀的断面也是椭圆形，两端装饰有舌头一样的玉器，其外端圆弧匀而薄，可以用作挑花开口。织布时，织女席地而坐，把卷布轴用腰带系好，如此周而复始，就可以织造简单的布或丝织品了。可以推断，这种原始腰机的使用，为最早的丝绸的织造，提供了技术条件。

中华丝绸的早期织造开启了。这个时间，距今大约是六千年。之后，是漫长的改进与创新阶段，大约在殷商的时候，丝绸织造的技术比较地成熟起来。

第三节　能工大匠，经天纬地
——中华丝绸的千年辉煌

中华丝绸，历经数千年，从缫丝、练染、纺绩，到上机织造，工艺复杂，无数能工大匠倾注智慧，创造出经天纬地、洞天福地的丝绸世界。

浅说缫丝

从蚕茧到上机织造，中间要经过缫丝、络丝、并丝、捻丝、整丝等多道程序。

缫丝是第一道重要工序。蚕茧主要是丝素，丝素之外，是一层胶，名丝胶。将蚕茧放在一定温度的水中，丝胶溶解，从而使丝纤维分解。抽取蚕丝，这就是缫丝的最初操作。络丝，就是整理蚕丝，使其顺序清晰。浙江吴兴钱山漾遗址，曾出土了两把小扫帚。专家说，这是最早的专门用来整理丝绪的扫帚。捻丝，就是将蚕丝用特制的工具捻成丝线，以便纺织。

缫丝的具体操作，很是复杂。

蚕的吐丝，是春末时节。吐出的蚕茧要赶紧进入缫丝的环节。缫丝，就是把蚕茧的丝拉出来变成长长的丝缕。前已述及，最初的缫丝是温水泡，把蚕茧变软，从而利于抽丝。缫丝的过程很是艰难，如果不能顺利，丝乱如麻，就不便于进入纺绩程序，且浪费丝线，枉费了蚕儿吐丝的艰辛。为此，缫丝之前，古人要举行祭礼。《礼记·祭义》："及良日，夫人缫，三盆手，遂布于三宫夫人、世妇之吉者使缫。"祭礼由"夫人"主持，名"夫人三盆手"。夫人的工作是，在盛着茧子的盆子里拍三下，表示要将茧里的头绪震出水面，其实是便于理出丝的头绪。别看这个工作简单，却是一件技术活。具体程序则是，女子手持小筷子，在盆里绕行，从而将丝头挑起来，并挽在一起。其法名"索绪"。索绪的原理，千古未变。这正如"提纲挈领"一般，找到事物的源头，找到丝的头绪，其后整理长长的丝线就容易了。整理丝缕（古名纪），理出头绪，叫"经"，叫"经纪"，是头道程序，故而非夫人做莫属。此"夫人"应该是地位极为尊贵的女子，或就是皇后、妃子之流。或者见出上古嫘祖从事桑蚕工作的遗意。

这事说来简单，却不是那么容易做好，水热，出来的丝软，不挺拔，无韧性；水冷，丝胶难以脱去，丝抽不出来。所以，有"治丝益棼"的成语，取自治丝，而比喻治世。其语出自《左传·隐公四年》："臣闻以德和民，不闻以乱。以乱，犹治丝而棼之也。"

元明时期，南方缫丝者改变一遍煮茧即抽丝的办法，而是在煮茧的锅边另置放一盆，将煮好的茧放入，加少量温水，即开始缫丝，此曰"冷盆"缫丝。以此法缫丝，可防止茧煮得太熟，丝胶脱尽，丝缕拉出茧来，丝胶还覆在丝的表面，一旦干燥，丝线坚韧有力，便于纺线，便于织丝，丝的质量

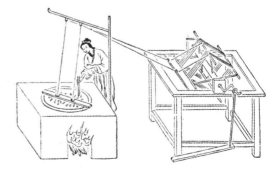

北缫车图

也高，织品挺括。为使生丝干燥得快，古人还在缫丝车的木架下面放置一个炭火盆。现在，缫丝车间仍然是秉承古法，煮、缫分开处置，并在缫丝框下面加了烘干设备。

练漂工艺

缫丝的工艺，是将蚕丝脱胶，形成生丝。生丝要经过脱胶的工艺，即漂练，从而形成熟丝。即使是制作生帛，也须走脱胶的程序。到西周和春秋的时候，脱胶的工艺已然成熟，《周礼·考工记》里即可以看到详细而完整的练丝、练绸的工艺过程。基本方法是采用富有碱性的楝木灰、蚌壳灰交替浇洒，起到脱胶的作用。其大致程序是：将浓的楝木灰水浇在帛上，然后放在光滑的容器内用蚌壳灰的汁浸泡。待灰汁澄清，帛要脱一次水，再次浇楝木灰汁；再次脱水，涂抹蚌壳灰，放置过夜。次日，又浇洒楝木灰汁，第三次脱水。如此经过七昼夜的水练，生帛的胶即完全脱去，而且看起来较前白得耀眼。脱胶的工艺，是不断发展的，明代，宋应星《天工开物》记载了以猪胰子、乌梅脱胶的办法："凡帛织就，犹是生丝，煮练方熟。练用稻稿灰入水煮，以猪胰脂陈宿一晚，入汤浣之，宝色烨然。或用乌梅者，宝色略减。"

丝帛的练漂工艺数千年来变化一直不大，以灰练、水练为主。其基本原理是，利用丝胶在碱性溶液中有溶解度的特点，先用较浓的碱性溶液（楝木灰水）使丝胶充分膨润、溶解，然后用大量较稀的溶液（蜃灰水）把丝胶洗掉。

用于灰练的灰，有冬灰、荻灰、藜灰、青蒿灰、桧木灰等等。李时珍《本草纲目》记载："冬灰，乃冬月灶中所烧薪柴之灰也……今人以灰淋汁，取碱浣衣，发面令哲，治疮蚀恶肉，浸蓝靛，染青色。"荻，芦苇也。荻灰，即芦苇灰；藜灰，即蒺藜所烧的灰；青蒿灰，今泛指草木灰。当时，用于染练，或是专指相应植物的灰烬，都是南北方极易于得到的，方便练染，唯桧木或产于南方。可知三国以后，南方在丝绸生产方面，已经占据主要地位。

灰练速度快，然而灰中的碱，对丝线不免有损伤，故而也广泛采用水练。后魏时期的贾思勰，著《齐民要术》，详细介绍了水练的方法："以水浸绢，令没，一日数度回转之。六七日，水微臭，然后拍出，柔韧洁白，大胜用灰。"唯水练周期长，所以，灰练仍然是主要的方法。

练丝，也采取捣练的方法。

以木杵在砧上反复捶捣洗煮过的熟绢，促使其溶解丝胶，质地柔软，便于使用，称捣练。这是与水练结合的工艺，也是水练的后续工艺。捣练的方法，起初是两人对立，各以单杵而捣。唐代张萱绘有《捣练图》，是盛唐时期极为有名的风俗画，全图分三组十二个人物，详细图解了捣练的过程。我们看到，画是长幅，分三部分。右边一组，正在捣练，四位宫女各持木杵，二人捣练，二人小憩。小憩的一人木杵还未落地，左边的一人，已经挂着木杵，显得很是疲惫。中间的一组是坐图，一人正在理丝，一人坐在小凳子上缝制。第三组是拉直、熨烫，也是站图，两人拉练，两人熨烫，持熨斗者，显然是主角，穿着大方，神态自若。另有两个小女孩穿插其间，其中一个红衣女孩弯腰抬头，从长长的练丝下面观察，一副煞有介事的神态。画家有意无意之间，形象地记录了捣练的工艺流程。宋元以后，捣练发展为两人对坐，各以双杵卧捣，从而加快了捣练的速度。元代王祯《农书》说，捣练的对象或为柞蚕丝。柞蚕丝以深褐、灰青居多，蚕丝直径粗，且干涩，须漂洗、蒸煮、槌捣以后才便于缝制。

唐代张萱《捣练图》

女子捣练多在深秋进行，要持续好长的时间，甚或延续到夜间。捣练的声音极单调，动作极枯燥，难免使人陷入无尽的沉思，不自觉地浮想联翩起来。古代描写捣练的诗词甚多。东晋人曹毗作《夜听捣衣》："纤手叠轻素，朗杵叩鸣砧。"杜甫《秋风二首》其二有曰："秋风渐渐吹我衣，东流之外西日微。天清小城捣练急，石古细路行人稀。"魏瓘甚至作了《捣练赋》，其中说："于是拽鲁缟，攘皓腕；始于摇扬，终于凌乱。四振五振，惊飞雁之两行；六举七举，遏彩云而一断。隐高阁而如动，度遥城而如散。"明确所捣之练是"鲁缟"，而捣练的声，朗朗然响遏彩云，穿越高城，断断续续，不绝于耳，颇有一番惆怅凄婉的诗意。女子捣练的形象反复被文人描述，以至产生《捣练子》这样的词牌名。

染色之难

蚕丝经过整理，即可以进入织丝的程序。织丝之前，一般要染色。

据《周礼》规定，不仅服饰的等级有严格限制，就是一个人的衣服，其上身和下身的颜色，也有严格规定。上身为衣，用正色，如青、赤、白、黑、黄；下身为服，用间色，如绿、红、碧、紫、流黄，不能颠倒。《左传·昭公二十五年》记载有子大叔与赵简子关于"礼"的对话："夫礼，天之经也，地之义也，民之行也……生其六气，用其五行，气为五味，发为五色，章为五声……九文，六彩，五章以奉五色。"表明在周代的时候，服装的色彩和花纹都有很重要的意义，秩序井然。因此，丝绸染色成为一门热络的行业。因为丝绸衣服是上流人物穿戴，《周礼》特别记载，当时设了"染人"的官职，"掌染丝帛"。其中，染丝是先染后织，染帛是先织后染。

具体的染色，分"石染""草染"两大类。

石染是以矿物颜料染色。红色染料有赭石（赤铁矿）、朱砂，黄色染料有石黄，绿色染料有孔雀石（石绿），白色染料有胡粉、蜃灰，等等，不一而足。

石染的方法基本上是涂染，就是将矿石染料研成末，调制成浆状，在丝织物上涂抹。为此，《周礼》中专门有"职金"之官职，"掌凡金玉锡石丹青之戒令"，即负责征收、管理朱砂、石绿、空青、胡粉等矿物颜料，并发放给使用部门。

草染，当然就是用植物颜料染色。草染的颜料，红色为茜草，紫色为紫草，黄色为荩草、地黄、黄栌，蓝色为靛蓝，黑色为皂斗，等等。《周礼》中同样设了"掌染草"的官职，在春秋两季收集染草之物，并根据使用量按时发放。草染的方法基本是浸染。因植物染料的采制受季节限制，故草染也有季节性。《周礼》记载，"春暴练，夏纁玄，秋染夏，冬献功。"主要集中在夏秋两季，要知道，夏秋的时候，也宜于染布的晾晒。

商周的时候，公家人多穿红，红色染料需求很大。矿物中的赤铁矿、朱砂，织物中的茜草都是此类染料。朱砂的颜色稳定，且有层次，更受古人喜爱，所以，西周时期，朱砂的加工和提纯工艺就已经成熟。战国时期，齐国的齐桓公喜欢紫色，上行下效，导致齐国的紫色染料价位居高不下。从商到东周的春秋，靛蓝染色极为普及，染料也是供不应求，经常短缺。《诗经·秦风·采绿》记载："终朝采蓝，不盈一襜。"就是说，一早不停地采摘靛蓝，这种草实在是太少了，不能放满衣裙的一角。可见，即使草染的颜料易于采集，在生产方式低下的时候，也不是一件容易的事情。而染织的需求，实在是太大。

对丝帛的具体染制，则有复染、套染、媒染等工艺。

所谓复染，就是以一种颜色多次上色。如茜草染色，须三次的复染，才能染成大红色。《尔雅·释器》说："一染谓之縓（浅红色），二染谓之赪（红色），三染谓之纁（大红色）。"

以两种以上的颜色染色的工艺就是套染。这基本是按照红、黄、蓝三种原色反复调配，染出多种颜色。如先以蓝草上色，再以黄色染之，即得到绿色的丝帛。

所谓媒染，就是在复染过程中，使用了媒染剂。根据出土实物判断，实际的媒染剂就是铝媒剂。《周礼·钟氏》说："三入为纁，五入为緅（青赤色），七入为缁（黑色）。"就是采用了媒染的工艺。《淮南子》也记载："以涅染缁，则黑于缁涅。"这里的涅，则是青矾，是含有硫酸亚铁的矿石。两周时期，丝绸已经广泛地使用在日常生活中，需求量极大，因而染织技术迅速趋于成熟，丝织品的色谱空前丰富起来。当时有许许多多带"丝"字旁的字，有红、绿、紫、绛（深红色）、绀（带红的黑色）、绯（浅红色）、纁、缇（橘红色）、缎、綦（青黑色）、缘、缃（浅黄色），等等，可以窥见染织技术带动下的华丽色系。其中，有"五方正色"，即青、赤、黄、白、黑，又配以"五方间色"，即绿、红、碧、紫、骝黄，借以区分尊卑，不可僭越，而中国传统色系的基本色，因此传承了千年之久，所有其他颜色，都以此为基础而丰富起来，甚至颜色里蕴含了派别乃至好恶，赋予颜色性格，从而积淀到民族记忆的深处，这是初始发明染色的祖宗们不曾料到的。

染织华丽的色系，也反映出社会审美水平的提高和审美的多元化。湖北江陵战国楚墓群，出土过大量丝织品，其衣被的颜色，有朱红、绛红、茄紫、深赭、浅绿、茶褐、金黄、棕黄等等，富丽堂皇，令人惊叹，是当时丝织品染色技术的荟萃。

秦汉以后，丝织品的练染技术基本变化不大。

古老的纺缚

二十世纪中期，北方农村，妇女纺线的时候，还用着极为原始的工具。几枚铜钱套在筷子的底部，在筷子上便可绕着毛线。毛线绕好了，即进入编织。这是人类纺织最原始的遗意。近百年的考古，新石器遗址中，经常发现各种纺缚的底盘，有石制、陶制等材料。1926年，李济先生在西阴村的发掘，就有很多纺缚的底盘出土，向世人展示夏县这块土地上，在六千年前，早已延续了纺织的历史。

就像现代人留存并仍然使用的纺线工具一样，上古的纺缚，就是由缚盘和缚杆两部分组成。纺线的女子用手转动缚盘时，缚自身的重力即带动丝线伸直，并顺着旋转的方向缠绕在缚杆上；如此反复，飞纱走线，就是原始的纺纱。在母系社会晚期，缚盘的材质不仅是陶制，而且刻出旋涡纹、同心圆、太极纹、弧形纹等花纹。花纹以旋转形居多，不仅美观，而且为了在纺缚旋转加捻时，易于判断捻的方向，起到捻匀的作用。别看这小小的花纹，也是拈纺丝线在纺缚上的技术进步。西汉的时候，铁器增多，铁即用在纺缚上，以作纺杆。杆的上端较细，且弯曲成钩状，长约十九厘米，便于控制缠绕的丝线，使其紧密而不松懈，仅仅这一点改革，纺丝的女子即不至于手忙脚乱，纺丝的效率大大提高了。

纺缚的功能，是绕线，是织的前一步；丝线须理清楚，方得进入织的环节。

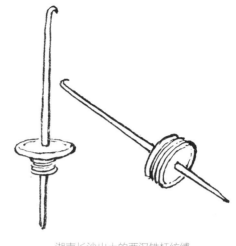

湖南长沙出土的西汉铁杆纺缚

逐渐改进的纺车

以纺缚绕丝线，还是很慢，于是，先民们发明了纺车。纺车的发明在什么时候？还不是很清楚。根据考古判断，春秋战国时期的纺缚出土量已经很少，故认为此时已经出现了纺车。事实上，春秋末期，战乱频仍，诸侯兼并，战国七雄基本形成。为应对大规模的战争，军队的后勤供应必须跟上，为满足对军衣的要求，纺织革新就是必要的，脚踏织布机应运而生。那么，用纺缚纺线不能跟上这种织机的工作效率，显然，一定是有了更先进的纺车与之匹配。

最初的纺车，是手摇式。原理是先设置一个竹筐，捆在竖立的木棍上，竹筐上要安一个把柄；在另一边，也设了木架，固定纺缚。操作者把纺缚上缠绕的线头接到竹筐上，随即摇转把手，纺缚上的线就转到竹筐上面。如此，将一个又一个纺缚上的丝线转绕到竹筐上。如果放大竹筐，用绳索或皮弦带动一个由纺缚改成的纺锭，就可以纺丝了。这就是原始的纺车。以此为基础，人们发明了手摇的纺车，速度快于纺缚约二十倍，纺纱的均匀性也显著提高。湖南长沙地区曾出土战国时期的手摇纺车，它有力地证明，当时确实发明了与脚踏织布机相匹配的纺车。山东滕州龙阳店出土的画像石，石上也有一架纺车，是络丝的纺车。它可以多根丝线合并加拈，络到纺车锭子的竹管上，形成纺锭。但是，手摇起来的纺车速度还是慢，而且，另一只手握住丝束，极容易手忙脚乱，出现差错。

东晋顾恺之的配画里，就有一位妇女正在使用三锭的脚踏纺车。从战国到晋代，又是一千年。国人在纺丝方面的探索虽然极为艰难，却是孜孜不倦，持续发展着。到元代王祯《农书》里，脚踏纺车已经是五锭的了。不仅如此，还一度出现过三十多个锭子的以水力转动的纺车，用来纺麻，"与水转碾磨之法俱同"，王祯见之，赞赏说："车纺工多日百斤，更凭水力捷如神。"

此时，有一位当今妇孺皆知的纺织高人黄道婆，将纺麻、纺丝的三锭纺车改造，用来纺棉纱。不仅如此，她还把凝聚了自己心血和智慧的技术在当地广为传授，极大地提高了纺棉效率，对松江一带的经济发展贡献极大，因而被后人长久地怀念，有歌曰："黄道婆、黄道婆！教我纱，教我布，二只筒子二匹布！"

非常遗憾的是，元代的纺车，已经接近现代工业技术的边缘，却未能取得突破，中国的纺车在近代落后了。

织机种种

编织，是上古社会生活中极为普遍的事，草帽、篮筐、席子等等，都是早期编织的产物，编织是心灵手巧的人展示的技艺，人类编织的技艺可谓由来已久。

编织的基本方法就是经纬相交，中国文化里称伟人们的事业如"经天纬地"，就是从编织衍化出来的。可以说，编织的过程，双手灵巧地运作，编织倾注了人类的伟大智慧。

编织的历史，发展到人类织布穿衣、巧作装饰的时候，织机出现了。

在甲骨文里，有一个字极像栅栏的模样，又像一堵篱笆墙。经过专家破译，知道它原来是图案化的原始织机。这个字就是"巠"。以其所织为丝、棉之类，左旁又加了会意的"糸"，遂成为"经"。织机的本来面目由"经"字显示出来：经是主线，纬是辅线，经纬相交，遂成织品。

在原始编织方法的基础上，人们发明了坐在地上操作的"距织机"。最早的距织机，就是前面提到的"腰织机"，出土在良渚文化遗址中，经过复原，今人可以一窥其古旧的面目。它已经有了经轴、提综杆、打纬刀、卷布轴等基本的部件。其特点是有"机架"，即提综杆，用以提升经线，以便纬线插入，专业上名"线综"。具体的操作，有"引纬""打纬""提综"三个程序。所谓"综合"一词，应该是从编织的"线综"的含义里演变而来的。

或许在汉代或汉以前，发明了斜织机。斜织机的特点是"斜"，它将经面提升，与机座呈五十度或六十度的倾角。因此，操作者可以很清晰地看到织机的经面是否平整，经线是否断头。而且，斜织机应用杠杆原理，实现脚踏织丝。当踏动踏板时，以绳索带动叶片交替升降，双手得到解放，可以更快地引纬、打

江苏徐州铜山区洪楼村出土的东汉纺织画像砖

纬、提综，效率和质量明显提高。战国时期名牌产品的"齐纨""鲁缟""卫锦""荆绮"等等，或就是利用斜织机织造的。

起初，斜织机的成品，宽幅不一。周代规定"布不中度，不鬻于市"。战国的时候，有一位女子，因补幅"狭于度"，竟然被丈夫休弃。于是，某一位智者设计了一把大的"梳子"，叫"筬"，今名"筘"。"筬"控制着经面的宽窄，解决了成品的宽幅整齐难题。然而，其作用还不止于此，它代替了

"打纬刀"，把丝线打紧。于是，打纬刀上的竹管被改造，形成两头尖的物品，取名"杼"，就是后来的"梭"，或称"梭子"。历史上有名的"曾母投杼""孟母投杼"，其"杼"就是这个小小的梭子。它起到穿纬线的作用，即所谓"穿梭引纬"。人们形容动作快捷是"穿梭"，可知"穿梭引纬"之快，明显提高了丝织的效率。

了不起的提花机

纺织品之美，在其有着千变万化的美丽图案。图案是怎么织造的？在于有"提花机"。所谓"提花"，即以经线与纬线的变化而形成凸凹图案的织造技术，所谓"凸凹"，强调的是质感，当然与一般的平纹织品大有区别。日常生活中，被面、毛巾、毛毯、手帕，都可以是提花技术的产物。丝织品中，也大量地应用着提花技术。毕竟，织造除了实用，就是美观，当今社会，往往是美观超越了实用，成为最紧要的"实用"。于是，古老的提花技术被现代人广泛地应用着。

提花以前，是简单的平纹织造。大约嫘祖始造丝织品，就是平纹、斜纹的织物吧。专家推断，提花技术起码产生在三千年以前的周代，即所谓"织采为文"。文就是以提花技术产生的图案。当然，初期的图案简单，是菱形、回形等几何形状。图案是预先设计的，然后组织好丝线合并而成的"综纩"，织造时，根据图案设计，将综纩插入经线，在经纬错综之间，即织出复杂的花纹图案来。战国的时候，提花图案已经很是复杂，出土丝织品里，有"填花燕纹锦""对龙对凤锦"等三色动物纹锦。图案的复杂，因为综片的解放，改为以线综提升经线。线综越多，越是不便提升，发明者随即将同时升降的线综合并，为复杂的提花织造打通关节。《易经》里就总结了这一番道理："参伍以变，错综其数，通其变遂成天下之文（纹）。"可见提花技术是很早就有的。汉宣帝时，河北巨鹿人陈宝光的妻子善于制造提花丝织品。她从无数综束中找出规律，简化为一百二十综、一百二十蹑的提花机，其丝织品闻名遐迩。这位奇女子被请到权倾一时的大将军霍光府上织造锦绫。其织品中有蒲桃锦，有散花绫。蒲桃锦似乎易于织造，散花绫想来要发挥想象力，而且有处理错综复杂丝线的能力，方可胜任。东汉时，有了高大的花楼机，木机上部是提花楼，挽花工坐在楼上，根据设计的图案不断挽提各类综束。"有条不紊"的成语抑或就是从此产生的。大文学家王逸专门写了《机妇赋》，是最早提到花楼机的文学作品。篇幅不长，谨录于下：

舟车栋寓，粗工也；杵臼碓硙，直巧也；盘杼缕针，小用也。至于织机，功用大矣！

此言花楼机之别于一般的用具，功用极大。

素朴醇一，野处穴藏，上自太始，下讫羲皇。帝轩龙跃，庶业是昌。府罩圣恩，仰览三光。悟彼织女，终日七襄。爰制布帛，始垂衣裳。

此言先民从轩辕黄帝开始，织造衣服，告别羲皇时期野处披兽皮而穴居的生活。

于是取衡山之孤桐，南岳之洪樟，结灵根于盘石，托九层于岩旁。性条畅以端直，贯云表而剞良。仪凤晨鸣翔其上，怪兽群萃而陆梁。

此言入深山高岩，伐取高大的良木，以制造巨大的花楼机。

于是乃命匠人，潜江奋骧，逾五岭，越九冈，斩伐剖析，拟度短长，胜复回转，克像乾形，大匡淡泊。拟短则川平，光为日月。盖取昭明，三轴列布。上法台星，两骥齐首，俨若将征；方圆绮错，微妙穷奇。虫禽品兽，物有其宜。兔耳跧伏，若安若危；猛犬相守，

113

窜身匿蹄。高楼双峙，下临清池；游鱼衔饵，瀺灂其陂。鹿卢并起，纤缴俱垂。宛若星图，屈伸推移。一往一来，匪劳匪疲。

此段为中心，细述提花机的构造，以及便于织造的功能。

于是暮春代谢，朱明达时。蚕人告讫，舍罢献丝；或黄或白，蜜蜡凝脂。纤纤静女，经之络之。尔乃窈窕淑媛，美色贞怡。解鸣佩，释罗衣，披华幕，登神机，乘轻杼，揽床帷。动摇多容，俯仰生姿。

此言初夏时节，蚕丝经过缫丝和精选，织女上机，驾驭提花机，仪态万方，俯仰生姿，把织造描绘成一桩美妙的事。

王逸从宏阔的历史角度，看待提花机的产生，以工匠的精细描述了提花机的制作，又以文学家的笔墨描写织女上机操作的神态，是一篇美妙的记叙文。

三国时期，陕西扶风人马钧，是一个了不起的发明家。他看到提花机上综束很多，挽花工手忙脚乱，经过仔细研究，成功地将提花机改为十二综、十二蹑，生产效率大为提高，图案对称而不呆板，花型变化而不杂乱，"不言而世人知其巧矣"！

到南宋时期，提花机彻底完善，走在当时的世界前列。知县楼璹所绘的《耕织图》里，就有一部大型提花机，具备双经轴和十片综，挽花工（也称拽工）在上，织花工在下，上下呼应，正在织造复杂的提花丝品。操作时，挽花工在织机上面提线，是有口诀的，他与织花工应该几上几下，都是一一对应的。而丝线的打结，是沿用古老的结绳记事法。因为织花的活动很是枯燥，织工即在一来一往的收放丝线中对歌，悠扬的歌声从一座座机房里传将出来，汇成歌的海洋。南京从事说唱艺术的"白局"，已经有七百余年的历史，其中吸收了织工们的唱词，形成一种固定的歌唱艺术。每当南京的观众听到这些熟悉的歌声，就不由自主地遥想到祖祖辈辈上机织锦的场面来。

南宋楼璹《耕织图》里的大型提花机

河东巧匠薛景石与《梓人遗制》

金末元初，山西北部的忻州，出现了一位伟大的文学家元好问；山西南部的万泉县，则有一个了不起的木工薛景石。元好问像一颗耀眼的恒星，许多人轻易可以看到；薛景石也是一颗恒星，却好像很是遥远，发出微光。

有人要问：薛景石是谁？

明代永乐皇帝的时候，下令编纂了中国最大的一部类书，叫《永乐大典》。清代，《永乐大典》陆续散失，今已存书极少。但是，有一部名曰《梓人遗制》的书有幸存世，它的作者就是万泉人薛景石。

晋南是中国古文化的发祥地之一，传说嫘祖养蚕的事，就发生在距离万泉县不远的夏县。晋南的纺织业一直很发达。二十世纪末期，这里的农家，还保留着许许多多的纺车与织机，甚至从事纺绩。金元之交，晋南是两个王朝特别重视的经济文化中心。薛景石就生活在这里。

薛家是唐宋以来晋南望族，名人辈出，有薛道衡、薛仁贵、薛收等等。薛景石应该就是薛氏家族的一员。不过，他的父祖只是走村串户的木匠。心灵手巧的薛景石，从小在这样的家庭生活，很自然成为一个木工，维修纺织机也是家常便饭，因此，他见识到各种各样的纺车、织机。薛景石有点文化，识文断字不在话下，自然比别的木工强上一筹。凭着木工的职业敏感，薛景石对纺织器械的性能有更深的理解。看到织娘们纺织的时候，往往因机械故障而为难，而且织机出自不同木工之手，样式不一，产品式样和质量往往不同。因此，薛景石就生出了改造织机、统一形制的想法。万泉人爱较真，认死理，那是有传统的，薛景石自然不能例外，他想到的事，一定要做成，遂即刻进入实践。

薛景石的想法也得到周边同行的鼓励和支持，他利用余暇不断地写写算算，画出许多草图，达到废寝忘食的地步。不久，一部成熟的图书出现了，薛景石为它起了一个今天看来很是文雅的书名——《梓人遗制》。梓人，就是木工；遗制，就是先人遗留的规制。这也见出薛景石对先人创造的一份尊重。

《梓人遗制》对经他改造的四种木机作了记述，分别是花机子（即提花机）、立机子（即立织机，织麻棉的机子）、布卧机子（即织造一般丝麻原料的机子）、罗机子（专织纱罗纹织物的木机）。对每架织机，有总图，也有零件图。零件都注明尺寸大小、安装部位，又简明注释了各种零件的制作方法，甚至材质也作出说明。诚然如本书《序言》所云："分前各有名，合后共成一器。"对物件的名称，作者采用了民间的语言，如"老鸦翅""兔耳眼""蚰蜒眼"等等，恰当反映出物件的特征，易于记忆，便于木工们制作。

作为我国古代纺织技术史上唯一由木工自己撰写的专著，《梓人遗制》较之元代王祯《农书》、孟祺《农桑辑要》，以及明代徐光启《农政全书》、宋应星《天工开物》都要详尽、具体，木工看了，"所得可十九"，就是可以尽快掌握各式各样织机的制造要领。此所谓出于实践，入于实践，是一部实用

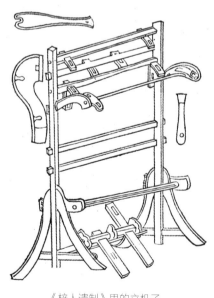

《梓人遗制》里的立机子

性很强的图书。因此，我们可以借此书，直接知悉宋金元时期纺织机械的标准，甚或还原那个时期的丝绸生产。

从农桑到丝绸，到丝绸用品，是一个极为复杂的生产环节，这个环节，数千年以来，又经历无数先贤的探索，融入无数工匠的智慧。"大国工匠"的精神，在农桑方面，体现无遗。

时至今日，世界一体化，丝绸生产已不为中国所独有，但是，中国古人在丝绸生产方面的种种探索和经验，为丝绸生产走向世界铺就了路石，丝绸之路上每一步都蕴含了丝绸的信息；中国成为"丝的王国"，丝绸为中国的发展做出无与伦比的贡献，进而赢得长久的世界荣誉和尊重。

当今，丝绸的生产已经进入现代化产业的行列，世界上多国的丝绸生产，在某些方面甚至超越中国。但是，中国仍然是最大的农业国，农桑仍然是中国数亿农民谋生的基本手段，中国仍然是最大的丝绸生产国。这就是中国丝绸生产的历史底蕴，以及现实状况。

因此，当我们得到一片崭新的丝绸时，或许会陷入深深的历史回忆中，会联想到历史上哪一位先贤，想到他们孜孜不倦的探索和付出的无尽辛劳。这一行列里，不仅有王逸、薛景石，他们只是丝绸生产之路上的记录者、探索者。中国的文化是有根深蒂固的传统的，后人则是慎终追远、追根溯源，不忘初心，并孜孜不倦地发展向未来。所以，最终值得我们追忆的，还是黄帝以及他的正妃嫘祖。

第六章　华章绚烂，惊艳世界
——泽被人类的中华丝绸

丝绸的出现，最早就是富贵人们的专用品，世俗社会里，则以锦衣玉食形容富贵人家的生活，以锦上添花寄寓普通人的希望。时到清代，曹雪芹的《红楼梦》，是典型的描述古代大家族生活的文学作品。写到黛玉第一次到荣国府，见到了王熙凤，她的穿戴是："这个人打扮与众姑娘不同，彩绣辉煌，恍若神仙妃子：头上戴着金丝八宝攒珠髻，绾着朝阳五凤挂珠钗，项上戴着赤金盘螭璎珞圈，裙边系着豆绿宫绦双鱼比目玫瑰佩，身上穿着缕金百蝶穿花大红洋缎窄裉袄，外罩五彩刻丝石青银鼠褂，下着翡翠撒花洋绉裙。"见到了贾宝玉，"却是位青年公子，头上戴着束发嵌宝紫金冠，齐眉勒着二龙戏珠金抹额，一件二色金百蝶穿花大红箭袖，束着五彩丝攒花结长穗宫绦"。王熙凤的穿着，有洋缎、刻丝石青银鼠褂、洋绉裙；贾宝玉则是二色金百蝶穿花大红箭袖、五彩丝攒花结长穗宫绦，无不与丝绸相关，真是珠光宝气，华贵耀眼。相关学界都知道，《红楼梦》的作者曹雪芹，他的祖辈，世袭着江宁（今南京）织造的头衔，专给清廷提供丝绸产品，所以，曹雪芹对丝绸服饰是耳濡目染，再熟悉不过的。从这些贵族的丝绸服饰，可以看出古代贵族生活的奢侈。

第一节　丝纩纤缟，绫罗绸缎
——中华丝绸的种类

在中华丝绸的大系统里，有着令人眼花缭乱的名目，百姓用极为概括的办法予以称呼，就是绫罗绸缎。事物发展，都是从简单到复杂，丝绸琳琅满目的种类，当然也不例外。

原始时代的丝绸生产，自然是极为简单的，到夏商时代，丝绸的名目就丰富了，仅仅甲骨文里就有许多带"丝"字旁的文字，有的字就是丝织品的名称。商代，丝绸有平纹产品，也有几何纹的花样，如回文、云纹等等。在出土的青铜器上，可以明显地看出来西周和春秋的时候，丝绸进一步有小提花几何纹样，也有多色和结构复杂的大提花织物，更加精致、华丽。如《诗经·小雅》"萋兮斐兮"的贝锦纹，《诗经·唐风》描述的"烂兮"的锦衾，应该是当时丝织品的精品。

但是，春秋以前，丝织品的总称是"帛"，以后则称"缯"；或者帛、缯不分，互为解释。未染练的丝叫"素"，精练的熟丝叫"练"。未经熟练的丝织品叫"生帛"，熟练的叫"熟帛"；有色彩的丝织品叫"彩帛"，织上花纹的丝织品叫"文缯"。其具体的分类，则有绢、纱、縠、绡、缟、纨、绮、锦等等。丝织品，大致是根据丝线的粗细、捻线和织造的密度、厚薄，以及工艺的不同确定了不同的名称。丝织品的分类，有纺织技术的含义在内，反映着组织结构、织造工艺、产品风格，以及用途等等，谨兹一一道来。

绡，薄、疏、轻的平纹生丝织物。《周礼》郑玄注："绡又为生丝，则质坚脆矣，此绡之本质也。"

绢，就是平纹丝织品，纺织技术最简单，应该是最早的纺织技术的产品。

纱，平纹组织，丝线极细，结构稀疏，有明显的方孔，因而质地很是轻

湖南长沙马王堆出土的素纱禅衣

薄，似不耐用。长沙马王堆出土了一件质地轻薄的素纱禅衣，长128厘米，袖长190厘米，其重量仅49克；还有一块长45厘米、宽49厘米的纱料，重量仅仅2.8克，让第一眼见到的考古工作者叹为观止！如此说来，俗语里有"薄如轻纱"，又将纱的轻薄比喻为"薄如蝉翼"，说它薄到透明的程度，是古人对轻纱最恰当的认知。古人所谓的官帽——乌纱帽，当然是纱的制品，取其质轻，只是外面涂上透明的薄漆，明净轻薄，遇水不坏。

縠，平纹组织的熟丝织物，也是纱的一种。因织物上有皱纹，自然比普通纱的质地重一点。《汉书·江充传》注："轻者为纱，绉者为縠。"苏轼似乎对縠的理解特别深，无论在朝中，抑或在江湖，都感受着"縠纹"的细腻，縠纹，就是波澜不惊的状态，是他平和心地的表达。其《和张昌言喜雨》诗："禁林夜直鸣江濑，清洛朝回起縠纹。"又有《临江仙》词："长恨此身非我有，何时忘却营营。夜阑风静縠纹平。小舟从此逝，江海寄余生。"

缟和纨是生丝织物，洁白、精细、轻薄。纨经过漂练，表面光泽亮丽。《释名》："纨，涣也，细泽有光，涣涣然也。"《汉书·地理志》："纨细密，坚如冰也。"春秋的时候，齐鲁大地生产丝绸很多，素有"齐纨鲁缟"的美称，就是那个时候的名牌产品吧。《红楼梦》里寡居的李纨，是贾珠之妻，贾兰之母，曹雪芹以一个"纨"字给她命名，洁白，素颜，尚有光泽，正是纨的本色。

绮，花纹丝织品，是运用织物组织变化，在平纹地上形成斜纹的提花工艺产品。其花纹多为云雷纹、回形纹、菱形纹等比较规矩的几何图案。商周时代，绮的生产很是普及，需要先以素丝织成，再上色，甚至可以为双色，体现出工匠对几何形织物的熟练掌握，为商周时期织物的发展奠定了基础。

缦，一种无花纹的丝织品。始见于《管子·霸形》："令诸侯以缦帛鹿皮报。"古语有"操缦"，指操弄琴弦，则缦属坚韧的丝线或丝绸。

绨，属于质地厚重的丝织品，表面比较粗糙。古语有"绨袍""绨纨""绨绣"之类，说明绨在服饰方面用途极广泛。《旧唐书·杨国忠传》："贵妃姊虢国夫人，国忠与之私，于宣义里构连甲第，土木被绨绣，栋宇之盛，两都莫比。"

罗，是经丝之间有规律地交织而形成的丝织品，分绞经、地经两种，通过两种方法的绞合，形成有规则的网眼，看上去，罗的网眼呈现不平行状态，在丝织品的表面则不显示纵横交错的条纹。有纹的叫纹罗，无纹的罗称素罗。素罗根据经丝数量的区别，分二经罗、四经罗，经过绞织，使丝织品的结构稳定。至于纹罗，则是地纹上起花的罗。长沙马王堆曾出土朱红绫纹罗、烟色绫纹罗、耳杯绫纹罗，可知当时的罗，已经是花样繁多了。

锦，用染过的彩色丝线织成的有花纹的丝织品，是最精巧的丝织品，织造工艺复杂。《六书故》曰："织素为文曰绮，织彩为文曰锦。"绮是素色，以花纹显示出形状，锦则是以不同颜色的丝线或不同颜色的加织纹显示花的形状，当然，锦更加绚丽，花的立体感强，织纹的变化也多于绮。所以，人们以绮丽形容华丽，由锦则想到更加壮丽的对象，如锦绣山河，而不说绮丽山河。通过细腻的比较，可以获得对绮、锦品质的基本认识。

春秋的时候，锦的生产已经很是发达，当时的史籍里提到的锦，就有贝锦、玉锦、重锦、美锦、杯锦、束锦、制锦、示锦、反锦等十余种，是以丝的生熟、粗细、花纹等命名的，如《左传》记载："重锦，锦之熟细者。"锦的种类众多，织造精美，见出当时丝织品在设计、练染、纺织等方面的综合性水平较高。春秋以前，王公贵胄们对丝绸的服用，已经是十分普遍。《国语》里就说，齐桓公提到他的父亲齐襄公，"陈妾数百，食必粱肉，衣必文绣"。《释名》说到织造锦的不易，因而极其贵重："锦，金也。作之用功重，其价如金，故其制字从帛、从金也。"1955年，陕西宝鸡茹家庄出土一柄西周青铜剑，柄上黏附着锦的花纹，是菱形图案，织造则是经纬显花的纬二重组织。可见，至少在西周，已经可以织造华丽的锦。

1972 年，长沙马王堆汉墓出土大量丝织品，有丝绸四十六卷，服装五十八件，仅仅袍子就有素绢绵袍、绣花绢绵袍、素罗绮绵袍、素绫罗袍、黄绣花袍、泥金银彩绘罗绮绵袍、泥银黄地纱袍、彩绘朱红纱袍、红绫纹罗绣花袍等等；丝织品的品种，则有素绢、素纱、绮、罗、锦、绣绘等，是战国到西汉时期丝绸制造成果的大聚会。可以说，到汉代的时候，中华丝织品的品种，基本上臻于完备。锦是如此地贵重，人们争以衣锦为荣。秦末，西楚霸王项羽一朝富贵，豪气冲天地说过："富贵而不还乡，如锦衣夜行。"

汉以后，丝织品的品牌很是广泛，如曹魏时期，襄邑（今河南睢县）有锦绣，朝歌（今河南淇县）有绵纩，也即丝绵，清河（今属河北）有缣总，也即细绢；唐代的时候，亳州（今安徽省亳州市）有轻纱，越州（今浙江绍兴）有缭绫，宣州（今安徽省宣城市）有红线毯。随着时间的推移，丝织品的品牌越发大放异彩，形成全国遍地开花的繁荣局面。

沈从文先生对丝织品有极深的研究，他撰《关于长沙西汉墓出土丝织物问题》，罗列了繁复的丝织品，简要说到丝织品的穿着与地位的关系，是很有见地的："可知这些加工技术不同的丝织物（除锦绣之外），当时必然做得十分精致，货币价值也极高。原本穿着是属于统治者高阶层的，所以，《诗》称'君子至止，黻衣绣裳''我觏之子，衮衣绣裳''素衣朱绣，从子于鹄'。荀况且以为是天子至高无上，衣被才五色间杂，色重文绣。庄子虽说入太牢供祭祀用的牺牲也衣文绣，还是因为贵重。到贾谊《治安策》才说，美者黼黻，古天子之服；今富人大贾，嘉会召客，以被（装饰）墙。《史记》引赵禹说，富子无智略，如木偶人衣之锦绣。又说楚庄王有所爱马，衣以文绣，置之马屋之下。"[1]丝织品高度发达，成为富人炫耀于世的奢侈品，是社会差别扩大、社会矛盾聚集的形象体现。

---

① 沈从文：《关于长沙西汉墓出土丝织物问题》，《沈从文全集》，卷 30，第 91 页，北岳文艺出版社 2009 年。

第二节　潞蜀苏杭，云蒸霞蔚
——中华丝绸的产地

　　丝绸到唐代以后，早已不仅仅是王公贵族们专享的产品。白居易的名篇《卖炭翁》，其结尾的两句说："半尺红纱一丈绫，系向牛头充炭直。"可知，丝织品在唐代中期，有了货币的功能，如果那老翁一时兴起，将一丈的绫子裁作衣服，豪华一回，虽不符合他的穷人身份，也或未尝不可。这只是说，丝织品已然很是丰富，确实是飘落在寻常百姓家了。

　　在丝绸是寻常产品、不甚稀奇的时候，人们对丝绸的看重，一定是它的品牌。品牌则与产地密切相关。从传统的丝绸生产观察，山西的晋南和上党地区，四川的成都地区，江浙的苏州、杭州地区，以及岭南的两广地区，是中国丝绸名品的产地，名闻遐迩的产品，有潞绸，有四大锦——蜀锦、宋锦、云锦、壮锦，以及蜀绣、苏绣等绣品。

厚实的潞绸

　　先述潞绸，兹因它或是距嫘祖最近的丝绸产品。

　　潞，晋东南的古地名。原来却是指潞氏、潞子，是西周时期赤狄部落聚居的地方。其最初地，在今长治市潞城区东北 17.5 公里处的古城村。所谓"古城"，应该就是两千多年前赤狄的城邑。清代顾栋高《春秋大事表》："今潞安府潞城县东北四十里有古潞城，为赤狄潞氏国。"赤狄被晋国的将军荀林父所灭。北周的时候，设潞州，唐代中期，改上党郡，明代嘉靖年间，置潞安府。实际上，所谓潞的地盘，大致就是俗称的上党地区，是太行山西麓一大片高原盆地。苏东坡有诗曰："上党从来天下脊。"说的就是潞州地方，高峻，险要，是兵家必争的战略要地。战国末期，秦国东向攻击赵国，在上党地区摆开战场，是为著名的"长平之战"。秦赵决战，赵国败绩，四十余万降卒被挖坑活埋，秦国以惨绝人寰的罪恶，一举拿下统一全国的决定权。

潞，实在是中华历史上一片不可小觑的战略要地。

潞，不仅地理位置极为重要，物产也极为丰富，最主要的是产煤，产铁，这与潞的战略地位紧密吻合，所以，潞历来是最高统治者瞩目的地方。

潞，不仅产煤、铁，还出产党参这种中医药的名品。潞，还出产丝绸，有着悠久的丝绸生产史，朝野之间，莫不知道"潞绸"的嘉名。

1956年，国家考古部门，在北京十三陵组织了对明代定陵（万历皇帝墓）的发掘。在定陵出土的众多让人眼花缭乱的丝绸品类中，有一匹完整的丝绸，写着"红色竹梅纹潞绸"的字样，出现在万历孝靖皇后的棺木里。其质地组织是三枚经斜纹，竹子和梅花是平纹组织。同时出土的，还有一幅墨书：

> 潞绸一匹，长五丈六尺，阔二尺二寸五分。巡抚山西都察院右副都御史陈所学，山西部（疑为布）政分守冀南道布政司左恭政阎调□，总理官本府通判黄进日，辨验官督造提调官山西布政使司左布政使张我续，经造掌印官潞安府知府杨枪，监造掌印官长治县知县方有度，巡按山西监察御史、山西按察司分巡冀南道布政司右参政兼按察司金事阎溥，机户辛守太。

这一段墨书写得很是具体，包括规格及各级官员的职务、名字，见出潞绸在官府监造的管理级别很高，显然是有为皇宫提供御用产品的一个完整的机构。特别要注意的是，墨书记载了机工辛守太的名字，想来他是当时知名的丝织品工匠。据《山西蚕业志》，明代的时候，潞绸就是上贡朝廷的佳品，故早有明确规定：十年一限，进潞绸四千九百七十尺，分三运，九年解完。各地分工，以十分为率，长治分造六分二厘，高平分造三分八厘。造完后，各差官解部交纳。这是一种皇家定制，地方官马虎不得。而潞绸的生产或因官家的需求而精进，名声大噪起来。或许因为生产的量大，丝不够用，或外地有好丝，即从外地采购。明代郭子章的《蚕论》说，潞绸很有名，但是，潞绸的丝却是远取自蜀地的阆中。

其实，潞绸的声誉达于皇宫，一定是经历了漫长时间，在民间成为知名度很高的品牌以后的事。前面提到，神农炎帝据有上党，教民稼穑。《商君书·画策》："嘉谷、布帛二者，生民之本，兴自神农之世。"《山海经》说，神农之女，"名曰帝女桑"，传说是炎帝女儿死后，变成桑树，麻丝纺织遂诞生于此。这些记载虽然笼统且荒诞，却无疑说明炎帝在上党地区时，纺织的事已经是发展起来了。文献的明确记载是，唐宋时期，泽州（今晋城）、潞州（今长治市上党区），已经拥有织户千家以上，丝绸纺织机数万台。城镇的街上，机杼之声相闻，丝庄、绸庄比比皆是。民间则有"南京罗缎铺，潞安府上开丝铺"的传说。唐玄宗任潞州别驾的时候，把"堆花"工艺带到这里，以至形成以潞绸为原料的"堆锦"工艺，一直传至当今，可知此地产丝产绸的历史甚为悠久。

唐代大诗人李贺，曾经寓居潞安三年，对那里的生活很是熟稔。他看到一位织女为钟情的男子织一件绶带，感慨非常，作《染丝上春机》一首："玉瓯汲水桐花井，茜丝沉水如云影。美人懒态燕脂愁，春梭抛掷鸣高楼。彩线结茸背复叠，白袷玉郎寄桃叶。为君挑鸾作腰绶，愿君处处宜春酒。"

诗中所写，是桐花开放的春天，织女打水浸丝、以茜草染色，在高楼密闭的院子里抛梭织丝，然后绣以双鸾，表示思念，并祝愿男子事事顺利。其中记述了完整的丝织品生产程序。

我们在高平市的开化寺宋代壁画上，也得到了稀有

山西高平开化寺宋代壁画《观织图》

125

的物证。寺与壁画均为宋代遗物，其《善事太子本生故事》内，有《观织图》，一位女子正坐在大型纺织机前纺织，或正在夏天的夜里，女子袒胸露背，照明的灯盏就在一边，仁慈的善事太子站在旁边驻足观看。女子与太子之间，四个少年倚墙而望，使画面充满生活气息。如果不是当地有繁盛的丝纺织业，不可能有如此大型的纺织机。图中的织机，是宋代踏板单综立式织机仅见的遗存，自然弥足珍贵。

明朝初年的洪武年间，潞州六县，就有桑树八万株，织机九千张。朱元璋第二十一子沈王朱模就藩潞安府，朝廷即在山西设立织染局，主管向皇家专造潞绸，每年进贡五千匹到一万匹，进贡的数量仅次于江浙地区。朝廷的举动，反过来又促进潞绸扩大生产规模，并且声誉远播，潞绸进入全面兴盛的时代。明代《潞安府志》记载，仅仅高平县一带，就有织机一万三千余台，年产丝织品一百万匹以上，并说："东西之机，三吴越国最火；西北之机，潞最工。"又曰："潞绸遍宇内""南松江，北潞安，衣天下"。潞安丝绸，是与南方匹敌的一个丝绸生产品牌。

潞绸的特点是手感厚实，结实耐用，像极了北方人厚朴的风格。其色彩则很是丰富，有天青、石青、沙蓝、月白、酱色、油绿、秋色、真紫、艾子色等十余种花色，以至当时的通俗小说《金瓶梅》《醒世恒言》《说唐》，以及杂剧、传奇等戏剧中，屡屡提及潞绸。潞绸不仅遍及华夏，甚至漂洋过海，沿着海上丝绸之路，远达印度、阿拉伯地区，最远到达非洲、欧洲，而东边的朝鲜则直呼潞绸为"潞州䌷"。

但是，明代朝贡的勒索，也对潞绸的生产起到抑制作用。当时，潞绸的织造实行分班定号，分为六班七十二号，机户注明官籍，承接官差。因"催绸有费，捻绸有费，纳绸有费"，科征繁重，机户往往因此赔累，只得面向市场出售产品，弥补官差的损失。尤其是万历年间，曾四次加征潞绸，急如星火。其时，山西遭受严重旱灾，征收潞绸无异于雪上加霜，山西巡抚只得上书，请求停止织造，而朝廷竟不准，以致成本提高，赔累加剧。上述万历皇后棺木里的潞绸，正是此后不久的产品。可知，民间虽然遭受灾难，在丝绸的贡献上，还是不敢稍有慢怠，也见出当时潞绸生产技术已经达到极为成熟的境界。明末大乱，民生凋敝，无力投资生产丝绸，潞州的田野上，几乎看不到桑树的影子。一直到清代乾隆盛世，《潞安府志》却记载："织造令一下，比户皆惊。本地无丝可买，远走江浙买办湖丝。打线染丝，改机挑花，雇工募将，其难其慎……南北奔驰，经年累月，饥弗得食，劳弗得息，地不能种，口不能糊，咸为此也。"潞绸的生产衰败如此，并且成为百姓的负担，所以，到清光绪八年（1882 年），山西巡抚张之洞专折上奏，请停止潞绸额贡之例。从此，潞绸在中国丝绸史上的辉煌时期宣告结束。

西蜀锦绣

蜀锦，顾名思义，乃蜀都所产的锦，属于桑蚕丝色织提花锦类的丝织品，有两千年以上的历史。锦有经锦与纬锦之别，彩经上起花的名经锦，以多种彩纬起花的名纬锦。经锦的工艺，是蜀锦所独有的。

所谓蜀国，那是天下人称道的"天府之国"，以物产丰富著称。但是，因四面环山，地理形势复杂，蜀国的开国，却是艰难异常。唐代李白是蜀国人，他从蜀道出来，到江南以至中原壮游，亲历蜀道的艰难，写了著名的诗篇《蜀道难》。其开篇即叹道："蜀道难，难于上青天！""蚕丛及鱼凫，开国何茫然！"这个"蚕丛"，据《蜀王本纪》说："蜀王之先名蚕丛，后代曰柏灌，后者名鱼凫。"可知蚕丛是蜀国首位称王的人。大概因为蚕丛养蚕，像炎帝、黄帝一样，为百姓解决了穿衣的问题，后世尊他为蚕神，他有了与先蚕嫘祖一样的地位。东晋常璩《华阳国志》则说，有蜀侯蚕丛，其目纵，眼睛突出，是往长了长的，很是夸张。今成都附近三星堆出土的铜人像，正是"其目纵"，

四川广汉三星堆遗址出土的商代青铜面具

127

长着长长的眼睛，奇怪极了，抑或正是先民对蚕丛形象的精确捕捉。据考古学家判断，蚕丛距离现在，最少有四千年的历史。2022年，三星堆遗址七号坑考古发现了残存的丝绸。如此说来，蜀地也是自古生产丝绸的。因为地域特色的缘故，蜀锦的发展，自有它特别的经历。

然而，民国时期朱启钤《丝绣笔记》说："盖春秋末时，蜀未通中国，郑、卫、齐、鲁无不产锦。""自蜀通中原，而织事西渐，魏晋以来，蜀锦勃兴。"依此说，魏晋以前，蜀地的锦，似乎并不兴旺。这个说法似乎不准确。

杜甫有一首名诗，叫《春夜喜雨》，末尾两句说："晓看红湿处，花重锦官城。"锦官城，指成都。在秦初的时候，锦官是设在成都负责织锦的官署，锦官专门负责向秦国提供丝绸制品。可知秦国的时候，成都已经是生产锦的重地了。据说，蜀锦织成，要以锦江的水濯洗，可使纹路分明，胜过初织的产品，以其他江水濯洗，则没有这种特效，所以，成都浣锦的江流被称为锦江。

沈从文先生说："丝绸加工历史发展过程中，本色提花的绢帛文缯，必早于彩锦。而在衣服上加以绘绣装饰，取得华美效果，也必不晚于本色提花织物。所以，传说的古代十二章图案，只提绘绣。而'锦'字的出现，在春秋战国间，大体是符合纺织物加工历史发展规律的。如《左传》《国语》，经常提及重锦、纯锦、美锦，还是少量作为诸侯邦国间聘问的礼物，和当时价值极高的玉璧并提。"[1]又具体说到蜀锦："古代彩锦出陈留（今属河南省开封市祥符区）、襄邑（今河南省商丘市睢县），战国到汉代早期，生产还具全国性，价值则和齐细文绣相等。蜀郡彩锦实后起，洛阳、邺下更晚。"[2]

《后汉书》则说，西汉末年，蜀地"女工之业，覆衣天下"，是说蜀地丝绸所产极为丰富，可衣被天下。其中理应包括蜀锦。

2012年，成都老官山汉墓，出土了四部蜀锦提花机模型，也表明汉代时，今四川地区就生产蜀锦。吐鲁番出土的汉代国宝级文物"五星出东方利

---

[1] 沈从文：《长沙西汉墓出土漆器和丝绸衣物》，《沈从文全集》，卷30，第79页，北岳文艺出版社2009年。

[2] 同上，第80页。

中国锦"，正是蜀锦名品，以实物证明了蜀锦生产的历史很是悠久。

三国时期，蜀相诸葛亮很重视农桑生产，把蜀锦的生产放到突出地位，他说："今民贫国虚，决敌之资，唯仰锦耳。"（《太平御览》引《诸葛亮集》）诸葛亮数出祁山，企图夺取中原，恢复汉室，他所倚仗的物质基础，居然主要是蜀锦！值得玩味的是，曹魏的第一个皇帝曹丕，写了《与群臣论蜀锦书》，其中品鉴蜀锦说："前后每得蜀锦，殊不相比，适可讶，而鲜卑尚复不喜也。"三国时候，魏、蜀、吴征战多于交流，故曹丕贵为皇帝，得到蜀锦，也是鲜少。曹操、曹丕、曹植，他们父子都是大文人，艺术鉴赏力极高，每有罕见的蜀锦，不由得惊讶其美，而将其送给鲜卑的主子们，或因风俗不同的缘故，他们并不欣赏。

唐代的时候，蜀锦质纹细腻，层次丰富，色泽瑰丽，花团锦簇，名贵产品"团花纹锦""赤狮凤纹锦"等风靡朝野。唐玄宗的五彩丝织背心，被人惊为异物；安乐公主出嫁时的单丝碧罗笼裙，"飘似云烟，灿如朝霞"；坊间织造的《兰亭序》，当作贡品送入李家皇宫。所以，唐代朝野竞尚蜀锦。唐代中期的大诗人刘禹锡也作了《浪淘沙·锦》，歌颂蜀锦：

濯锦江边两岸花，春风吹浪正淘沙。
女郎剪下鸳鸯锦，将向中流匹晚霞。

蜀锦如此之美，各国来人无不喜欢。于是，远销到东邻日本、西域波斯。至今，日本尚珍存有唐代团花纹锦、赤狮凤纹蜀江锦，见证着蜀锦曾经的繁荣。

宋元时期，蜀锦得到大发展，宋设成都锦院。元代人费著写了《蜀锦

刘禹锡《浪淘沙·锦》张继红手书

129

谱》，对宋代成都锦院的设置、规模、分工、产量予以详细介绍，提到盘球锦、葵花锦、八答晕锦、翠池狮子锦等等，共一百多个品种。此时，蜀锦显然是官方极为重视的丝绸产品。

清代，蜀锦有月华锦、雨丝锦、方方锦、浣花锦等品牌，有口皆碑。其中月华锦利用经线彩条的深浅变化，展示出色彩的层次。它的"手换手"牵经方法，是蜀锦所独有的。

清光绪三十四年（1908年），蜀锦获得巴拿马万国博览会金奖，蜀锦走到国际舞台的顶端。

蜀，不仅生产蜀锦，也生产蜀绣。锦是织品，绣是刺绣品，正所谓"锦上添花""花团锦簇"，被誉为"蜀中之宝"。其中的"花"，就是锦上所绣的花朵。

蜀绣是四川刺绣的总称，其生产地域以成都为中心，包含温县、郫县等地，巴山地区的重庆也生产蜀绣。

蜀绣是以软缎和彩色丝线为主要原料，绣制工艺品或日常生活用品。其绣工、针法是技术核心，有晕针、铺针、滚针、截针、掺针、沙针、盖针等，而以挑花、绣花为基础。成品展现的基本特点是，针脚整齐，线艺光亮，紧密柔和。

蜀绣最早的记载，可能是西汉扬雄《蜀都赋》。其中说："锦布绣望，芒芒兮无幅。"形容蜀地如锦如绣，一望无际，无意中透露出蜀锦、蜀绣来。汉末的时候，战争频繁，蜀锦、蜀绣是当地财政收入的主要来源，或被用来交换战马，证实了前文所引诸葛亮以蜀锦为"决敌之资"的说法。

唐宋时期，蜀地安定，经济发达，生活优裕，崇尚奢丽，普通士民也多服用锦绣。《唐六典》记述的各地丝织品贡献，以川蜀的绫锦为最。唐末五代的词作《花间集》描述到锦绣："锦浦春女，绣衣金缕，雾薄云轻。"《宋书·地理志》记载，蜀地"茧丝织文纤丽者穷于天下"；《续资治通鉴长编纪事本末》则说，这里"民织作冰纨绮绣等物，号为冠天下"。现在，西南师范大学藏有北宋蜀绣《双冠图》，证实了五代及宋人的说法。这件绣图上绣二株鸡冠花，以岛屿、水草、水波纹为基本背景，以雄鸡为中心，它站在岛上，振翅报晓。图案上端绣"明昌御览"玉玺一方。明昌是金章宗年号，可知此件蜀绣，是懦弱的宋天子呈送给金国的贵重礼品，当然是那时蜀绣的代表作了。当时，宋代皇帝又每年给文武百官分送臣僚袄子锦，按照职务高低，分翠毛、宜男、云雁、瑞草、狮子、练鹊、宝照等，大臣们上朝时候，一片锦绣，如云如雾。其时，文人的山水画、花鸟画很是普及，范宽、李公麟、李成、米芾、苏轼、马远等等，名家多多，昏庸的皇帝宋徽宗赵佶，是提倡并实践绘画的高手。他画过一幅《芙蓉锦鸡图》，画中一枝芙蓉花从左侧伸出，锦鸡栖息在上，右上角有两只蝴蝶追逐嬉戏，左下角一丛秋菊迎风而舞动，显示出和悦的气氛。于是，宋元时候，锦鸡画图不一而足，成为吉祥的图案，元代王渊即有《竹桃锦鸡图》。所以，蜀绣中遂出现仿宋画的绣品，人称"绘绣"。上述这件《双冠图》，亦当为根据宋画在绣女手下的再创作，属于趋新之作。所以，文献称宋代的蜀绣"穷极工巧"，恐非虚饰之词。

明代末年，战争频仍，国家不幸，百姓涂炭，却成就了兵家的将军们。一代女将秦良玉，多有战功，受到崇祯皇帝召见，并赋诗表彰她："蜀锦征袍自裁成，桃花马上请长缨。世间多少奇男子，谁肯沙场万里行！"赞誉秦良玉勇于征伐，胜过男儿。当时，确实是很少有刚强的男子站出来保护大明的江山，难怪刚愎自用的崇祯皇帝要厚奖女将秦良玉了。明末的硝烟已经过去四百余年，皇帝赏赐她的这件锦袍，有幸尚在人间。这是一件蓝缎金绣蟒袍，胸背襟袖，均以金线刺绣蟒纹，又刺绣了万福、如意、云纹、宝相等繁复的花纹，胸前背后各绣一凤，裙脚绣寿山福海，空白处绣彩云。看到这一件宝物，可以想象当时名将秦良玉，在皇帝跟前穿上此袍，得意扬扬、豪气冲天，意欲报效国家，建功立业的仪态。只可惜，国运难挽颓势，明朝不久覆亡，这件蟒袍却成为那段天崩地裂、改朝换代历史的见证，也是蜀绣高超技艺的见证。

刺绣作为特殊工艺的丝织品，在古代主要被达官贵人们享用，所以，朝廷极为重视。宋代设文绣院；元代则将管理机构设在各地，称"绣局"；明代设内廷作坊；清代设造办处。光绪二十九年（1903年），在四川设劝工总局，内有刺绣科。民间则有刺绣行会，有道光年间成立的三皇神会，组合了店铺、领工、刺绣工人，明确行规和分工，形成规模化生产。当时成都的刺绣手工作坊主要在九龙巷、科甲巷，集中了近百家刺绣作坊，大大促进了刺绣业的发展。此后，刺绣名家有张洪兴、王草廷、罗文胜等等。张洪兴主持刺绣动物联屏，获巴拿马赛会金质奖章，蜀绣在世界上赢得青睐。此时，刺绣除了满足达官贵人们的需求，还特别注重开发百姓的日常用品，一家一户的女子也可以自行设计并刺绣，有鞋帽、枕头套、帐帷、被面，不一而足。蜀绣已经大步迈入寻常百姓家了。

宋锦及苏绣

古语云："上有天堂，下有苏杭。"是说苏杭二州，是天下最为富足而且山川秀丽的地方。苏杭的富足与丝绸生产密切相关，苏杭的秀丽，更像极了宋锦、云锦等江南所产的丝织品。不知是苏州成就了中国的锦绣，还是烂漫的锦绣成就了苏州的美名。

宋锦，是中国四大锦之一，主要产在苏州，亦称苏州宋锦。宋锦的产品分大锦（含重锦、细锦）、匣锦（小锦）。重锦适于宫殿、堂屋的陈设，细锦适于服饰，匣锦则专用于书画装裱。

宋锦产于苏州，而名以宋，自然是与宋代相关。

宋锦的源头则是蜀锦。

晋朝末年，战乱频发，大家族纷纷南迁，形成南北朝对峙的局面。南朝的时候，刘宋王朝的郡守山谦之，把蜀锦制作的工匠迁移到丹阳，建立南朝官府织锦机构。北宋初年，都城汴梁开设绫锦院，进一步引进蜀锦工匠，加速了蜀锦工艺的东传。

公元 1127 年，北宋灭。南宋随后建立，宋都及北方各地的织锦工匠纷纷南下，成都的蜀锦机工也移到东南一带，宋廷即在盛产丝绸的苏州建立宋锦织造署，加强了苏州一带丝绸的生产，而宋锦成为此时主要的丝织品。

宋代的帝王和臣子们，大都好文，两宋是文人的天堂，书画在宋代得到空前发展，名家频出，云集都下，于是，苏州生产出一种细而薄的丝绸品种，专供画家们的书画装裱，也做锦匣的外表，故名小锦、匣锦。这种装裱书画的宋锦，具体有青楼台锦、纳锦、紫百花龙锦等四十余个品种，可以想见宋代书画装裱，可谓极一时之盛了。

明代，宋锦的品种也有百余种，现藏于故宫博物院的明代宋锦有狮纹锦、龙纹球路锦、宝莲龟背纹锦、四合如意定胜锦等名品，其中的极乐世界重锦织成的锦图轴，堪称稀世珍宝。宣德年间，工匠们或许想到项羽"富贵不归故乡，如锦衣夜行"，又联系到欧阳修因宋代名臣韩琦的"昼锦堂"（地处今河南安阳古城内南营街）写了《昼锦堂记》，于是，将欧阳修的这篇名作以宋锦制作出来，精美绝伦，显示出文人和织锦工匠合作无间，以及织锦艺人再创造的奇思异想。此件上承唐代蜀锦织造的《兰亭序》，一脉贯通，想来唐宋以来，此类织锦甚多，是文人雅趣在织锦上的艺术再现。

经过明末战乱，宋锦的工艺技术受到影响。清代康熙年间，工匠按照宋代织锦图案恢复生产古老的宋锦产品，称仿古宋锦或宋式锦。但是，已经是等而下之的产品，见出宋锦衰落的迹象。

苏州地区是中国丝绸生产的圣地，著名的丝织品，既有宋锦，还有苏绣。苏绣在民间的名气似乎更大一些，是中国四大名绣之一。

苏绣的特点是平、齐、细、密、和、光、顺、匀，图案精巧、绣工细密、针法灵活、色彩清雅。针法有直针、盘针、套针、擞和针、抢针、平针等等。早在 1986 年，苏州市在明代状元王鏊祠堂建立中国苏绣博物馆，见出当地人对苏绣的珍视。

苏绣的发祥地，在江苏吴县（今江苏省苏州市）一带，核心区域是今苏州市的镇湖街道（以前的镇湖镇）。春秋时，苏州是吴国的国都。它的外围无锡、常州、扬州、宿迁、东台等地，也是女红遍及，绣事发达，这是苏绣发达的坚实基础。

苏绣在苏州的历史很早。汉代刘向著《说苑》，其中提到，春秋时期，吴国的绣女已经有绣织技术，制作华丽的绣品，用在服饰上。

三国时，孙权继承父兄家业，安守江南，吴国相对安宁，连枭雄曹操也感慨，生子当如孙仲谋（孙权字仲谋）。苏州是孙吴的地盘，丝绸业兴旺。孙权部下赵达，其妻善于刺绣，她将吴国的山河形势绣于帛上，形成古代的丝绸地图，进呈吴主孙权，孙权大悦。时称赵达妻为"针绝"。丝绸上绣织地图源于中国，以便于保存和携带，一直被世界军事家们青睐。二十世纪五十年代初，抗美援朝战役中，志愿军缴获的美军战利品里，就有丝绸地图。

宋代，宋锦、苏绣双绝竞艳。明代张应文著《清秘藏》描述了苏绣工艺的精妙："宋人之绣，针线细密，其用线一二丝，用针如发细者为之。设色精妙，光彩夺目。山水分远近之趣，楼阁得深邃之体，人物具瞻眺生动之情，花鸟极绰约馋唼之态，佳者较画更胜。"显然，苏绣已达到一个高峰，可与绘画媲美。1956年，在苏州虎丘塔发现北宋建隆二年（961年）的绣花经袱，纹样整齐，古朴庄重，是有关佛教题材的绣品实物。

明代中后期，与宋代相像，商业发达，文事繁盛；而且，苏州地区"家家养蚕，户户刺绣"，加强了江南丝织中心的地位。此时，文人书画显赫于朝野，唐伯虎、沈周等书画家名播海内，刺绣艺人随即"以针作画"，国色天香，名家字画，争绣在织品之中，有"巧夺天工"的美誉。

苏绣在清代，由单面绣发展出著名的"双面绣"技术，再由普通双面绣、双面异色绣，发展到双面三异绣，在刺绣行业独步天下，刺绣的境界再攀高峰。同时，以画作绣的风尚继续绵延，吴江的杨卯君、沈关关，无锡的丁佩、薛文华，都是名噪一时的刺绣名家。然而，名气响彻中外，直达天庭的绣娘是沈寿。沈寿原名沈云芝，字雪君，号雪宦，吴县人。她将西洋画的肖神仿真技法融合在刺绣里，创新"仿真绣"。光绪三十年（1904年），沈寿绣了佛像等八幅作品，为慈禧太后献上，祝贺她的七十大寿。老太后看了喜不自胜，连声夸赞，高兴之余，写了"寿""福"二字，赐予沈寿和她的丈夫余觉。从此，原名沈云芝的绣女，就乘势改名为沈寿了。沈寿的鼎鼎大名响彻丝绸行业，红极一时，当时的大学问家俞樾也艳羡不止，送她一个"针神"的名号。之后，她的刺绣往往吸收西洋画法，创作西洋体裁，绣品《意大利皇后爱丽娜像》甚至漂洋过海，进入意大利宫廷，使南欧国家的朝野为之啧啧称奇。1915年，已进入民国的沈寿继续展示技艺，创作了《耶稣像》，参加在美国举办的"巴拿马 – 太平洋国际博览会"，获取一等大奖，此品竟售出一万三千美元的高价。一件当代工艺品，售价堪比高级文物，证实了沈寿及其代表的苏绣在清末民初的赫赫功业。但是，沈寿的晚年却很是萧条，由晚清状元、大实业家张謇收养在他南通的庄园里。张謇鼓励她口述了刺绣的经验，又亲自帮助衰弱的沈寿整理出来，名曰《雪宦绣谱》。此书分八卷，详细记录了刺绣的工具、工序、针法、绣要，以及注意事项等等，是一位伟大的绣娘最后贡献于刺绣行业的不平凡的著述。

清代沈寿刺绣《双骏图》

二十世纪三十年代，丹阳女子杨守玉，又始创"乱针绣"，其针迹纵横交叉，长短不一，而且分层重叠，大大提高了苏绣的艺术表现力。"乱针绣"，可称作刺绣行业的大草，体现出天马行空般的想象力和创造力，超逸前贤，异彩纷呈。1958年，苏绣的园地又创造出"虚实乱针绣"，利用丝线的粗细、虚实排列，借鉴绘画的留白法，表现丰富的画面，整体感强烈。仔细回想，苏绣的所有这些创新，无不依托着苏州一带厚实而灵光的人文背景。

云锦灿烂

云锦，产于南京的丝织名品。因占据南京古都的特殊地位，云锦在历史上一直耀眼，声誉极高，有"寸锦寸金"的美誉。

早在东晋的时候，南京称建康，是东晋的国都。这里汇集了因战乱而避难的北方贵族们。面对亡国之痛，他们多半不思进取，照旧过着奢华生活，有时聚会，也不免作"新亭对泣"。既对恢复乡邦旧国苦无良策，也乐得避地东南，逍遥自在，享受生活。纵观南朝的上流社会，无非是或醉生梦死，或超然物外。因此，偏安状态下的社会经济得到发展，文学和艺术空前发达，有陶靖节，有鲍参军，也有庾开府，但更多的是豪族大宦如王、谢家族的后人，如王羲之、谢灵运之流。因此，纸张、墨块，以及装潢字画的丝绸一并繁荣起来，大大超逸古人。官府更是设立管理织造的锦署，机工以提花木机织造出绚丽的云锦，醉生梦死的丧家贵族们见之，光丽灿烂，美若云霞，故呼为"云锦"。东晋末年，平民出身的大将军刘裕决意北伐，一举灭了北方的秦国，把长安（今西安）的百工迁移到建康（今南京）。其中的织造工匠，将古都长安一带的工艺带到南京，发展了古已有之的织锦工艺。东晋义熙十三年（417年），朝廷在建康设锦署，专门管理织锦事务，此为南京云锦织造的正式起点。

历经数朝的发展，到元代的时候，云锦已经是皇家贡品，并在明代形成丝织提花锦缎的织造特色。明末清初，誉满朝野的大诗人吴梅村见到新织的云锦，织出孔雀、凤凰以及团龙的图案，如烟如雾，煞是好看，大为感叹，作词《忆江南》赞赏道："江南好，机杼夺天工。孔雀妆花云锦烂，冰蚕吐凤雾绡空。新样小团龙。"

明清易代，江南仍然是国内丝绸的集中产地，清廷在南京特设"江宁织造"。《红楼梦》的作者曹雪芹，他的祖父曹寅与康熙皇帝为发小，极为厮熟，承蒙皇帝青睐和信任，在江宁织造任上任职二十余年，专门向宫中进贡各种丝绸织品。康熙皇帝南巡到达南京，就驻跸于江宁织造的官署，君臣关系亲密无间。维系这层特别关系的物品，实质上就是色彩灿烂的云锦。因此，《红楼梦》这部不朽名著，与云锦有说不清的干系。道光年间，南京设"云锦织所"，"云锦"有了来自皇家的正式命名，更加迅速地发展起来。据南京云锦博物馆陈平女士回忆，清代，南京的夫子庙、秦淮河两边，很多老百姓都是从事云锦织造的专业户。因为房子低，他们就把地面挖下去，再放进织机，称作"机坑"，形成家家户户织造云锦的局面。据统计，当时有织机三万台，工匠达十万人之多。南京周边，更有三十万人从事丝绸生产，到处是机杼轧轧、云翻锦绕的织造场面，云锦已经成为当时江苏地面上规模最大的手工产业。

云锦的工序分纹样设计、挑花结本、原料准备、造机、织造五个部分。纹样设计，主要是填绘意匠图，是绘制花样的基础。现在文人往往说"大国意匠"，其实就是从绘制意匠开始的。唐代，河东大家族后裔张彦远，收藏极富，乃著《历代名画记》。其中记述，唐初时，在成都任行台官的窦师纶，出主意设计十余种纹样，色泽壮丽，流行百余年不衰。沈从文先生考察后说，传世遗物中的大团窦锦，花树对鹿锦，狮子舞锦，或多出于唐初。因而知道，设计锦的纹样，是早已有之的行当，且陈陈相因了千余年，真是一个艺术上的奇迹。就说云锦的云纹设计，即分为"四合云""七巧云""行云""勾云"等样式，达到高度理想化的艺术境界。其他图案的复杂程度，难以想象，而无不可以实现在意匠的巧思之下。

云锦的第二道工序是挑花结本，或曰通经断纬，即对照意匠图案，以丝线作经，棉线作纬；经线对应图案的纵格，纬线对应图案的横格，挑制成花纹样板。第三道工序是准备蚕丝、金线、银线、孔雀羽毛。金线、银线、孔雀羽毛自然是有色的，蚕丝则须预先按照意匠图案的要求，染制成所需的颜色，以及相关的规格。第四道工序是造机，即根据相关的规格、品种，将所需的经线，按照锦的地部组织、纹部组织的要求分别安装到位，以便织造。第五道工序才是织造。织造的工艺技术很是独特，工人采用老式的提花木机，由拽花工和织手双人配合。拽花工坐在织锦机的上层，口唱手拉，提升

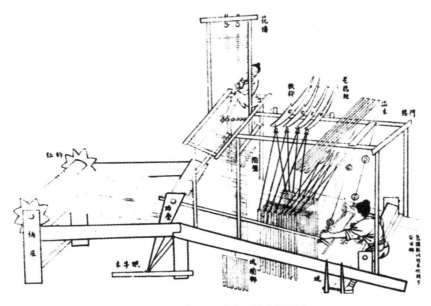

明代宋应星《天工开物》所绘花楼机图

经线，织手坐在机下，负责投梭打纬，并妆金敷彩，如此将金线、银线、蚕丝、绢丝，以及各种羽毛相配在织物上面，形成华丽无比的图案。其工艺有"妆花""织金"等等，极为花巧繁复。总之是不惜工本、竭尽工巧之能事。所以，机上工作的两人，在溽热的夏秋季节，置身作坊，辛苦一天，也就是织出一寸长度的产品罢了；即使一小幅图案简单的云锦，也要大费十日工夫，故而有"寸金寸锦"的说法，言其重量虽然轻于金，而价钱却与相同长度的金价值相等。可见云锦织造之艰难，艺术价值之高超。

云锦作为天下珍稀的大品牌，种类繁多，而无不图案庄重。它以红、蓝、绿三色为基本色，又大量使用金线、银线，增加云锦成品的光泽，显出华丽无匹的色彩特征。其图案则有团花、散花、满花、缠枝、串枝、折枝、锦群等等，真的是花团锦簇，美不胜收，人见人爱。有关云锦的织造技术，只是在匠人之间传衍，古代文献很少记载，所幸明代宋应星的名著《天工开物》绘制了一架花楼机的结构，观其形状，与现在见到的云锦花楼机结构基本一致。

杭州的丝绸

浙江是中国古代丝绸生产的核心地区之一，杭州则是浙江丝绸生产的中心。

考古发现，四千七百多年前的新石器时期，就产生了养蚕织帛，良渚文化的反山、瑶山，出土了原始的腰机部件，有经轴、提综杆、打纬刀、卷纬轴，专家借此恢复了腰机的样式。

1958年，杭州北部的钱山漾东岸，发掘出新石器时代的丝织片，被尊为"世界第一片丝绸"。

1973年，杭州南郊，余姚河姆渡村新石器遗址出土打纬刀、梭形器等纺织工具；同时出土的还有虫纹物品，专家认定是蚕纹，显示出先民对蚕的崇拜。这一批遗存，至今约六千七百年。如果仅就此地的纺织工具判断，还不能说当时有丝绸的生产，而蚕形物品的出土，则佐证了丝绸生产的可能性。

杭州一带的养蚕纺织的历史，可谓久矣！

历史的烟尘曾长久地覆盖了良渚文化。直至春秋时期，杭州一带成为越国的地方。《史记·越王勾践世家》记载，吴越争霸，越王战败，越王勾践图谋复仇，"省赋敛，劝农桑"，而且"身自耕作，夫人自织"，对老百姓起到表率作用。相传，美女西施，此时正在诸暨的家乡养蚕织丝，浣纱于江边。明代人梁辰鱼即据此传说写作了戏剧《浣纱记》，把西施与越王、吴王联系在一起，越地丝绸生产的事广为天下人知悉。

隋代废钱塘郡，设杭州，开国大臣杨素筑杭州城，杭州正式登上历史舞台。丝绸生产成为当时农桑的主业，"一年蚕四五熟""民勤于纺绩"。大运河终点的北关门外，是丝绸装船北上、进贡朝廷的始发地，以故"人烟辐辏，商贾云集"，是一处繁华的地方。

唐代的越罗，是珍贵的丝织品。杜甫有诗《白丝行》，其中说："越罗蜀锦金粟尺。"将越罗与当时名气很大的蜀锦并提，富贵人家才买得起，要用金粟尺来量长度。白居易不得意的时候，曾经任职杭州刺史，治理有方，春日的一早，远听钱塘涛声，近看白堤柳色，不禁心情大好，当即咏诗一首，名曰《杭州春望》：

> 望海楼明照曙霞，护江堤白踏晴沙。
> 涛声夜入伍员庙，柳色春藏苏小家。
> 红袖织绫夸柿蒂，青旗沽酒趁梨花。
> 谁开湖寺西南路？草绿裙腰一道斜。

诗中的"柿蒂"，就是杭州所产的花绫。刺史白居易看到治下的士民，穿着柿蒂丝服，纷纷游湖，歇息下来，就在酒馆小饮一番，端的是安闲太平的世界。

唐代后期，丝绸生产未因社会经济的发展放缓而停滞，相传，唐代名相褚遂良的九世孙褚载，将扬州一带的丝绸织造技术带到杭州，传授给杭州当地丝绸工匠，引导丝绸生产的繁荣。后人感戴他的恩德，在褚家堂建庙祭祀。

经过唐朝盛世，五代的钱镠称王，治理杭州一带十三州，是为吴越国。北宋钱俨所撰《吴越备史》记载，他建立"织室"，开设官家营业的丝绸工场，以至"年年无水旱之忧，岁岁有农桑之乐"。

吴越国与宋朝一直保持着良好关系，且听命于宋，在宋兵来临时，末世主子钱弘俶立即献出宝地城池，"纳土归宋"。吴越国的地面长期免遭兵祸，故而宋代的时候，杭州的丝绸生产达到鼎盛。端拱二年（989年），宋廷即在吴越国的地面上，设立"市舶司"，借此出口丝绸，换取外汇。或许是出口大涨，数年后，又在杭州设"织务"，加强丝绸织造的管理，用以保障对外丝绸贸易。北宋末年，童贯，就是《水浒传》里那位多次率兵围剿水泊梁山而无寸功的大宦官，《宋史纪事本末》记载，他奉命在苏州、杭州置局，故此地"雕刻织绣之工，曲尽其巧"。

杭州的繁盛，引发宋代大词人柳永的感慨，他撰词一首，名《望海潮》，以花团锦簇般的笔墨歌咏了杭州：

东南形胜，三吴都会，钱塘自古繁华。烟柳画桥，风帘翠幕，参差十万人家。云树绕堤沙，怒涛卷霜雪，天堑无涯。市列珠玑，户盈罗绮，竞豪奢。

柳词极具文采，然其词也为写实：这里的家家户户，都竞相穿着了罗绮，香风扑面，华彩飘动。柳永的词，口口相传，随风飘到北国，引发金主完颜亮大大的羡慕，意欲引兵南下，以马鞭填塞长江，到杭州，一睹那里的豪奢。

1129 年，金兵果然南下，掳走了懦弱的宋徽宗、宋钦宗父子。康王赵构建立南宋，杭州称临安，地位上升为国都，大批皇家巨室南迁到此。工匠们亦随宫室迁移，汴梁的绫锦院、染院、文绣院、裁造院等等，都在杭州安顿下来，与杭州本地的丝绸工匠结合，顿时形成巨大的生产优势，杭州马上升级为国家的丝绸生产中心，源源不断地为新朝的贵人们贡献丝织品。当时，有四明人楼璹任于潜县县令，他亲历了农家耕织的艰辛和机巧，深有感触，即组织文士，编绘《耕织图》，其中有蚕桑、丝绸生产等二十四事，绘图展示，各图均配一诗，既以劝耕织，也以之夸示其治内的业绩。楼璹画好，感

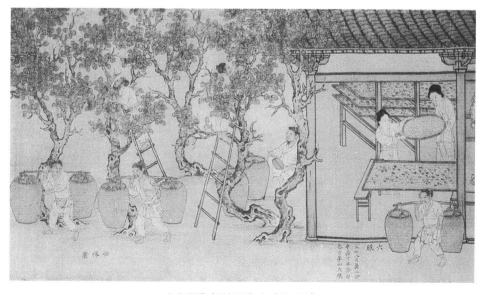

宋代楼璹《耕织图》之"忙采叶"

觉不错，喜不自禁，突发奇想，将《耕织图》呈上朝中。宋高宗赵构的续配吴皇后见了也十分喜欢，以为是歌颂高宗治下的盛世景象，急命人加注，以自己的名义出版，广为传播起来。

1279 年，元朝灭掉了积弱衰败的南宋。其时，杭州的繁华并未稍减，它仍然是江南的经济中心、文化中心。元世祖忽必烈在苏州、杭州分别设"织染局"，既供皇室享用，也以其赚取外汇，丝绸生产和贸易更加繁盛起来。意大利人马可·波罗遍游中国后来到杭州，看着这里的繁华，非常惊讶。他看到杭州的羊坝头一带，中东人聚居，还建了高大的真教寺，商人在此开了店铺，人头攒动，高声吆喝，丝绸当然是最抢手的货物，故而《马可·波罗游记》称这里是"阿拉伯世界"，并艳羡地说："由于杭州生产大量的绸缎，加上商人从外省运来的绸缎，所以，当地大多数人总是浑身绫罗，遍地锦绣。"一直到清代道光年间，真教寺改名为凤凰寺。此寺至今尚存人间，是元代商业贸易繁盛的地标性建筑。

明代的时候，浙江的丝绸生产已经占全国之首，而以杭州贡献最大。这里的丝绸生产商们成立行会，分工合作，共享利益。他们的作坊遍布街巷。《明史·方域志》称，丝绸工匠，"习以工巧"，产量巨大，足可"衣被天下"。从嘉靖到万历朝，政界元老张瀚的《松窗梦语》记载说："虽秦、晋、燕、周大贾，不远数千里求罗绮缯布者，必走浙之东也。"我们注意到，在杭州贩卖丝绸的大商人，就有从晋地远道而来者。

清代初年，杭州即建立官府织造局，与苏州、南京的织造局三足鼎立。清代中期，杭州的丝绸产量稍胜江苏二局，占到全国产量的百分之四十。而民间的丝绸生产达到极盛期，机户数以万计，辐射到杭州近邻的塘栖、临平等乡镇。康熙皇帝南巡，看到此地到处是桑林，丝绸产业旺盛，很是感动，亲撰《桑赋序》，说道："朕巡浙西，桑树被野，天下丝绸之供，皆在东南，而蚕桑之盛，唯此一区。"突出表彰了杭州桑蚕的特别贡献。其时，杭州的东园巷一带，集中了先染后织的熟织物的丝绸生产；艮山门外的闸弄口一带，则集中了先织后染的生丝织造。生熟织品一旦形成，随即运到宝善桥、仓河码头装船运往全国各地，乃至远销海外。时人作诗咏之：

庄船埠头挂布帆，微风掠水日西衔。

夜来别有空蒙景，渔火星星隔翠衫。

"天纹"壮锦

最后要说到壮锦，这倒不是因广西的偏远，而是壮锦本身是麻与丝的结合，是独立的、自成一统的织造工艺。

壮锦的壮文名字，本是天纹之页的意思。这与北国古人将蚕称作天蚕，似乎是出于一个本义。看来，国人对桑蚕的认识，无论南北，从源头上看，是颇为一致的。

壮锦的织造，是利用棉线、麻线，和丝线交织而成。织工以棉线、麻线为地经，丝线为地纬，织成衣裙、巾被、台布等等，花纹图案有回纹、水纹、云纹、花卉、动物等等，富有民族风格气息。其产地集中在忻城、宾阳等县域。

壮锦的生产，最早可追溯到汉代，有广西罗泊湾7号墓地出土的回纹锦残片可证。其生产，以丝与棉、麻结合，猜想与壮族地区天气炎热相关，因为当地生产的麻布、苎布，历来有名，是消暑的佳品。唐代的大诗人张籍作过《白纻歌》，赞扬白纻的鲜亮："皎皎白纻白且鲜，将作春衣称少年。"此时的白纻等布匹，是朝贡的佳品，但好像还不是锦。

宋代元丰年间，朝廷设蜀锦院的时候，同时设广西锦，正式有了壮锦的进贡。南宋诗人范成大编纂《桂海虞衡志》，说壮锦出产在广西的左江、右江，名"羰布"；南宋周去非的地理学名著《岭外代答》，则称为"绒布"，赞其"白质方纹，广幅大缕，似中都之线罗，而佳丽厚重，诚南方之上服也"。可知其色白，其文方，其质重，其幅大，其图丽，见出壮锦的基本特征。

其实，壮锦的初始发展，也受到蜀锦的影响。

据黄现璠《壮族通史》，蜀地属内陆地区，四面环山，并无海口，凡出口均经广西。当蜀锦运抵广西，壮族人见了自然喜爱非常，即结合本地纺织工艺，发展出壮锦。而广西本地又有传说，是一位名达尼妹的壮族姑娘，善于纺织，经她的巧手，发展成为壮锦。或许，这位达尼妹就是完成壮锦工艺的织娘吧。

织造壮锦，工艺复杂，先要准备蚕丝和棉纱。蚕丝亦称丝绒，要通过拣、夹、纺、漂、染的程序；棉纱要经过弹花、纺织、染色、浆的工序。即如浆这一道工艺，就是用米汤或粉浆浸润纱线，若无长期工作的经验，不能把握好浸泡的时机。

材料准备好了，就要上机编织。织机很是古老，是经过无数次改进的小木机，由机身、装纱、提纱、提花、打花五部分组成，其实是极易于操作的。然而，织造过程却是极其繁复而枯燥。织娘先要按照图案，用挑花尺将花纹挑出，再以编花竹和大综线编排在花笼上。织造时，按花笼上的编花竹一条一条地逐次转移，通过牵引纵线，花纹就呈现在锦面上。以花笼提花，织出华丽的图案，这是壮锦织机的最大特点。

织造壮锦的过程很是缓慢，一天的成果也不过一尺左右；织一幅被面，至少费工六天。在纺织业高度发达的当代，传统的壮锦手工艺，真的前景堪忧。但是，其工艺水平又着实精到，凝结了近千年来岭南工艺美术的智慧，是一片珍贵的活态的织造化石。

以上所述，仅仅是中华大地上少数的丝织品，整个中华从桑蚕养殖到丝织品生产，是一个极为宏大的存在。就其生产方式而言，起初是皇家和官家垄断。春秋战国后，是国营和民营两种方式。国营肯定是集中生产，包括吸收民间手工业生产；民营，一般是一家一户的家庭式作坊，是极为普遍地存在着，从而组织成庞大的丝织品生产大国，故而不只是蜀锦、云锦、宋锦，以及潞绸，如山东的临淄、河北的定州、河南的南阳、商丘，都是极为著名的古代的丝绸生产地。就是刺绣，也是各地都有，即如《雪宧绣谱》所附录者，尚有粤绣、湘绣、蜀绣、京绣、汴绣、汉绣、鲁绣，这还不包括少数民族地区的种种刺绣，它们共同组成中国丝织品的大家庭，在绘画、织法、针法等方面，既互有区别，又互为基础，形成争奇斗艳、花团锦簇的美丽局面。

第三节 华衮贵服，彩画缂丝
——中华丝绸的用途

丝帛的初始，当然是作为衣服使用的，但是，当丝帛演变为华丽无匹的丝绸以后，它的实用面扩大了。在中国人的日常生活之中，丝绸几乎无处不在。

华美服饰

说到丝绸的用途，当然以穿衣为第一位。《通鉴前编》记载："西陵氏之女嫘祖为帝元妃，始教民育蚕，治丝茧以供衣服，而天下无皴瘃之患，后世祀为先蚕。"而首先服用丝织品的是黄帝，从其"垂衣裳而治天下"的记载中，即可见出端倪。这些都是对丝绸作为衣服的最直接的说明。

因为丝绸在最初的生产非常之少，自然成本极高，又非常之贵，故而丝绸制作的衣服，并非普通百姓可以服用，只是帝王贵胄们专享的产品，士及以下的人并无服用的资格。故沈从文先生在其有关服饰的文章中，一再引用古人"珠玉锦绣不得鬻于市"的禁令，那禁令是从周代开始即有的规矩。

《礼记·祭仪》较早地透露出织蚕丝以为"君服"的动机，是为了祭祀于先王之前："岁既单（替换）矣，世妇卒蚕，奉茧以示于君，遂献茧于夫人。夫人曰：'此所以为君服。'……服既成，君服以祀先王。"《孙子兵法》曰："国之大事，唯祀与戎。"可以见出，以蚕丝做的"君服"，是那个时候的盛装，要在庄严的祭祀场合才有国君服用。这本身说明了丝织衣服一登上服装类的场合，就不同凡响，是古代的高级"奢侈品"，因此规定"珠玉锦绣不得鬻于市"。为此，宫廷及诸侯之家，都蓄养了特种工奴，用以在王朝内部消费。

锦绣之衣服不得为普通人服用，而"诸侯之棺必衣黼绣"，所以，先秦乃至汉代的墓葬里，常有丝绸出土，或为死者服用，或用以包裹青铜器等陪葬品。《史记》讲到，霍光死后，皇帝赐绣被百领，绣衣五十箧。近数十年来，湖北江陵马山、长沙的汉墓里出土的丝织品，也是以丝织品随葬制度的见证，后人借此得见早期的丝织品真容。

春秋战国以前，普通的平民百姓不可以逾越礼制穿着丝帛衣服。一直到汉代，还特别规定，"贾人不得衣锦绣乘骑"。但是，以情理推断，珠玉锦绣，当然也被一般人欣赏，恐怕官家不能绝对限制或垄断丝绸的生产。于是，伴随着"礼崩乐坏"，丝绸的生产和服用，一定是逐步打破了官方的垄断。

《诗经·卫风·氓》中前两句就说："氓之蚩蚩，抱布贸丝。"正是讲以布匹交换丝绸的，交换的人是普通百姓。西周的统治者甚至规定，男子每年贡谷二石，妇女每年贡布帛二匹，幅宽二尺，长四丈。《史记》称，齐国临淄月收市金"千金"。政府要发展经济，以为大国竞争的资本，百姓要穿着丝织品，以为享受，两相情愿，因此，丝绸的穿着并不严格。《墨子·辞过》："治丝麻，捆布绢，以为民衣。"这里的民，已经是普通自由民，他们也可以穿丝织的衣服。当然，在衣服的级别上有区分。

由此知道，丝帛在民间是不断生产着的，突破了王朝内部的垄断，成为社会经济的重要一部分。

丝绸的特性是光鲜亮丽，轻薄爽身，是人人爱之的。尤其暑热难耐的时候，轻薄的丝绸便显示出极大的优势，优势随即转化为魅力，故丝绸衣服一直被朝野视为奢华生活的象征。帝王以之装点盛世，而国家衰败，抑或与丝绸相关。

盛唐的时候，社会竞相服用绫罗绸缎，连带头腐败的皇上李隆基也看不下去，亲自撰写一篇《禁用珠玉锦绣诏》，下发到基层，其中说：

雕文刻镂，衣纨履丝，习俗相夸，殊途竞爽，伤风败俗，为弊良久。珠玉锦绣，概令禁断！

准式三品以上饰以玉，四品以上饰以金，五品以上饰以银者，宜于腰带及御镫酒杯杓依式，自外悉铸为铤。妇人衣服，各随其夫子。

其已有锦绣衣服，听染为皂，成段者官为市取。天下更不得采取珠玉，刻镂器玩。造作锦绣珠绳，织成帖绒二色，绫绮罗作龙凤禽兽等异文字，及坚捆锦文者，决杖一百，受雇工匠降一等科之。两京及诸州旧有官织锦坊悉停。

文中首先说到"雕文刻镂，衣纨履丝"，导致"伤风败俗""为弊良久"的危害，继而作出明确规定，并作出严惩措施。然而，就是在李隆基一朝的天宝盛世，衣着豪华的"国家队"依旧唱着《霓裳羽衣曲》，宫廷艺术家李可及布置一次"叹百年"舞的场面，地面、背景要消耗数千匹绸绢。杨贵妃个人的御用绣工，就有八百人。她的三位姐姐常用绣工一千人。其中的三姐被封虢国夫人，骄奢淫逸，与奸相杨国忠私通，又被皇上李隆基宠幸，仅一次即得绛罗五百匹，尚嫌不足，还要骂骂咧咧，大耍威风。皇帝、贵妃、大臣们就这样，沉醉在太平盛世之下，醉生梦死，可知，皇帝的诏书，也不过是徒具虚文罢了。不久，"盛世"就被"安史之乱"彻底击得粉碎。因而联想到，历史上的成语"屡禁不止"，或与朝野对待丝绸珠玉又爱又恨的态度相关吧。

长期研究古代服饰的沈从文先生，见过太多的古代豪华丝织品，不仅是丝织品，还要镶嵌珍珠、宝玉、黄金、白银，豪华至极，无以复加。他列举了元蒙统治者无度地使用"高级特种织金"，以"锦、缎、绫、罗、縠作为装饰"，用来表示皇家"无与伦比"的"富贵豪华"，愤慨地说道："全人类历史，恐也不至于有如此奢侈靡费，爱好中同时也表示无比愚蠢的。"在王宫贵族的丝绸服用方面，历朝历代，莫不穷奢极欲，令人感慨万端，不忍详述了。

丝绸服饰在成为百姓日常生活的基本用品后，就变得花枝招展，云腾浪翻，显示出极为丰富的创造力，一件服饰，往往穷工极巧，各类花色，花团锦簇，集中体现了民族智慧和审美情趣。

币帛千年

丝作为货币，是很古老的事。东汉许慎《说文解字》："货，财也；币，帛也。"《管子》是春秋时齐相管仲所著，其中记载，商朝初年，大臣伊尹奉命攻打夏桀。夏桀以荒淫著称，有女乐三万人，演出时都穿着华丽的丝绸衣服。伊尹知道夏桀喜欢丝绸，即命妇女广泛地种桑养蚕，生产丝绸，以一匹丝绸换夏桀的一百钟粮食，从而操纵了夏的商品流通。

西周曶鼎铭文

周恭王时有鼎，名曶鼎，提到了丝作为货币的事。据《积古斋钟鼎彝器款识》记载，清代末年，此鼎由陕西当政者毕沅得到，以为是周原地区出土。鼎有铭文，共380字，记载周懿王或孝王时候的事。后来此鼎遗失，但它的铭文靠拓片幸运地流传下来。其中记载了奴隶主口（此处字迹脱落）以一匹马加一束丝，就买到另一个奴隶主效父的五名奴隶。五个人啊！竟不及一匹马和一束丝！可见，在生产方式低下的周代，马和丝，是很珍贵的东西。虽然是以物易物，却是以实物交易作为奴隶的人。丝，有了货币的作用。

丝帛作为俸禄，或起自汉代，有所谓"禄帛""禄布""禄絮"的名称。据宋代《册府元龟》卷五百五"俸禄"篇记载：东汉殇帝"延平元年（106年）……立春之日，遣使者赐文官司徒、司空帛三十匹，九卿十五匹，武官太尉、大将军各六十匹，执金吾、诸校尉各三十匹。武官倍文官"。这里说明，武官的俸禄，大大高于文官，是东汉时期一个特殊的现象。我们关注的是，西汉时期红火的黄金从货币流通领域退出，此时文武官员发放的俸禄，已经是"帛"。

北魏时期，丝绸是当然的等价货币。《魏书·赵柔传》记载，河内太守赵柔拾得金珠一枚，价值数百缣，归还主人；得铧数百枚，到市场销售，一人出价为绢二十匹，一人出价为绢三十匹，仍然以二十匹卖之，以表诚信。此即当时有名的"赵柔卖铧"的故事。其时，有人名刘芳，为寺院抄写经卷，每卷得缣一匹，"岁中能得百余匹"。因为丝绸是等价物，所以不法商人往往偷工减料，缩短尺寸，魏孝文帝乃于延兴三年（473年）下诏："更立严制，令一准前式，违者罪各有差；有司不检察与同罪。"并规定具体尺寸，维护丝帛的货币地位。

北齐，"禄率一分以帛、一分以粟、一分以钱"，大概钱在兵荒马乱的时候严重不足，即以帛和粟替代官员的俸禄。所以，我们可以据此理解古代"币帛"一词，有的时候帛与币是等价值的货币。

唐代大诗人白居易，写了一首著名的诗《卖炭翁》，诗的末尾写道："半尺红纱一丈绫，系向牛头充炭直。"明确说道，红纱、绫这样的丝织品，都是当时可以"充值"的物品，即等价交换的货币。当然，在卖炭翁心里衡量，半尺纱、一丈绫，还不足以抵得上他从南山运来的一车炭，只是在"宫使"的强买下，却也奈何不得。

《卖炭翁》固然是诗歌，所言的红纱和绫，是不是严格意义上的货币，尚值得探讨。但是，吐鲁番文书，却记载了唐代天宝年间（742—756年），丝绸之路上丝绸作为货币的物价水平：

> 马一匹，次上，等于丝绸九匹；
> 波斯敦父骆驼一头，次上，等于丝绸三十三匹；
> 胡奴一人，多宝，等于丝绸二十一匹。

这里，丝绸显然是明确的货币。唐朝廷为报答回鹘出兵平息安史之乱，每年送回鹘绢二万匹；回鹘立马市，卖给唐马匹，每匹马值绢四十匹，比实际马价高数倍。双方贸易，各取所需，"舆载金帛，相属于道"。

到武则天称帝的武周如意元年（692 年）时，丝绸一匹，等于银币 10 文，等于铜币 320 文；唐玄宗天宝时，丝绸一匹，等于银币 10 文，等于铜币 460 文。此时，帛充当了货币的基准功能。

时间跨越宋辽金三朝，到元代时，有"丝料"一名，或仍然与货币相关。《元史·食货志一》："科差之名有二：曰丝料，曰包银……丝料之法，太宗丙申年始行之。每二户出丝一斤，并随路丝线、颜色输于官；五户出丝一斤，并随路丝线、颜色输于本位。"以丝料与包银并为科差之名，知丝料具备货币功能。

帛书绢画

以帛为底作画在中国最早，因中国有画之始，纸张尚未产生。相传，周穆王西游的《八骏图》就是最早的帛画。帛画一般是在白色的绢上作画，帛是丝织品的基本概念，以故帛画往往就是绢画，事先不浆、不矾、不托，是工笔彩画的形式。其着色则是使用朱砂、石青、石绿等矿物颜料。以帛作画，在上古是一种虔敬的艺术行为，多用于祭祀或随葬。以情理推测，帛画可能是从古代达官贵人"章服"上绘画而派生出来的。《礼记·丧服大记》，有"画帷"的记载。《考工记总序》则说："设色之工，画、缋、钟、筐、慌。"此处"设色"一词，至今仍然使用着。战国时期，楚国一带，民间风俗笃信鬼神，最盛行巫祀。楚怀王死于秦，楚国上下同悲，屈原作《招魂》，是楚国信俗的集中展示。1972 年，长沙马王堆汉墓出土的帛画，描绘着天堂、人间、地狱，是神话题材的帛画，有五幅，主题就是引魂升天。其中一幅《导引图》有盛大的车马仪仗场景，画两百余人，马一百余匹，构图繁复，线条流畅，是汉画的真实体现。

东晋顾恺之是中国画的先导。他的《女史箴图》《斫琴图》《洛神赋图》等画作都非常有名，这些高级的绘画，是在绢上完成的。唐代，有高昌出土的伏羲女娲交尾图帛画，色彩艳丽，是汉墓里同类体裁的演绎。可知，帛画的传统很远，而流传时间很是长久。

东晋顾恺之绢画《洛神赋图》（局部）

以丝绸作画的历史很长，唐宋时期最为普遍，宋人尤盛。明代唐寅《六如居士画谱》引用元人王思善的话说："宋有院绢，匀净厚密，亦有独梭绢者，有细密如纸者。"宋人的画院，是皇家的绘画组织，宋徽宗时期，最为显赫，其画，据米芾所称，有纸本，有绢本，就是所用的材料不一样，而绢的材料有如是之好，故流传的宋画，多是绢本了。邹一桂在《小山画谱》就说："宋元人画多不用纸。董华亭（明代书画家董其昌）晚年尝用绫，皆其闺房内所求。内廷自制的宋元宫绢，丝纹编织得极紧，光匀细密，尘埃不易侵入，画院的传诏画家多用之。"这里道出用好绢作画的原因，是为了传之不朽，画家们当然是很在意的。

明代的时候，淮南地区经济发达，文化繁荣，各种工艺美术广受欢迎。于是，诞生了以绢作外皮的画。也称作绢画，其实与传统的绢画做法是不一样的。它是根据构思，将棉花或麻丝包在布料内做骨架，其外蒙上丝绸，画师采用绘画、剪裁、粘贴、熨烫等手法，制作花鸟人物。绢画的立体效果好，近似浮雕，是丝绸作画的一个创新。

帛画之外，尚有帛书，亦称缯书，起源时间同帛画，也大致在春秋战国时期。《国语·越语》："越王以册书帛。"帛当然贵于竹子，所以，帛书只是王公贵族们用的。现存最早的帛书，是 1942 年在湖南长沙子弹库楚国墓葬中出土的，长 38.7 厘米，宽 47 厘米，共 900 余字，内容庞杂，论及天象与灾异的关系，有关四时、昼夜，以及伏羲、炎帝、祝融、共工等传说中的先王，周边是十二个月神，代表一年四季，四角是赤色、白色、黑色、青色相间的缠枝类植物。郭沫若先生在《古代文字之辩证发展》一文中说，子弹库帛书，"体式简略，形态扁平，接近于后世的隶书"。不过，这件帛书的核心价值，并不在书法方面，而是它的内容，真实再现了春秋时期楚国文化，有很高的研究价值。可叹息的是，1946 年，这件稀世之宝，在湖南古董商蔡季襄前往上海摄像时，被美国人柯强借机骗走，现存于太平洋彼岸的美国大都会博物馆。

有关古代的帛书，当然还有很多，如 1973 年，长沙马王堆出土的《老子》帛书，也是一件珍品。此书不仅可以校对历史上《老子》的版本，看出古今《老子》的差异，书法价值也很高，相比竹简书法，在帛上作墨书，字体显得更加圆润，书法家的内涵和精神表露无遗。

借着楚地帛书，我们可以见出，古人将"竹帛"并称，就是以竹简与丝帛记载历史。恰如《墨子》所云："书之竹帛，镂之金石，琢之盘盂，传遗后世子孙。"可知，在春秋战国时期，在竹简和丝帛上从事墨书，和刻石、铸铜，都是记载

湖南长沙出土战国帛书《老子》

历史的基本方法，而墨书的优势，以书写方便，显示出强大的生命力，并发展了中国特有的书写艺术。

帛轻而易藏，以帛书写，以之传信，是帛书的权变之用。《史记·陈涉世家》：陈涉"乃丹书帛曰'陈胜王'，置人所罾鱼腹中"，借此煽动同行的人造反，一举成功。《汉书·苏武传》："天子射上林中，得雁，足有系帛书，言武等在某泽中。"是说苏武以帛书系在雁足上，雁飞到咸阳附近的上林苑，汉天子刘彻正好打猎，见到雁足上的帛书，方知道苏武等还活着，在北方的大泽中。因此，汉朝与匈奴交涉，苏武才得以回归本土。稍后，有古诗《饮马长城窟行》曰："客从远方来，遗我双鲤鱼。呼儿烹鲤鱼，中有尺素书。长跪读素书，书中竟何如？"则是以帛书传信达情的。

因此想到，汉以前失去自由的帝王们，撕下衣服的一角，咬破手指，以血写就求救的书信，即所谓"衣带诏"，抑或是帛书了。

当然，在丝帛上书写，绝非仅仅是"衣带诏"那样绝望之下展示悲情的举动，主要还是铺展绢帛，或乘兴挥毫，或描山绘水，一展才情。

丝绸除供书写作画外，还是裱装书法、绘画的上好材料。

宋代，是文人幸运的时代，像宋徽宗那样懦弱的皇帝，居然是写字作画的高手，他有许多书画名作流传至今。南宋第一位皇帝高宗赵构也是书画皆通，热衷于收藏书画。当时的大书画家往往自己养着装裱书画的匠人，甚至自己上手装裱，不惜工本，用以保障书画质量。因此，宋代与书画相关的物资生产极为丰富。其基本材料有绫锦之类。用作装裱的锦，人称"宋锦"，以区别于传统的蜀锦。宋锦产在江浙，有大锦、合锦、小锦三种，一般用于书画的装裱。大锦是表示吉祥的图案，有狮、鹤、莲花等等，是和合、对称的图案；小锦多为细小的图案，有万字、龟背、波浪、月华等。明代屠隆《画笺》说，宋代单是用作装裱绘画的锦，就有樗蒲锦、楼阁锦、紫驼花鸾章锦、朱雀锦、凤凰纹锦、斑纹锦、走龙锦、翻鸿锦、海马锦、龟文锦、粟地锦、皮球锦等等，可以想象出这些锦的图案真是花样翻新，层出不穷，纹样繁复，色彩丰富，风格却是极为朴素，显得古色古香，深合文人趣味。

立体艺术缂丝

缂丝，亦名刻丝、克丝、刻色，是具有立体感的丝织工艺品。

缂丝以生丝为经，熟丝为纬。其织法是，先用小棍将生丝挂好经线，以墨线将图画勾画在经线上，然后用小梭、拨子等工具，将不同颜色的纬线分段缂织，与经线交织，形成"通经断纬"的格局，做到"承空观之，如雕镂之象"，即花纹与素底之间呈现小空儿或断痕，如同刀刻一样，立体感很强。

缂丝源于隋唐，盛于两宋。沈从文先生在《谈刺绣》一文中说："小梭剜织或成熟于隋唐之际，可能传自西域，通过高昌、回鹘，由古波斯传来……宋人记绍兴内府装裱书画，有'紫鸾缂丝'，因手卷上的残余材料的发现，和北京西长安街一宋元初人墓塔中的新发现，得到完全证明。缂丝法在宋代进一步发展，是和宋五代名家花鸟画的结合。"[①]缂丝作为艺术，得到朝野认同，所以，宋代官府专门设了"缂丝作"的部门，管理缂丝生产。当时的缂丝以定州最负盛名，织一件衣服，要一年的时间，须有高度的技巧

江苏苏州缂丝《戏鱼图》

和耐心。宋代庄绰著《鸡肋篇》记载："定州织缂丝，不用大机，以熟色丝经于木梍（木梭）上，随所欲作花草禽兽状。以小梭织纬时，先留其处，方以杂色线缀于经纬之上，合以成文，若不相连。承空视之，如雕镂之象，故名缂丝。"辽宁省博物馆收藏有"紫鸳鹊谱"残片，虽然已残，却可见当时缂丝的精致。

---

① 沈从文：《谈刺绣》，《沈从文全集》，卷30，第59页，北岳文艺出版社2009年。

北宋灭亡，定州缂丝艺人如沈子藩等举家南迁江南，发展了江南的缂丝工艺。所以，临安（今杭州）成为缂丝重镇，其产品以摹刻名家书画居多。南宋的缂丝名家有朱克柔、沈子藩、吴煦，最善于做书画缂丝，产品犹如真迹，名画与缂丝艺术结合，大受欢迎。

元明时期的缂丝成果一般，到清代中期，忽然呈现一个高潮。今存辽宁省博物馆的《佛说图》十六轴，高八尺，宽四尺，其图宏大而工艺精湛。

丝弦佳音

中国古代的音乐，按乐器的制作材料，分为金、石、土、革、丝、竹、匏、木，此所谓八音也。丝，即丝弦，弦类乐器。弦未必都是丝，而以丝名之，丝弦当为最典型而高贵者。古代最早的丝弦乐器，当为琴、瑟、筝，《诗经》里就有"我有嘉宾，鼓瑟吹笙"（《小雅·鹿鸣》）、"琴瑟在御，莫不静好"（《郑风·女曰鸡鸣》）的记载，可知，琴瑟出现得最早，也最普遍。时至今日，祝贺新婚夫妇，还是沿用"琴瑟和谐"的词语。古代传到现在最有名的音乐故事，应该是《吕氏春秋》有关俞伯牙与钟子期之间知音的记载。两汉后，从西域传入琵琶、二胡之类，都是弹拨类乐器。与此相关最有名的诗歌，应该是唐代白居易的《琵琶行》，其中反复曲折地描写了琵琶女弹奏琵琶的场景，使人一读之下，便不能忘怀：

千呼万唤始出来，犹抱琵琶半遮面。
转轴拨弦三两声，未成曲调先有情。
弦弦掩抑声声思，似诉平生不得志。
低眉信手续续弹，说尽心中无限事。
轻拢慢捻抹复挑，初为《霓裳》后《六幺》。
大弦嘈嘈如急雨，小弦切切如私语。
嘈嘈切切错杂弹，大珠小珠落玉盘。
间关莺语花底滑，幽咽泉流冰下难。

冰泉冷涩弦凝绝，凝绝不通声暂歇。

别有幽愁暗恨生，此时无声胜有声。

银瓶乍破水浆迸，铁骑突出刀枪鸣。

曲终收拨当心画，四弦一声如裂帛。

东船西舫悄无言，唯见江心秋月白。

《琵琶行》共88句，有24句在描写琵琶的弹奏，以丝弦之美，曲尽其妙，称其为千古绝唱，毫不为过。

清代康熙年间，孔子六十四代孙孔尚任，在北京的古董商处，得到唐代的胡琴小忽雷，乃是唐代中期画过《五牛图》的韩滉命人造的。木材取自蜀地的巨树，稀少而名贵，敲击有金石之声。千年以后，其胡琴得于孔尚任，弹起来仍然是高古、饱满的乐声，令人回想到唐乐的不凡。孔尚任激动之下，与好友顾彩作了一部传奇《小忽雷》，借以歌颂唐代文人故事，也是有关古琴史上有纪念意义的雅事。

琴的故事，在山西有着清晰的历史。

《尚书》："舜弹五弦之琴。"《礼·乐记》："筝，五弦筑身也。"可知，舜弹奏的五弦琴，是筝之类的乐器。司马迁《史记·乐书》："舜歌《南风》而天下治。"司马迁所记的舜歌《南风》，正是前所引之《南风歌》，与运城盐池的产盐密切相关，确证舜的时候，琴已经是普遍使用的乐器。而且，琴乐经舜的操演，又与治理天下结合起来，说明古代以乐为教化的第一方法。这方法或许是从古老的河东，从舜开始的。

《左传·成公九年》记载，晋国得郑国所献楚囚，名钟仪，晋侯见之，楚囚问对得体；晋侯命其操琴，皆为南音（楚音）。晋侯感其不忘故国，义而释之，晋楚因此重新交好。这里的晋侯，就是晋文公，雄才大略的霸主，当然也是一位懂得琴乐知音的国君；楚囚钟仪，不背本，不忘旧，谙熟琴事，或就是那位"知音"钟子期的先祖，也未可知。

时隔两千年，民国前期的时候，山西境内安静，一批国内知名的琴师聚集到太原元音琴社，共谋振兴雅乐，其中有国内四位琴学大师杨友三、彭祖卿、沈伯重、顾梅羹，这已经是古老琴事的千年余响了。

琴是如此地吸引着国人，大者关乎治国，以化天下，小者可以修心，颐养性情，以故琴棋书画，以琴为首；琴是如此地重要，故对琴的制作，有繁复的程序，极高的标准。

大致说来，古法制琴，包括选材、木坯、槽腹、试音、合琴、风干、上灰胎、打磨、面漆、校音，要经历三十多道程序。而琴丝直接关系着发音，是尤其关键的一环。古人有关琴丝的制作，一定是选择蚕丝。根据古琴书记载，具体的方法，其一为造弦、上弦。造弦即选丝，以明、白、精、莹、匀、净、温、润、细为基本标准，具体以原蚕丝（二蚕，即夏季蚕）最佳；上弦，即依宫、商、角、徵、羽的顺序，递减弦丝的根数，第一弦可多至一百二十根丝，最少者仅仅四十根丝；其二为煮弦，即以开水过弦，生丝易断，过熟则无声，得中为宜；其三为缠弦，即在阴润天气下用缠弦车子旋卷弦丝，其法以紧密为妙。具体操作极其细密繁复，有翻、缠、并、熏、煮、晒等程序。且琴有大小，标准各异，非有绝对耐心、谙熟秘法且善于辨音者不能办。比如煮丝，天气须晴朗，煮锅须砂制或铁制，水要清，不能腻，尚需加小麦同煮，以麦开花为丝弦煮熟节点，真是玄妙得很，实则凝结了无数琴师、工匠的经验。当然，历代造弦方法因时间或地域的不同而各异，不能一一细说。时至当代，谙熟传统方法者已然稀少，且琴弦多以钢丝替代，要想听到今琴与古琴的细微差别，回味千古乐理的妙用，已经成为一件近乎奢侈的事了。

丝绦组纠

蚕丝极具韧性，蚕茧的丝，可长达近千米而不断，而且极耐腐蚀，故古人以作印纽的提线，钓鱼的线，等等。用于作丝绳的丝带名丝绦、组绶、组纠等等。丝绦是短而稍细的丝带，组绶是薄而宽的丝带，组纠是像绳子的丝带，美观而耐用。不同的丝带各有妙用，而其名称也异，作物品的提线叫丝绦，作被头的结绳叫纨，作佩饰丝带叫绶，千变万化，不一而足。旧题晋代王嘉《拾遗记》"前汉下"记载："（宣）帝常以季秋之月，泛蘅兰云鹢之舟，穷暮系夜，钓于台下，以香金为钩，霜丝为纶，丹鲤为饵，钓得白蛟。"宋代诗人范成大《戏题药裹》："卷却丝纶扬却竿，莫随鱼鳖弄腥涎。"可知，自有丝以来，古代作钓丝的线，非丝线莫属。

丝线拧在一起，成为绳子或带子，即是丝绦。唐贺知章看到春天来临，激发诗兴，咏道："碧玉妆成一树高，万条垂下绿丝绦。"他把春天的柳条比作绿色的丝绦，很是有趣，也见出当时的丝绦十分普遍。现在的生活中已经很少有丝绦这个物件，其实古代却是一个普遍的存在，前引汉代乐府诗《陌上桑》里，就有"青丝为笼系"，这"笼系"当然是丝绦。清代的名著《红楼梦》第一百零九回，说到尼姑妙玉的素雅打扮，却是一身的高级丝织品，其中也含有丝绦，但见她"身上穿一件月白素绸袄儿，外罩一件水田青缎镶边长背心，拴着秋香色的丝绦，腰下系一条淡墨画的白绫裙。"至于什么是"秋香色"，经仔细斟酌，大概是秋香黄的省略。

古代的钱串，也是由丝绦穿着的，一千制钱称"缗"，可以看出与丝相关。至于丝线或丝绦的用途，绝不止于以上列举者，见识宽泛者，自可以在日常生活中留心到它们各自的妙用。

"女红"彩绣

前文已记述了蜀绣、苏绣等绣品，此处所言，乃是着重记述绣品在朝野的普遍存在。

从商周以来，丝织的衣服上，即有了绣的图案。所以，绣织品至少有三千年的历史。陕西宝鸡茹家庄西周墓中，曾发现刺绣的印痕，专家分析，此时的刺绣很是原始，是以黄色丝线绣出花纹的线条轮廓，再用毛笔涂出花的部位而形成的。

从事绣织的多是女子，称为绣娘。她们隐居在绣楼上，从小从事织绣的"女红"，美化生活，同时，竭力展示古代妇女"四德"之一的"妇功"。绣品的内容，则无非寄寓幸福吉祥的花花草草等，如"喜鹊登梅""福禄喜寿"等等。

在一代又一代绣娘们的努力下，丝绣发展出专门的绣法和绣品。唐朝以前，一般是用的锁绣法，以后多为平针绣，明清时期又有所谓打子绣，等等。绣品样式则是层出不穷的，如人口常言的绣球，是少年们的玩具，也引申为传情的物品，绣球里真是有太多的故事；荷包也是如此，既有使用价值，也往往是传情之物，同样故事多多。这些都是耳熟能详的，不必细说。以丝绣人像，用途广

清代陈枚《月曼清游图》之"观绣"

泛，大宗的是绣了祖先的画像或佛像，用以在时节中朝拜。南朝梁文学家沈约《绣像题瓒序》："乐林寺主比丘尼释宝愿造绣无量寿尊像一躯。"可知用丝绣像，在南北朝时期，已经是普遍的了。唐代杜甫的名诗《饮中八仙歌》也记载了绣佛像的事："苏晋长斋绣佛前，醉中往往爱逃禅。"以至到明清时期，有图像的小说出版物，就称作"绣像"之类，是一种美称，如《绣像三国演义》《绣像水浒传》《全本绣像西游记》等等。

丝绣除绣织工艺品外，还有特殊用途，即制作地图。前已提及，吴主孙权时，赵达的妹妹善于以丝绣制作地图，描绘山川、地势、军阵等等，时人谓之"针绝"。

晋代，河东裴秀是著名的地理学家。他在任司空时，一心研究《禹贡》，考证山川形势，甄别旧文，精确注释，作出古今对照，成《禹贡地域图》十八篇，上奏晋武帝司马炎。司马炎御览，很是信服，此图被收藏于秘府。裴秀的有关地图采用"制图六体"，是当时世界上最先进的绘制方法，他在序言中予以详细阐述，即分率（比例尺）、准望（方位）、道里（距离）、方邪（倾斜角度）、迂直（河流、道路的曲直）。几项原则互相制约，触及了地

图绘制的主要问题。所以，英国学者李约瑟称赞裴秀是"中国科学制图学之父"。裴秀所绘制的地图，还有《地形方丈图》，是总结了前人《天下大图》而形成的。据说，《天下大图》规模宏大，用帛十八匹，因为太过巨大，不便于使用。裴秀采用"制图六体"法，"以一分为十里，一寸为百里"，缩绘了《天下大图》，名《地形方丈图》。既然《天下大图》是以丝帛绘制的，裴秀所绘制的地图，也当是以丝绸为绘制材料。或者，当时绘制地图的基本材料就是丝绸。虽然晋代的时候有了纸张，然纸张不及丝绸耐久，丝绸易于折叠，携带方便，是理想的地图绘制材料。

丝绣在清代进入盛期，有所谓苏绣、湘绣、粤绣、蜀绣，即中国四大名绣的品牌，而以苏绣最佳。苏绣的集中地在苏州镇湖，以图案秀丽、针法灵活、色彩淡雅为特征。《红楼梦》第五十三回写到苏绣："原来绣这璎珞的也是个姑苏女子，名唤慧娘。因他亦是书香宦门之家，他原精于书画，不过偶然绣一两件针线作耍，并非市卖之物。凡这屏上所绣之花卉，皆仿的是唐宋元明各名家的折枝花卉。故其格式配色皆从雅，本来非一味浓艳匠工可比。每一枝花侧皆用古人题此花之旧句，或诗词歌赋不一，皆用黑绒绣出草字来，且字迹勾踢、转折、轻重、连断皆与笔草无异。"绣娘们的手艺如此高超，显出绣品之于宫廷王室，乃至平民百姓，都是极为看重的。一直到晚清，慈禧太后五十大寿，宫廷又要从苏杭当地征集绣品，时人画图记录，题词在上，说明缘由，结尾不忘"鼓励"绣娘们说："一人有庆，兆民赖之，其十指之勤，其即'三多'之说欤！"就是说，向老太后献上绣品，即可得到多福、多寿、多子三样幸福。未知结果如何，而腐朽到家的清廷，却眼看气数就要终结了。

刺绣因为不凭借织机，寻常人家的女子可以随意从事这

清代宫廷《采办公绣图》

项活动，因而成为古代女子必学的基本技能。所谓"女红"，大致就是以刺绣、缝纫为基本技艺的活计，而刺绣更能见出女子心灵手巧、别出心裁。具体而言，根据绣工身份和产品去向，分为宫廷绣、闺阁绣、民间绣。宫廷绣主要为皇家所用的华盖、旌旗、帐幔，以及龙袍等服饰。闺阁绣主要指描绘文人绘画。明代，上海的露香园的顾绣，是进士顾名世家的女子，专门以文人画为刺绣对象，远近闻名。她们还设教授徒，以故在江南影响很大。民间刺绣一般是民间女子为家用而绣的门帘、枕顶、荷包、靠垫等等，即使一般人家，家有几件绣品摆着，即可室内生辉，是很高雅的事。由此可知，刺绣有极为长久而广泛的社会基础，见证了国人积淀与内心深处的审美趋向，是中国人生活艺术化的一个重要方面。

时至今日，绣像、绣花之类的绣作工艺，早已极为普及，进入寻常百姓家，只是许多刺绣制作已经不再是人工，传统艺术的趣味大打折扣，从业者的规模也远不及古代来得壮观了。

丝毫必较

古代，常以丝的多少作为计量单位。

因为蚕丝很细，古人对蚕丝的粗细作出分类，1丝叫忽，5丝叫缫，10丝叫升，20丝叫总，40丝叫纪，80丝叫综。由此看出，丝之于粗细的分类，影响到后来的生产。现在，人们仍然以"一丝一毫"比喻极微小的事物。

因为李济考察了夏县的丝织产业，循其线索，打开清康熙年间蒋起龙所修的《夏县志》，其卷二"赋

清康熙《夏县志》书影

役"记载，有两、钱、分、厘、毫、丝、忽、微、纤、沙、尘、渺、埃、漠等的称呼，这些应该都是有关钱的计量单位：

共征徭银一万四千九十六两八钱七分三厘一毫二丝七忽八微五纤三沙九尘三渺三埃二漠。

置买造解绸绢银八十五两五钱一分二厘一毫三丝三忽五微，脚价银三钱八分七厘八毫九丝五微五尘。

如此细微的计量单位的等级，不知道古人是如何计算的，到康熙的时候，还是如此精到地计算着，陈陈相因了千余年。想来使用如今的计算机，也不过如此精确的吧。

丝绸的用途其实极为广泛，以上所述，也只是略微记述，挂一漏万而已。即使如此，亦可以窥见丝绸在物质上的可塑性、实用性极强，被广泛使用在人们的日常生活中。

第七章　穿越海陆，广惠全球

——穿越数千年的丝绸之路

近年，在山西省会太原东郊的隋代斛律彻墓，出土一个胡人骑骆驼俑。骆驼昂首迈腿，似在漫漫的沙漠里独行。骆驼上的胡人高鼻深眼，直视前方。有趣的是，胡人匆匆赶路，还在吃着一块大饼，此或是当今新疆常见的"馕"。因此，这位千年胡人俑人成为当今的网红。但是，很少有人注意褡裢似的布袋，妥妥地搭在驼背上，那里面才是胡人风餐露宿、独行沙漠的原因。我猜想，柔软的褡裢里，或许正是装着运往西域的丝绸。

山西太原斛律彻墓出土的胡商俑

第一节　商周开拓，汉初凿空

——古老的陆上丝绸之路

丝绸之路，是德国地理学家李希霍芬首先提出的。他在 1886 年到 1872 年之间，七次到中国旅行，走了大半个中国。1870 年，距今一百五十余年前，这个对中国怀着极大好奇的德国人到达河南的洛阳，参观了当地的丝绸和棉花市场，以及商人们的山陕会馆，写就《关于河南及陕西的报告》。他在此文提出，从洛阳到撒马尔罕（今乌兹别克斯坦第二大城市），有一条古老的商路，因商路上从中土输出的主要是丝绸，故命名为"丝绸之路"。从此，"丝绸之路"的概念走进国际学术界，进而传播到民间，丝绸之路被全球公认为是欧亚大陆的商路大动脉。

远古人类，是不断迁徙的，迁徙之间，即形成道路，加深了族群之间的交往，并逐渐实现交换物品，互通有无。中国虽然与西域相隔千万里，却是早已经有了交往。先秦的著述，对我国上古社会与西域的交往，一直有所记载。《庄子·天地》："黄帝游乎赤水之北，登于昆仑之丘而南望。"《墨子·节葬》："舜西教乎七戎。"《荀子·大略》："禹学于西王国。"《竹书纪年》："穆王十七年，西征昆仑丘，见西王母。"这些记载玄远无征，不可尽信，却透露了上古时代先王们与西土民族交往的踪迹。如果有一处记载属实，那么，一定是最为古老的丝绸之路故事了。

史料显示，丝绸之路的开通确乎很是渺远。

杨富学主编的《丝路五道全史》"总论"说："公元前四世纪，希腊人克泰夏斯，和公元前一世纪，罗马地理学家斯特拉波的著作中都称中国为'赛里斯'，意即'产丝之地'。其实，克泰夏斯和斯特拉波之前一千多年，中国丝绸就已经远销西域了。在乌兹别克斯坦以南的二十多座墓穴中，发现了中国丝绸制作的衣物碎片。这些衣物的制作年代，在公元前一千七百年到一千五百年左右。这也表明，早在张骞西行之前，中国与中亚之间，就已经存在一条古老的中西贸易通道。"①如果此书史料属实，则在夏商之交，中国的商人们就向西域贩卖丝绸了。

在俄罗斯阿尔泰山地区，有一处公元前一千年的墓葬群，发现不少丝绸织物。第五号墓出土的茧绸，似为一块绣帘，下部有三个下垂的穗子。在彩色丝上用锁绣针法刺绣出凤凰栖息并飞翔于林间的图像，使人联想到《诗经·大雅·卷阿》中描写的"凤凰于飞，翙翙其羽"的景象。其手法类似于后来石头上的线刻，表现手法简洁，颇有对称之美。这说明，在西周初期，就有通往西域的商贸之路。这似乎印证着《穆天子传》里周穆王见西王母的事是真的。

关于丝绸之路的艰险和价值，杜学文先生在《被遮蔽的文明》的引言里，做过精彩的概括：

在这种实现全球化的努力中，连接东西方的丝绸之路当然是最有典型意义的。高山阻隔，大海浩渺，沙漠万里，路途迷茫。东方与西方之间的联系对于早期的人类而言，是一个艰难的挑战。在现代交通没有出现的情况下，这种联系十分不易。但是，没有什么能够阻挡人类探求的愿望和脚步。行走在古老丝绸之路上的人们，正是这种愿望能够实现的证明。他们筚路蓝缕，前赴后继；他们用勇气、智慧、毅力，以及内心从未泯灭的希望与想象力来努力……丝绸之路当然是因为贸易而形成的。但是，丝绸之路并不仅仅是经济的，她同时还是军事的、科技的、宗教的与文化的、民族与人口的，甚至当然是政治的与心灵的。②

尽管在夏商周三代，已有中西之间的丝绸贸易，但是，一般学者认为，丝绸之路，是始于汉代张骞的"凿空"之旅。

---

① 杨富学：《丝路五道全史》，山西教育出版社 2020 年。
② 杜学文：《被遮蔽的文明》，三晋出版社 2019 年。

张骞"凿空"西域

汉朝初期，匈奴在北方发展起来。汉武帝前期，匈奴冒顿单于占领西域要地，设僮仆都尉，向周边各国征收繁重的赋税；同时，匈奴从西域向汉朝渗透。《史记》《汉书》的"匈奴传"都记载，起初，汉王朝都是采取忍让的策略，汉文帝时，"遗单于甚厚""服绣袷绮衣、绣袷长衣、锦袷袍各一……绣十匹，锦三十匹，赤绨、绿缯各四十匹"。汉宣帝甘露三年（前51年），"（呼韩邪）单于朝天子于甘泉宫""赐以冠带衣裳……衣被七十七袭，锦绣绮縠杂帛八千匹，絮六千斤"。汉宣帝黄龙元年（前49年），"呼韩邪单于复入朝，礼赐如初，加衣百一十袭，锦帛九千匹，絮八千斤"。仅仅丝织品就一年多于一年，朝中不堪重负。汉武帝感受到巨大威胁，决心联合西域大月氏等国，夹攻匈奴，"断匈右臂"，彻底解决这个问题。他派张骞，两次率领使者出使西域。汉朝的使者带着丝绸等中土的特产，到达大宛、康居、大月氏、大夏等国。经过他们艰难的努力，联系起中原与西域、中亚、西亚，以及罗马帝国的通道。在张骞出使西域的基础上，汉王朝联合西域诸国，并先后由李广利、赵破奴、卫青、霍去病等率大军在草原和沙漠深处与匈奴数次大战，逼迫匈奴退到漠北。为巩固胜利成果，汉王朝在武威、酒泉、张掖、敦煌四郡，设置西域都护府，洋洋万里的丝绸之路正式开辟了。司马迁高度赞扬张骞出使西域的事业，称之为"凿空"，即打通亚欧交通线的意思。从此，迎来东亚和中亚、西亚，以及欧洲的经济、文化大交流。汉代打通丝绸之路的意义，当然是多方面的，王子今在《张骞"凿空"事业》一文中作了精神上的评

甘肃敦煌莫高窟壁画《张骞出使西域》

价：“理解张骞之‘凿空’的积极意义，应当注意其历史功业体现英雄主义和进取精神。”①

陆上的丝绸之路，东汉起，还有从成都出发，经过中国云南，通往缅甸、印度，最后到达中亚的道路，称“西南夷道”。蜀中的物产，往往走这条路。输送到沿路各国的货物，当然包括贵重的丝绸。此路不是主线，但是，有一点应该提到，沈从文先生说：“对外文化交流最早的输出，就是川蜀的布匹，由印度转运中近东，引起张骞的注意，后来才开辟了中国由西北通向各国的丝路。”②沈从文先生所言，见《汉书·张骞李广利传》，张骞对汉武帝说，在大夏国见到蜀地的筇竹杖、蜀布。大夏国人说，乃是本国商人从身毒国（今印度一带）贩运回来的。因而建议汉武帝，从蜀国出使大夏，路近，无盗寇之扰乱。此说可以见出蜀地确实很早与印度一带有着商业来往，而且，张骞曾带人深入西南，作过打通西南丝绸之路的尝试。这些行动对张骞“凿空”西域无疑是有引导作用的。

从西汉到东汉，通往西域的交通大动脉，也称“沙漠—绿洲丝绸之路”。它的起点，一般认为，西汉时期是长安（今西安），东汉时期是洛阳，而终点处，最远为西欧的罗马、非洲的埃及。从长安到罗马，遥遥万里，因地理环境、季节变化，以及国情、物产、交易内容等等，丝绸之路实际上并非一条道路，而是多条线路，从而形成道路相互交叉的网络状态。如此，商人们得以避开沙漠、大河、大山，以及战争和瘟疫。而且，商人经商逐利，理所当然要按照有利的道路前行，商人各有各的目的地和路线，故而这条丝路也自然形成地理上的网状格局。此诚如鲁迅先生说，世界上本没有路，走的人多了也便成了路。

网状的丝绸之路，如仔细观察，就像一团乱麻，一时间很难理得清楚；换个角度，看看这网状路线上的要点，却是可能且必要的。每一个点，都是一个商贸集市，一个商人聚会的地方，一个多元文化的交融处，蕴含着无数的故事。

---

① 王子今：《张骞“凿空”事业》，《秦汉英雄气运》，第193页，北岳文艺出版社2022年。
② 沈从文：《织绣陈列设计》，《沈从文全集》，卷28，第295页，北岳文艺出版社2009年。

丝路寻踪

长安，即现在的西安，是中国历史上十三个王朝定都过的大城市。汉武帝派遣张骞出使西域时，长安正是汉朝的国都，时在建元三年，即公元前138年。张骞"凿空"西域，长安当然就是丝绸之路的东起点。从那个时候起，长安就是世界最大都市了，其规模要比当时西方的罗马城大出三倍。北朝的时候，长安历经前赵、前秦、后秦、西魏、北周，五朝建都于此，胡商最为集中。经历长期的汉胡交融，中国北方已经不是原汁原味的汉文化，而是汉胡充分融合后的文化。长安就是胡汉交融的中心，一派生气勃勃的样子。所以，隋唐二朝，均选定在长安建都。

长安是汉以来的世界大都市。城内设东市和西市，大致位于今西安老城的东南和西南。西市俗称"金市"，距长安西门开远门近在咫尺，西域各国使节纷纷来此，成千上万的外国商人在此居住，奇珍异宝充斥市场，商人云集，交易红火。李白《少年行》有句"五陵年少金市东""笑入胡姬酒肆中"，正是描写金市繁盛的景象。唐贞观三年（629年），还是兵荒马乱、民不聊生的时候，唐玄奘从长安西门出发，往印度取经，过西域百国，历经十九年，行程五万里，归来长安。随后，玄奘在城内大雁塔下组织翻译佛经，且由其弟子辩机整理成《大唐西域记》，在贞观二十年（646年）问世。书中详细记录西域异国风情，从幅员大小、地理形势，到农工商业、风俗、语言文字、宗教等等，也不乏丝绸之路上艰险曲折的传奇经历。其描述"大流沙"曰："从此东行入大流沙，沙则流漫，聚散随风，人行无迹，遂多迷路，四远茫茫，莫知所指，是以往来者聚遗骸以记之。"因此，后人以为传奇，不断搬演，演绎为长篇戏曲，在明代终于形成不朽的长篇小说《西游记》。

长安以外，洛阳也是丝绸之路最早的出发点。公元589年，隋文帝杨坚建隋朝后，迅速统一中华，他励精图治，奖励农桑，国力上升，成为东方大国。杨坚去世，他的次子杨广继位，是为"暴君"隋炀帝。这位皇帝好大喜功，在帝都长安享乐还嫌不足，又以洛阳为东都，洛阳因而成为丝绸之路的重要始发据点。司马光主编的《资治通鉴》记载，大业六年（610年）正月十五，隋炀帝召集"诸藩酋长毕集洛阳"，在端门外大陈百戏，戏场周围五千步，演出者达一万八千人，夜夜通宵达旦，声闻数十里。从此，"岁以为常"。为表示亲善好客，隋炀帝下令统一装修市容，店面挂设帷帐，店内摆满珍奇货物，商人们必须穿着崭新的衣服，花花绿绿，招徕顾客；街道上的大树均以丝绸缠绕，华丽非常，有似初春花开；街头小贩，也要以龙须席铺地，以示文明和富足。胡商到酒店吃饭，更是一律免费，有付费者一律拒收，且告之："我们中国丰饶，酒食按惯例不取值。"因此，"胡客皆惊叹。其黠者颇觉之，见以缯帛缠树，曰：'中国亦有贫者，衣不盖形，何如以此物与之，缠树何为？'市人惭不能答"。隋炀帝的荒唐举动，客观上说明隋朝国力确实大涨，丝绸业得到空前的发展，这是内地对胡商有吸引力的地方。

从长安或洛阳起步，丝绸之路在中国境内，首先在陕西、甘肃的峡谷间穿行，一路曲曲折折，蜿蜒穿行，经平凉、天水、兰州、武威、张掖、酒泉等要点，最后到达敦煌，这一段史称"河西走廊"。河西走廊的每一个要点，都是商旅的驿站，也是集贸市场，以及各种文化聚集的地方，说来故事多多。我们从河西走廊高台县出土的壁画砖里看到，有一幅图，是木几上放着八个彩帛的卷子，象征着对逝者进献的丝织品。在这一带的出土文物里，还有许多采桑的壁画砖以及帛画，与这一块彩帛砖结合，可以看到，魏晋时期

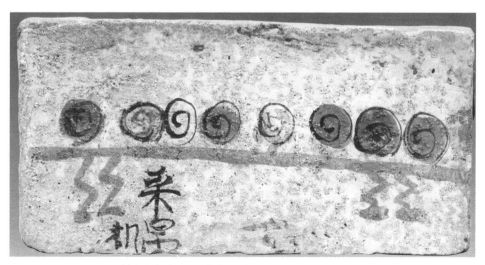

甘肃高台魏晋时期墓葬出土的"采帛""木几"壁画砖

河西走廊里本身就从事桑蚕养殖和丝织品的生产。这样，或者在一定程度上省了从战乱频仍的内地转运，更容易在丝路上的贸易中获利。

武威有罗什寺，是后梁至前秦时期高僧鸠摩罗什驻锡的地方，被称为"由来僧宝摇篮地"。武威出土的"马踏飞燕"，其高难度的造型艺术令世人惊奇，被国家确定为中国旅游标志。丝绸之路上最著名的当然是敦煌。始于汉武帝"列四郡、据两关"之时，位于河西走廊最西端，是甘肃、青海、新疆三省（区）的交会之处。对西域文化极为熟悉的大学者季羡林先生说过，世界上历史悠久、地域广阔、自成体系、影响深远的文化体系只有四个：中国、印度、希腊、伊斯兰，再没有第五个。而这四个文化体系汇流的地方只有中国的敦煌和新疆地区。

古代，出敦煌，即进入辽阔的西域，这里是一望无际的戈壁滩和沙漠；反观之，从西域进入敦煌，就是内地，则有了潺潺流水，袅袅人烟，从西域远途而来的商人，知道距离长安不远了。敦煌是希望之地，也是绝望之地，更是集贸之地，商人、军人、使节，或在此歇息，筹备远征，或在此歇息准备入都。现在的敦煌，作为中西贸易汇集点的热闹已然散去，却因为千佛洞的发现，成为世界著名的文化都市，是古人早已备好的超级博物馆。当太阳升起的时候，站在敦煌的藏经洞的高端，群山茫茫，红岩闪耀，使人不由作千古联想。我们毫不怀疑，敦煌不仅是往来于丝绸之路上的商人的驿站，同时也是他们的精神驿站。这个驿站的功能，延续了千余年，而在唐代达到极盛。远行的驼队穿梭于此，息歇于此，四面几乎都是流沙，中间是绿地，石窟间香烟缭绕，诵经的声音穿透沙漠干燥的空气，弥漫到行商者的心间，充满了悲苦或希冀。于是，更多石窟在敦煌被发愿的商人、国王、使节、贵妇人等组织了各地的艺术家和能工巧匠开凿出来，经卷等书籍，以及绘画积累起来，艺术的氛围聚集在这里，成为千古藏宝地。这些，莫不是基于商业、贸易，基于东西方人民急迫交往的欲望。而光彩绚烂的丝绸，正是其中最基本的媒介物质。进入藏经洞，逐一凝视那些壁画、经卷，游人们无不感慨，敦煌正是丝绸之路上多元文化的大集合，是丝绸之路文化的结晶。敦煌的文物虽然散落到世界各地，却使得世界都认识了敦煌，认识了丝绸之路，认识了中国与全世界真切融合的漫长历史。

过了敦煌，就是阳关。王维的《渭城曲》写尽了出行西域者的千古愁苦：

> 渭城朝雨浥轻尘，客舍青青柳色新。
>
> 劝君更尽一杯酒，西出阳关无故人。

出阳关向西，第一站是楼兰。楼兰在塔里木盆地的东端，罗布泊的西部，塔克拉玛干大沙漠的东缘上。公元前三世纪，楼兰人利用这里的水草和地理优势，建立起楼兰国，七百年后，楼兰国神秘消失。唐玄奘西行至此，看到的是"城郭岿然，人烟断绝"；至今，只留下一片废墟，几乎被流沙彻底淹没。然而，楼兰国兴盛的时候，是西域重镇，是丝绸之路极为重要的据点。曹魏和西晋时期，这里是西域长史的治所，接受中原王朝的节制。楼兰的辉煌时期，作为丝绸之路上东西交往最显赫的国度之一，商业贸易极为繁盛，2022 年 3 月 21 日，在北京大学召开"楼兰考古调查与发掘报告"出版座谈会，公布大量出土文物，其中丝绸即有锦、绮、绝等数十宗产品，仅仅是锦，即有"延年益寿大宜子孙锦""永昌锦""望四海贵富寿为国庆锦""长乐明光锦""登高富贵锦""广山锦""穿戴变体壁纹锦""鹿纹锦""续世锦""三叶花纹锦""虎鹿鸟纹锦""龙虎瑞兽纹锦""绛地回纹茱萸锦""方格曲纹锦""瑞兽曲纹锦"等花样，均取吉利文字、瑞兽或花草图案，可见当时楼兰一地广泛使用着内地的丝绸产品，更印证了丝绸之路上丝绸贸易的繁盛。

从楼兰向西南，沿大沙漠的南部边缘行进，依次为若羌、且末、精绝、于阗、莎车，过葱岭，到达马什哈德（今伊朗第二大城市）。

楼兰西南的尼雅河畔，曾经有一个精绝国，这里出土过著名的"五星出东方利中国锦"护臂，体现了汉武帝时代织锦的最高水平。还出土过东汉时期"延年益寿大宜子孙锦"。两件织锦，分别出自西汉、东汉，见证了两汉时期丝绸之路上的丝绸贸易和丝绸文化的传播。而且，在于阗国，即塔克拉玛干大沙漠的西端要地，留下有关桑蚕的极为重要的信息，这里的人们最先

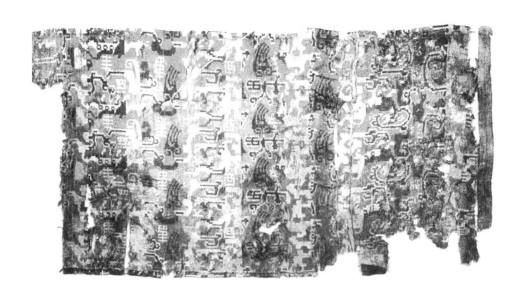

新疆古楼兰国出土"延年益寿大宜子孙锦"

获得中原养蚕技术，手工纺织发达起来，成为西域各国中丝绸生产的中心。

从敦煌的北部出发，是丝路的北道，有著名的吐鲁番。

吐鲁番，一个锅底般的低洼地区，它的最低处甚至低于海平面，为 –154 米。所以，夏秋的时候，这里高度炎热，水汽大量蒸发，水果则是特别地好吃，古代丝绸之路上行进的商人、使节、军人，纷纷聚集吐鲁番，市场上热闹非凡。千余年后，考古发达，有大量丝绸从气候干燥的吐鲁番发掘出来，见证了丝绸之路上以丝绸为主的贸易，是多么繁盛。因中原内地相对潮湿，丝绸不易保存，即使在干旱的地方，也难见墓葬出土丝绸，所以，吐鲁番是古代丝绸重见天日的宝地，是研究丝绸之路、研究丝绸的专家们瞩目的地方。

沿天山南麓行进，经过伊吾、高昌、龟兹、疏勒、达撒马尔罕，到达马什哈德。从此，东来的数线合并为一线，往西就是西域的远方了。首先是德黑兰，然后是两河流域的斯罗、巴格达，以及大马士革、君士坦丁堡，等等，它们在各个历史时期，都是丝绸之路上闪耀光芒的明珠。丝绸之路上，中国与波斯的交往最是频繁，波斯的石雕艺术、魔术、乐器、杂技、纹饰，极大地丰富了中国古代的文化艺术，葡萄、蚕豆、石榴、胡桃等物产进入中原，丰富了中国内地的物产，成为百姓家的稀罕物；中国的丝绸、瓷器，以及炼铁、打井、缫丝、漆艺、造纸等工艺，也不断为波斯文化接纳。

大马士革建于公元前两千年，是世界上至今有人居住的古老城市之一，今天是叙利亚的首都。在大马士革古城哈玛迪亚市场的旁边，有一座木石结构的二层楼房，是可考的丝绸之路古代驿站。楼上是丝绸商人的旅店，楼下是圈马和骆驼的地方。院子里，中央是水井，水井的周边是丝绸交易的场地。看着这一处大院，可以想象到这里的生活场景：水井周围喂马、喂骆驼的人，打了水，添上草料，备好行李，准备着去往东方。水井一旁的丝绸市场上，商人们操着各种语言，或窃窃私语，或大声吆喝。买定的商人，雇了下人扛起一卷丝绸就走；出去的人刚走，新来的买主三三两两，结伴而来。或者，他们要做一笔大的买卖，将更多丝绸贩或运到西方的君士坦丁堡，甚至再运到罗马。

马可·波罗以前的罗马人，一直认为中国是丝的国度，他们对丝织品充满了神秘感。不过，公元380年前后，即中国的晋朝前后，罗马人已经普遍服用丝绸衣裳，甚至在罗马的土斯古斯地区，还有一个中国丝绸的市场。这里丝绸，或许就是从叙利亚的大马士革贩来的。罗马人也生产丝织品，只是将中国的丝织品解开，分析成为细密的丝，加以重新纺织而成。

公元三世纪到四世纪，埃及亚历山大属于希腊。据史书记载，这里传统的纺织业非常发达，并产生了织锦技术。留存至今的一件织锦，上面有家用壁炉女神海合提亚·颇雷艾尔波斯及其仆人的画像，还修饰有灯光、诗歌和小天使。说明在中国的三国前后，织锦技术已经蔓延到万里之外的埃及等地，并实现了本土化生产。那么，象征丝绸纺织最高技术的织锦在此前已

公元三至四世纪产于埃及亚历山大的丝织挂件

经通过丝绸之路广泛传播，不是西域的秘密了。

从长安或洛阳出发往西的丝绸之路，经历过三次高潮，即汉代、唐代、元明清三代，六朝时期，五代及宋辽时期，直达的丝绸之路则不那么畅通。此时，山西的地位就突显出来。

山西与丝路

山西的地形特点是两山夹一河，恰如歌唱家郭兰英所唱的，"左手一指太行山，右手一指是吕梁"，汾河谷地贯穿南北。商人或使节们，从长安、洛阳出发，从黄河渡口进入山西，沿谷地北上，晋南与晋中之间是韩信岭；太原居晋中之北，为山西中心；太原与忻州之间是石岭关，忻州与原平之间是忻口关，原平与代县之间是雄伟的雁门关。原平往西北是宁武关，宁武关再往西北是偏关；从原平往北，过雁门关，北上大同，这是山西最北的重镇，扼守着山西北边的门户。出大同，往西，分三路汇入现在意义上的丝绸之路。其最北的一条，今人称作"草原丝绸之路"，而其主线则是南路，经山西的朔州、偏关，入陕西，从榆林下延安、洛川，折往西，经彬州市、天水，走上最为人们熟悉的丝绸之路。

然而，此处所言的路线，最早往西域走的，可能是一位大名鼎鼎的王者——穆天子，即周穆王。

古老的图书《穆天子传》，或许是中国最早记载旅行的典籍，其中讲了周穆王往西天会见西王母的事。

周穆王是周朝的第五代天子，时值周朝鼎盛，决定西游昆仑山，寻找传说中的西王母。周穆王坐着八匹马拉的快车，驾车的是世家子弟造父，马是造父特别从桃林选取的，被命名了骅骝、绿耳等美丽诡奇的名字，它们快如闪电，日行千里。周穆王一行从周的国都镐京（今西安城附近）出发，浩浩荡荡，沿着渭水向东，在风陵渡渡过滚滚黄河，北上雁门，进逼阴山，然后往西长驱万里，也就是一闪念即到昆仑山，在山上的瑶池，周穆王见到朝思暮想的西王母。

周穆王见西王母果然是天仙的美色，不由得大喜。他虔诚地献上一路带着的礼物，有白圭黑璧，甚至有东土织娘专门精心织造的一百匹锦缎、三百匹白绸。西王母见到珍稀的白圭墨璧，自然高兴非常，但她从未见过闪闪发光、爽滑柔软的丝绸，显示出从未有过的兴奋，极为愉快，乃与穆王大宴瑶池，盛情招待。二人情投意合，互诉衷曲，其中隐情，非一言能尽，以至穆王不思回归了，这令他的随从们着急起来。恰好国内有徐偃王反，消息传来，穆王还想着社稷江山，乃不得不归。于是，造父急急驾起长车，如电飞驰，直奔中原内地，击破反兵。随后，周穆王余兴未尽，大大庆赏一番。造父当然功劳最大，周穆王即将路过山西时候见到的赵城赐予了造父。从此，赵城乃为赵的地域，造父就是战国七雄之一赵国的先祖。

周穆王西行会见西王母的故事，有人视为神话，然言之凿凿，线路、人物很是清晰，司马迁的《史记》也作了记载，故而不是简单地认为就是神话。以情理推之，《穆天子传》抑或是周穆王与西域国家交往的记录，有核心事实为基础，只是后人作了神话般的夸张描述。

很显然，在张骞打通往西域的路线之前，周穆王早已走了一条绕道山西往北，经汾河谷地，北跨数道雄关，然后进入北方草原，再往西行的路线。我们还应该特别注意到一个细节，周穆王把国产的丝绸作为珍贵的国礼送给西王母。或许，此乃是中国丝绸较早的西行，尤其丝绸承担了国礼的角色，自然很是被西域人艳羡。所以说，周穆王从山西北上，再往西行的这条混混茫茫的路线，是早已有之的官道或商路，我们姑且称之为"古丝绸之路"。

当代考古学家徐苹芳先生很重视周穆王这条路线，他以考古学家的眼光，将这条路线向东延长，到达今中国辽宁的辽阳，甚至朝鲜和日本。而其中的一个重要时期的重要节点，就是北魏时期的国都平城。

北魏王朝由鲜卑拓跋部建立。北魏强盛起来的时候，中国仍然是南北分裂，传统的丝绸之路并不完全畅通。鲜卑是北方草原民族，与西域有天然的交往。《魏书》记载，北魏太延元年（435年），"遣使者二十辈使西域"；二年（436年）"遣使六辈使西域"。同时，"西域龟兹、疏勒、乌孙、悦般、渴槃陀、鄯善、焉耆、车师、粟特诸国遣使来献"。波斯、大秦（东罗马）、大

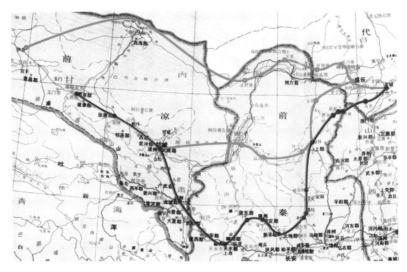

北魏平城时代丝绸之路略图

月氏、南天竺、北天竺等国家，也都纷纷遣使而来，西域的商人更是与北魏交往频繁。因此，无数珍宝充斥在王府，有波斯产的珊瑚、琥珀、玛瑙、琉璃，拔豆国贡献的金银杂宝，有大秦国出产的明珠、夜光璧，以及各小国贡献的琉璃器、珍贵药材，奇珍异宝，琳琅满目。西域小国蠕蠕的使者来见北魏国主，北魏官员引其见于王府宝库，夸示大魏国的繁荣。蠕蠕使者一见之下，不由得惊叹道："大国丰丽，一生所未见也！"北魏国主因此很是受用。

当然，中原的绢帛、粮食、铁器等商品也源源不断流向西域诸国。其中就有下面将要记述的"魏锦"。

随着丝绸之路上商贸的广泛往来，文化和信俗成为中土与西域交流的核心内容，特别是佛教西来，盛行于中原。龟兹国的佛教大师鸠摩罗什被前秦国主苻坚部下劫持，进入中原传播佛教。他历经前秦、后秦，在中原近二十年，翻译大量佛经，弟子众多，门派滋生，影响深远，被武侠小说《天龙八部》冠以千古一僧、四大译僧之首、八宗之祖、三藏法师等美名。

北魏的文成皇帝最为信佛，选定平城西郊武州山的石壁，开山凿像，以便万民瞻拜，并借此宣示国威。文成帝命僧人昙曜主持此事。昙曜乃动员各地乃至西域工匠，高悬崖壁，叮叮当当，夜以继日地开凿，佛像以及佛的故事从坚硬的石头里一点一点凸显出来，彩绘工匠们则小心翼翼地上彩。云冈石窟的佛像有的微小，有的宏大，小的精巧玲珑，华彩富丽。昙曜主持开凿的五尊大佛是仿照北魏皇帝的形象开凿出来的，高二十余丈，壮美无匹，被称为"昙曜五窟"。在六十余年间，先后开凿出十余座大小洞窟。石窟里的佛像神秘地微笑着，永久注视着人世，达到中华佛教造像艺术的至高境界，其中雕刻工匠广泛吸收了来自西域的犍陀罗等雕刻艺术，显出劲健阳刚之美。

云冈石窟开凿后，先名"灵岩寺"。当时地理学家郦道元作《水经注》，对石窟有明确记载：

> 武州川水又东南流，水侧有石，祇洹舍并诸窟室，比丘尼所居也。其水又东转，迳灵岩南，凿石开山，因岩结构，真容巨壮，世法所稀。山堂水殿，烟寺相望，林渊锦镜，缀目新眺。

《续高僧传》则为主持开窟的昙曜法师立传，其中说：

> 去恒安西北三十里，武周山谷北面石崖，就而镌之，建立佛寺，名曰"灵岩"。龛之大者，举高二十余丈，可受三千许人。面别镌像，穷诸巧丽。龛别异状，骇动人神。栉比相连，三十余里。

到明代嘉靖四十年（1561年）重修云冈堡，方才名叫"云冈石窟"。它是中土与西域艺术的结晶，是北魏时期丝绸之路上永恒的世界文化遗产。在这份珍贵的遗产里，也蕴含着丰富的丝绸信息。石窟里众多的菩萨，以及窟顶上翩翩舞动的飞天所戴的披（也作帔）帛，无一不显示着丝绸织品的华美飘逸。披帛随着飞天的转动，迎风飞扬，一种灵动的韵味立刻显示出来。据专家研究，披帛在唐代最盛，应该来自西域的波斯国，或是亚述、巴比伦的一种带穗的饰物的变种。从佛教西传的历程来看，披帛产于西域诸国，是有文化依据的。在云冈石窟的窟顶，存在大量飞舞的飞天，而飞天无一不有披帛，此较唐代披帛兴盛之说显然更早，证实了宋高承《事物纪原》"秦有帔

山西大同云冈石窟第 11 窟缠绕着披帛的飞天

帛，以彩帛为之"的说法。这里的秦，应该是北朝的前秦、后秦时期。仔细观察，石窟的佛像，凡衣饰下垂而轻薄、飘飘欲仙的状态，也多半是身着丝衣才有的效果，如第六窟南壁佛像所着袈裟即是。尤其典型的是云冈石窟的代表性佛像——第 20 窟大佛所着袈裟，更是轻薄如蝉翼，此或就是罗衣了。

事实上，北魏王朝经过百年经营，从拓跋部最初"国中少缯帛"，到北魏后期，孝文帝迁都洛阳，国力强大，随即放弃国家对丝绸生产的官营，"罢尚方锦绣绫罗之工，四民欲造，任之无禁"。所以，颜之推在《颜氏家训》里说："河北（指黄河以北的北朝）妇人织纴组紃之事，黼黻、锦绣、罗绮之工，大优于江东（指南朝）也。"就是说，当时全国的丝绸生产，还是以北方为主。《魏书》也记载，"神龟、正光之际"（518—525 年），丝绸"府藏溢盈"，皇家并不珍惜，或"令百官分曹赌射"，或令随从百官入库，任凭其力气取之，"多者过二百匹，少者百余匹"。所以，在丝绸之路上，丝绸成为源源不断输往西域交易的大宗商品。

太和十八年（494 年），北魏迁都洛阳，开凿龙门石窟，王公大臣纷纷舍出宅院，改造为佛寺，因此，洛阳有佛寺一千余座，整日烟火缭绕，烟香扑鼻，诵经的声音响彻都市。东魏迁都后，抚军杨衒之重游洛阳，感慨旧都被劫，追记前朝佛寺之盛，写出名著《洛阳伽蓝记》。该著以记载佛寺为主，兼及人物、史事、传说、遗闻，特别对洛阳作为国都时期手工业、商业的繁盛，文化艺术的繁荣，都作了忠实记录。当然，寺庙少不了丝绸的布设与点缀，坊市上更少不了丝绸的身影。

北齐的时候，太原是别都，当时称晋阳，城在西山脚下。高欢在东魏称相的时候就在此开凿石窟，其子高洋称帝，建立北齐，继续开凿，建天龙寺，这里的石窟因名天龙山石窟。北齐以后，隋唐五代相继开凿，形成漫山皆有石窟的景象。其中有大石佛高数十米，俯视人间千余年。天龙山石窟最显眼的是唐代开凿的第九窟，观音像高十一米，身披璎珞，罗纱透体，质感清晰，体态丰满，是唐代石刻的代表作。2021年，中央电视台春晚节目中，插播了天龙山石窟第八窟被盗唐代佛首回归

山西太原北齐徐显秀墓壁画
中穿大连珠纹裙子的侍女

仪式，天龙山石窟的风采迅速成为世人关注的中心，细心的游客一定会观察到佛像华丽的丝绸衣饰。

2002年，山西考古学者在太原城东的郝庄，发掘了北齐太尉徐显秀墓。墓里展现出场景辉煌的壁画。专家注意到，壁画上的侍女，穿着大连珠纹的裙子。而在敦煌壁画里，菩萨的衣裙、佛的僧祇支、涅槃图中的枕头、石窟顶端仿帷幔的彩绘等等，无不见到对连珠纹的描绘，从而知道，丝绸之路上的风俗习惯，一直蔓延到山西地区的中心城市太原。因而可以判断，太原是一座与丝绸之路密切相关的城市。

丝路遗珍

由于佛教的兴盛，丝绸产品也积极表现佛教题材。2003年，在新疆楼兰古墓出土一批丝织品，其中一件彩绘绢衫，胸部绘制四尊站佛，色调分别是红、黑、土黄、绿，佛首有头光，多色相间，佛的周围以花卉、璎珞缠绕，一望而知，具有犍陀罗艺术风格。绣佛是最易于表现佛教内容的工艺手法。前秦皇帝苻坚极端信佛，晋孝武帝太元四年（379年），前秦建元十五年，苻

坚攻取东晋襄阳（今属湖北），迎接道安大师，他对臣下说："朕以十万之师攻取襄阳，唯得一人半。"此一人，即释道安。为礼敬道安和尚，苻坚送他大量礼物，其中就有以金缕刺绣的佛像。北魏皇家寺院永宁寺里，供着三躯绣佛，做工奇巧，"冠绝当世"。敦煌莫高窟，本是丝绸之路上的重要驿站，是中土与西域的交界点。莫高窟当今是世界佛教艺术的明珠，知名度极高。正是莫高窟在古代丝绸之路上的重要地理位置，使它积累了无数文化艺术瑰宝，惊艳了世界。在莫高窟里，曾发现一件刺绣的供养佛，为一佛二菩萨说法图，有发愿文、供养人，紧密的刺绣针脚覆盖了衬地，显示出礼佛的诚心。专家研究，此件绣品，可能是从北魏国都平城流传至此，制作年代应该是太和十一年（487 年），施主是广阳王元嘉。[①]

　　因为与西域的联系，魏晋以后，丝绸的构图也发生明显变化，由汉以前的横条状排列，进入联珠装饰时代，包括圆形、多边形、弧形等形式，统称"联珠团窠纹样"，今所谓"珠联璧合"，抑或与此形式相关。这种纹样的来源，可能是波斯王国盛期的萨珊王朝时期传入中土的。其中，连珠纹，象征天；排列组合起来，象征多天，也象征神圣之光；圆珠四分的形式，则象征新月。文献记载，北齐时，居并州的祖珽拿出"连珠孔雀罗"，与人游戏，似乎有斗宝的意思，令人想到晋代石崇与王恺斗富的往事。出土在青海都兰县的"联珠对羊对鸟纹锦"，是锦幡残片，主体纹饰是对鸟和颈部有绶带的对羊，类似公元六世纪到七世纪中亚、西亚常见的装饰，可见丝绸之路在唐代曾深入青海。并州就是今太原，北齐的时候，这里是西域人频繁往来之地。太原出土的北齐时期虞弘墓，就是从西域来太原定居的粟特人的墓葬。《中国丝绸文化》的作者，认为祖珽所持的"连珠孔雀罗"，或与阿斯塔纳出土的连珠对孔雀锦类似，最早可以追溯到公元 557 年，就是北齐天保八年的时候。可知，太原在北齐的时候，也是丝绸之路的一个重要的经济中心，许许多多的丝绸产品聚集在此，展开贸易。而太原出土的那个胡人骑骆驼的形象，正好佐证了这一判断。

---

① 　敦煌文物研究所：《新发现的北魏刺绣》，《文物》，1972 年第 2 期。

因为丝绸的缘故，中国长久地被称为"赛里斯"，这是希腊文的名字，意为"丝的国度"。丝，最能代表中国的物产，以及文化。大约是公元元年前后，罗马的人们认为遥远东土的中国很是神秘，在罗马人的地理、历史书中，中国人极为守信，他们交易，只是把货物放在那里，由人拿走，不发一言；而且，赛里斯人很是长寿，有人能够活到两百岁。因此，他们认为，赛里斯人一定具有很高的文明。

浅说西域的丝绸生产

公元十六世纪，拜占庭帝国终于获得丝绸生产的技术。东罗马史学家普罗科波乌斯在《哥特战记》中，仔细描述了这一过程：

> 某些来自印度的僧侣们，深知查士丁尼皇帝以何等之热情努力阻止罗马人购买波斯丝绸，他们便前来求见皇帝，并且向他许诺承担制造丝绸……他们声称，自己曾在一个叫作"赛琳提亚"的地方生活过一段时间，而赛琳提亚又位于许多印度族部落居住地以北。僧人向查士丁尼解释道："丝是由某种小虫所造，天赋予它们这种本领，被迫为此操劳。"他们还补充说，绝对不可能从赛琳提亚地区运来活虫，但却很方便也很容易养这种虫子。这种虫子是由小虫卵组成的，在产卵之后很久，人们再用溉肥将虫卵覆盖起来，在一个足够的时间内加热，这样，就会导致小动物们的诞生。听到这番讲述以后，皇帝便向这些人许诺，将来一定会得到特别厚待恩宠，并鼓励他们通过实验来证实自己所说。为此，这些僧人返回了赛琳提亚，并且从那里把一批蚕卵带到了拜占庭，依上述方法炮制。他们果然成功地将蚕卵孵化成虫，并且用桑叶来喂养幼虫。从此以后，罗马人也开始生产丝绸了。

有关蚕种的西传，故事很多。而且丝织品生产技术的西传，要远远早于十六世纪。唐杜佑《通典》和杜环《经行记》都记载，唐天宝年间，有工匠乐环、吕礼，专门到大食国（阿拉伯帝国）、亚具罗（今伊拉克）传授丝织技术。杜环并且知道乐环、吕礼是河东人。早于杜佑的唐玄奘，在其讲述西域行踪的《大唐西域记》卷十二说，瞿萨旦那国，或即古楼兰国，为了得到东邻中国的蚕种，想出一个让求婚公主私带蚕种的方法：

> 王城东南五六里，有麻射僧伽蓝，此国先王妃所立也。昔者此国未知蚕桑，闻东国有也，命使以求。时东国君秘而不赐，严敕关防，无令桑蚕种出也。瞿萨旦那王乃卑辞下礼，求婚东国。国君有怀远之志，遂允其请。瞿萨旦那王命使迎妇，而诫曰："尔致辞东国君女，我国素无丝绵桑蚕之种，可以持来，自为裳服。"女闻其言，密求其种，以桑蚕之子置帽絮中。既至关防，主者遍索，唯王女帽不敢以验，遂入瞿萨旦那国，止麻射伽蓝故地，方备礼仪，奉迎入宫，以桑蚕种，留于此地。阳春告始，乃植其桑。蚕月既临，复事采养。

这个记载描述极为清晰，从而知道，桑蚕之种，在持有国而言，是"核心技术"，秘不示人的。无奈，只有采取类似间谍的手法获取之，也真是煞费苦心了。

新疆和田出土的"传丝公主"木版画

二十世纪初，英国人斯坦因在新疆和田（古于阗）北部沙漠古城遗址，发现数块有关蚕种西传故事的木版画。画里的公主发髻高耸，身后有背光，旁边一女手指公主的发髻，似在指示说：这里隐藏着蚕种的秘密！这个故事形象地见证了西域于阗国最早获得了内地养蚕技术，使得于阗丝绸与地毯、美玉并称为新疆的三大宝。

种种迹象显示，波斯国在丝绸生产方面，比拜占庭要早得多。这一点从地缘上看，也完全可以明白。南朝梁普通元年（520年），滑国向中国贡献，其中竟然有"波斯锦"，波斯的丝绸已经有后来居上的趋势，所以，《隋书·何稠传》说，何稠曾经奉命仿制波斯的丝织品。无独有偶，在吐鲁番阿斯塔纳第170号墓，出土过六世纪中叶的"衣物疏"，其中有"波斯锦十张"的记载。同一"疏"中，还有"魏锦"的名称。所谓"魏锦"，就是中国内地所产的锦。那个时候，北方称"魏"的国，远的有曹魏，近有北魏，北魏又分裂为东魏、西魏。要从国力强大、与西域联系紧密上说，北魏最可能是"魏锦"的出产地，就是公元386年到534年之间。

今新疆地区是东土蚕种向波斯乃至罗马传播的中间环节，或称跳板。这正是丝绸之路上的关键地域。蚕种输出，丝绸就不仅仅是中国的专利，而逐渐开启了世界共同生产的步伐。从有丝绸之路到清代，这条线路上，运往西域乃至西方诸国的丝绸，不知凡几，而留存于后人的，是丝绸之路的历史文化，是中国与世界交融的漫漫历程。

第二节　云帆高张，丘山浮波
——冒险的海上丝绸之路

"海上丝绸之路"的概念，是在1903年由法国汉学家沙畹提出的。其《西突厥史料》记载："丝路有陆海两道，北道出康居（两汉时期西域大国），南道为通印度诸港之海道。"实际上，中国最早通往海上的商路，恐怕是指向东方的朝鲜和日本的。

东线丝路

日本本州和歌山"徐福上陆地"标柱

丝绸之路，其内核是标志着中国对世界古已有之的开放精神。其中，中国与东方的近邻——朝鲜半岛上的国家和扶桑国日本，则更是交往频繁。传说，秦始皇统一国家后，谋求长生不老，派方士徐福携童男女三千人以及五谷种子、技艺百工，入东海"仙山"蓬莱、方丈、瀛洲，寻求长生不老的方术。徐福当然不曾回归，秦始皇也在此后不久暴毙于巡游的归途。倒是徐福最终东渡到日本，成就了中日之间早期的交往。至今，日本的和歌山县、佐贺县还保留着徐福登陆日本的纪念地，以及他的墓地，并且将徐福尊为蚕神来祭祀。现在看来，徐福到日本，虽然是寻求长生之药，却客观上成为最早将蚕种引到异国他乡的使者；如放开眼界看，他还是东线丝绸之路的一位重要的开拓者。

比徐福更早在东方开拓丝帛生产的是商末的箕子。箕子被商纣王封到朝鲜，赴任时，走的是渤海海路。他在朝鲜教民农桑，使得养蚕、缫丝、丝绸织造技术最早从中国传送到异国他乡。

三国时期，吴国与日本以及东南沿海国家的交往更加频繁。吴国曾派遣四名丝织和缝补方面的女工前往日本传授技术，从此，日本有了"吴服"，日本的"和服"即源于吴服。隋唐时期，镂空版印花技术和楝木灰媒染剂传入日本，大大提高了日本丝绸生产的技术水平。至今，日本的法隆寺和正仓院还保存着大批唐宋时期输入的丝绸。中国与朝鲜、日本是一衣带水的近邻，这种早已有之的物质方面的交流，最终衍化为文化方面的深层次交往。

南洋丝路

但是，海上丝绸之路的核心含义，似乎主要指从中国东南沿海出发，向东南亚以及印度方向的航行路线。

海上丝绸之路，肇始于先秦，形成于秦汉，兴盛于隋唐，大盛于宋元明时期，其主要路线是从今浙江宁波、福建泉州、广东广州等地出海，向南海，经过菲律宾（或越南）、马来西亚，穿越马六甲海峡；再经过印度洋到达南亚的印度、斯里兰卡，中亚的霍尔木兹海峡周边诸国；然后，中国的使节和商人们努力向前，到达红海东岸，即东非的埃及等地方。

据考古发现，中国丝绸最早从海上丝绸之路向沿线国家销售，是汉武帝的时候。这个记录比箕子，哪怕是徐福的东行都晚了不少。当时，我国的远洋船队就从雷州半岛出发，携带大量丝绸、黄金，途经越南、泰国、缅甸等国，远航到印度的黄支国（今印度康契普拉姆），换取这些国家的珍珠、宝石等特产，最后从已程不国（今斯里兰卡）返航。1983 年，在广州南越王墓地，出土蒜头凸纹银盒以及五件铜香炉，这明显是西亚波斯一带的风格。专家称，银盒应该是岭南地区最早的"舶来品"。

海上丝绸之路，其最早向外销售的商品，主要是中国的特产丝绸，大约经历了千余年。唐宋时期，中国的瓷器生产成熟后，海上外销商品，就主要是瓷器、铁器等重量很大的物件。这是物产的变化，以及海行的船舶较之于陆行的骆驼，在承载方面的优势决定的。我们回首一看，中国的瓷器，其著名的生产基地，主要在东部，尤其是东南地区。这很可能是瓷器作为大重量的商品，在海上丝绸之路运输更为方便。因此，海上丝绸之路的大面积繁荣，是在瓷器高度成熟的宋代。

"南海一号"沉船考古，是一个重要的佐证。

1987 年，在广东阳江附近海底的南宋沉船被发现，是海上丝绸之路考古的重大成果。这艘巨大的木船装满以瓷器为主的商品，总量超十八万件，瓷器达一万三千套，而且多数完好无损。专家推断，船是从福建海港泉州出发的，而泉州正是重要的瓷器生产地。现在，沉船上的瓷器其来源包括福建德化窑、磁灶窑、景德窑及龙泉窑，且均系高质量产品。其中有的瓷片底部有阿拉伯文，经专家翻译，是一位艾布西姆，或是先知穆罕默德的圣裔，因为穆罕默德曾名艾布西姆。可以推知，这船上的货物，抑或是阿拉伯贵族订制的。沉船不幸，却无意中见证了中国南部与阿拉伯国家密切的贸易往来。整体下沉的大船，静卧海底七百余年，沉船上容或有丝绸，也早已融化在海水里，成为喂鱼的美食。这是一个不能弥补的遗憾。

2007年，沉船被整体打捞出水，入驻阳江海陵岛的广东海上丝绸之路博物馆。"南海一号"作为中国海底考古的重大项目，必将记录在中国考古史乃至世界考古史上，并且，因其极为丰富的文物出海，震惊世界，被视为海上丝绸之路的标志性事件。

元代是一个疆土极其阔大的王朝，占统治地位的蒙古族，势力遍及欧亚大陆，陆上丝绸之路极为畅通，海上丝绸之路也很是发达。当时，元朝政府在广州、泉州设置了市舶提举司，管理中外贸易，并禁止私人出海贩运金银、丝绸等。其贸易范围扩大到全球，而中心还是南海和印度洋周边的国家。当时，中国航海家汪大渊，曾两次乘远航的商船，作海上游历，先后历时七年。为此，他撰写了《夷岛志略》，记载了与中国进行丝绸、瓷器贸易的国家，达二百二十余个，诸国的物产、贸易、风土人情也一并记录。其中罕见地写到了澳大利亚的见闻：或"男女异形，不织不衣，以鸟羽掩身；食无烟火，惟有茹毛饮血，巢居穴处而已"；或"穿五色裆短衫，以朋加剌布为独幅裙系之"。两相比较，穷富立现。在如此僻远的孤岛上，又见到当地的富人穿着轻薄的色彩华丽的"五色裆短衫"。在麻逸国，元人带去的商品，有鼎、五色红布、红绢等属，用以交换土货。作者所至，都不免提到丝绸，从而知道远洋的船上，也存着大量的丝绸，用来贸易。可知到元代时，丝绸的踪迹真是无处不在了。

海路高峰：郑和下西洋

明代，海上丝绸之路最耀眼的就是郑和下西洋。

明代永乐到宣德年间，郑和代表朱明王朝，在二十八年间七次远洋航行，到达南亚、西亚，乃至非洲东岸的三十多个国家。船队一次出海远洋，有二百艘左右，阵容庞大，"云帆蔽日"。郑和所在的中军宝船长达一百二十余米，宽五十

明代初年郑和远洋的《宝船图》

余米，高达六层，张十二帆，排水量一万四千余吨，是当时世界上最大的巨型远洋航船。所辖的船只，各有职能，分坐船、水船、马船、战船、粮船等等，随行官人、船员、军人、技术人员、商人达三万人左右。船只在浩渺的大海上排列编队，宝船居中，形如飞燕，组织完善，"昼行认旗帜，夜行认灯笼，务在前后相继，左右相挽，不致疏虞"。凭借先进的航海技术，尽管"洪涛接天、巨浪如山"，仍可"云帆高张，昼夜星驰"，大船"巍如山丘，浮动波上"，如神兵天降一般地到达一个又一个陌生的国家。中国与各国的交往，最显眼的商品，恐怕还是丝绸和瓷器。但是，郑和的行动，已远远超出贸易的范畴，而在于宣示明朝的国威，交好远邦。国务院新闻办公室《中国的和平发展道路》白皮书作了高度概括："六百年前，中国明代著名航海家郑和率领当时世界上最强大的船队'七下西洋'，远涉亚非三十多个国家和地区，带去的是茶叶、瓷器、丝绸、工艺，没有侵占别国一寸土地，带给世界的是和平与文明。"郑和的船队，是国际上和平的使者，他们使中国开拓的海上文明达到了新境界，是世界走向国际化的空前壮举。

不幸的是，先祖们一以贯之地对外开放的海上丝绸之路，因明末倭寇盛行等原因，被迫实施"海禁"。整个清代，出海贸易更是大不如前。尤其到晚清，清廷闭关锁国，不思进取，无论陆上，还是海上的丝绸之路，都明显地衰微起来。海上贸易，一度只是开放广州一地，形成所谓的"十三行"。

清廷放弃中国古代人一贯的开放包容精神，龟缩成内陆国，还是没有抵挡住西方的坚船利炮，因而导致割地赔款，国家衰败。

丝绸之路，始于以丝绸为主的贸易，实质上，它是以丝绸为主，中国古代经济、文化，乃至政治开放的晴雨表。丝绸虽小，作用其实大矣！

第三节　环行丝路，西出东归
——东晋高僧法显的丝路历程

说到丝绸之路，要特别提到一位伟大的先行者——山西平阳人法显。迄今所知，他是中国第一个完整走过陆上丝绸之路以及海上丝绸之路的人。他的旅行路线，恰如一个环形，从长安向东出发，在东海沿岸的青州（今属山东省）登岸。要知道，远在晋代，交通条件极为简单，他以老迈之身毅然出发，行程数万里，以脚步丈量了丝绸之路，真是空前的壮举。其坚毅不屈的精神，至今为世人称道，其价值无论怎么评价都不为过。

东晋义熙八年（412 年），完成十四年游历的法显回到青州牢山（今山东青岛崂山）南岸。然后，他在两年内写出记录出游生活的传记《佛国记》。此书在历史上又名《法显传》《历游天竺记》等等。

这篇仅有13980字的传记，是陆上丝绸之路、海上丝绸之路的珍贵记录。其中说到他的出行原因，是"慨律藏残缺"，"于是，遂以弘始二年（400 年），岁在己亥，与慧景、道整、慧应、慧嵬等同契，至天竺寻求戒律"。

《佛国记》写到西行及归路的艰难，是中世纪丝绸之路上的真实记录，珍贵的第一手史料。

法显向西行走沙河（即沙漠），见到"沙河中多有恶鬼、热风，遇则皆死，无一全者。上无飞鸟，下无走兽，遍望极目，欲求度处，则莫知所拟，唯以死人枯骨为标帜耳"。"西南行，路中无居民，涉行艰难，所经之苦，人理莫比"。

法显翻越小雪山（今阿富汗贾拉拉巴德城以南的塞费德科山脉），"雪山冬夏积雪，山北阴中，遇寒风暴起，人皆噤战。慧景一人不堪复进，口出白沫，语法显云：'我亦不复活，便可时去，勿得俱死。'于是遂终。法显抚之悲号：'本图不果，命也奈何？'复自力前，得过岭。"

到天竺国（古印度），法显取得真经，决定取道海上返国。开启了更为艰险的海上丝绸之路的旅行。

"于是，载商人大舶，泛海西南行。得冬初信风，昼夜十四日，到师子国。"法显所到的师子国，即今印度之南的斯里兰卡。其记航海，是搭乘海上商人大船，乘海上"信风"而行。

在斯里兰卡王城北，有大塔，高四十丈，耸入天际，旁有寺名"无畏山"，巨大无匹，其中一殿，中有玉佛像，"高二丈许，通身七宝炎光，威相严显，非言所载，右掌中有一无价宝珠"。法显至此，于佛像边见一晋地物件，他反复看得真切，忽起思乡之情：

> 法显去汉地积年，所与交接悉异域人，山川草木，举目无旧。又同行分披，或留或亡，顾影唯已，心常怀悲。忽于此玉像边，见商人以晋（晋朝）地一白绢扇供养，不觉凄然，泪下满目。

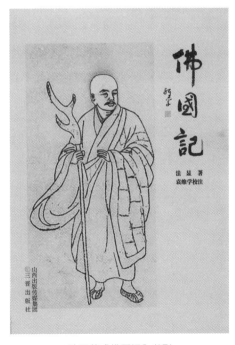

法显著《佛国记》书影

此为《佛国记》中最精彩动人的一节文字，仔细描写了法显久离故国、归思如箭的心情。且于不经意间，透露出与丝绸之路相关的信息——一把白绢扇。此扇来自晋地，当然是中国商人携带至此的。商人来到此地，祈求平安，要选择最珍贵的物品供奉佛祖，乃将白绢扇虔诚地供在佛像边。白绢扇映入法显苍老模糊的眼帘，他思国思家，万般情绪，涌上心头，顿时难以自抑，"泪下满目"。

在斯里兰卡，法显记述了当地物产及商人交易的实况："多出珍宝珠玑，有出摩尼珠地，方可十里。王使人守护，若有采者，十分取三。""其国本无人民，正有鬼神及龙居之。诸国商人共市易。市易时，鬼神不自现身，但出宝物，题其价直，商人则依价置直取物。"此处所言"鬼神"莫可解释，或为当地巫一类的人物，而与商业相关。

从师子国出，即开始返回祖国的海上航行。

海上行船，险象环生。法显所搭乘的大商船，可坐二百人。大船之后，系一小船，以备大船损坏而用之。在法显的眼里，"大海弥漫无边，不识东西，唯望日月星宿而进。若阴雨时为逐风去，亦无所准。当夜暗时，但见大浪相搏，晃若火色，鼋鼍水性怪异之属，商人惶遽，不知那（哪）向。海深无底，又无下石（岛屿）住处。至天晴已，乃知东西，还复望正而进。若值伏石（暗礁），则无活路"。此处所言航行，仅仅凭借判断日月星辰的方位；若遇到阴雨天气，商船或即迷航漂荡，绕行数日。为防止触礁等意外，大船之后，系一小船。一日，"得好信风，东下二日，便值大风，船漏水入。商人欲趣（趋）小船。小船上人恐人来多，即斫绁（缆绳）断。商人大怖，命在须臾，恐船水漏，即取粗财货掷著水中……如是大风昼夜十三日，到一岛边。潮退之后，见船漏处，即补塞之，于是复行"。

海行约一年，终于得到"汉地"，法显心有所喜，却仍然不免惊吓一场："于时天多连阴，海师（熟悉海路的人）相望僻误，遂经七十余日，粮食、水浆欲尽，取海咸水作食。分好水，人可得二升，遂便欲尽。商人议言：'常行时正可五十日便到广州，尔今已过期多日，将无僻（偏航）耶？'即便西北行，求岸。昼夜十二日，到长广郡界牢山（今山东崂山）南岸，便得好水、菜。但经涉险难，忧惧积日，忽得至此岸，见藜藿菜（中国北方的野菜）依然，知是汉地。"

法显"发长安，六年到中国（指天竺，即今印度），停六年，还，三年达青州"。前后十四年间，游历近三十国，艰辛备至。去时六十五岁，冒险出行；归来已七十九岁，所幸何如。因而感慨备至，曰："危而得济，故竹帛疏（书写）所经历，欲令贤者同其闻见。"时人跋其文，评曰："于是感叹斯人，以为古今罕有。自大教（此处指佛教）东流，未有忘身求法如显之比。然后知诚之所感，无穷否而不通；志之所奖，无功业而不成。"

此评至也，我等晚辈，感佩之下，夫复何言！法显所记之陆行，尤其是航海的真切经历，无疑是研究、体验丝绸之路的绝佳史料。作为河东人的法显，无疑是中国文化史上，尤其是丝绸之路文化史上应该大书特书的伟大人物。

第八章　华彩九章，源远流长
——悠远深厚的中华丝绸文化

中国的丝绸文化，以源远流长、博大精深喻之，那是毫不为过；说中国的丝绸文化，深入到国人的骨髓，那也不为过。那么，中国的丝绸文化，从何说起呢？必然先是桑蚕然后才是丝绸。

第一节　十亩桑园，记忆乡愁
——桑的文化

由桑到扶桑：与天相接的理念

桑，其实为葚，色紫，味酸甜，好吃。桑也是佳木，可制作家具。在中国的先民尚未发现蚕丝可以织造丝绸以前，或许他们更重视桑葚的作用，毕竟桑葚可以充饥，还可哄小孩子高兴。元杂剧《降桑葚蔡顺奉母》所记，借天降桑葚，医好孝子蔡顺母亲的病症，或许暗示出桑树在丝绸产生之前的遗义，即在食物极为短缺的时代，桑葚能解决最基本的饥饿问题。然而，许慎不言桑葚，而言桑叶为蚕所爱食，正是讲清楚了桑对于丝绸生产的最初意义。

桑，汉代许慎的《说文解字》解读："蚕所食叶木。从叒、木。"许慎的解读有两层意思，一是木名，特指蚕所食其叶的树木；二是桑的字源，原来是从叒，从木。第一层意思很清楚，直接点明桑与蚕的密切关系。

"桑"的字形所来，看似只是文字学的意义，其实，深含了桑的文化学上的内涵。在桑字这一条前，就是"叒"，许慎的解释是："日初出东方汤谷，所登榑桑木也。"许慎的意思很是明白，叒，榑桑，即扶桑，就是古书中所言日初出之处的大木。在先民的想象里，日要艳艳照耀人间，就先痛痛快快洗个澡。这个洗澡的地方，叫汤谷。日洗澡完毕，要照射人间了，就登上扶桑，俯视苍穹以及大地，这是多么神圣的举止，充溢着先民对日出的神秘幻想。

其实，许慎有关日出扶桑的故事，在许许多多的典籍里，都有几乎相似的记载。

《山海经·海外东经》："汤谷上有扶桑，十日所浴，在黑齿（神话中国名——著者）北。"

《海内十洲记·带洲》："多生林木，叶如桑。又有椹，树长者二千丈，大二千余围。树两两同根偶生，更相依倚，是以名为扶桑也。"又云："扶桑在碧海中，上有天帝宫，东王所治。有椹树，长数千丈，二千围，同根更相依倚，故曰扶桑。仙人食其椹，椹体作金色。其树虽大，椹如中夏桑也。九千岁一生实，味甘香。"

《楚辞·九歌》："暾将出兮东方，照吾槛兮扶桑。"东汉王逸注："日出，下浴于汤谷，上拂其扶桑，爰始而登，照曜四方。"

综合以上记载，扶桑的面目大致明白，它明显是仿人间的桑树而成的，叶如桑，果似椹，色紫，味甘甜，这不是桑树吗？所以说"椹如中夏桑"。只是扶桑身材高大，有数千丈，腰身达数千围。古代一围为八尺，则扶桑腰围也是数千丈，且是偶生，即二树相扶而生。人间有这样高大的巨树吗？明显是神话。既然是神话，就进而神话下去：扶桑生于东方，下有汤谷，十日所浴，浴后即登扶桑，照曜四方。又进而说，上有天帝宫，东王所治。这些都是对太阳崇拜的神话，但指出扶桑在东方，其功用是太阳朝朝出来时所登临的凭借。太阳威力巨大，体形当然是大的；太阳所登的桑树，自然应该是庞大无匹。

然而，日出所登的大木，为什么是桑，而非其他的大木？比如《庄子·逍遥游》里说到岁月长久的是大椿，以八千岁为春，以八千岁为秋，其大也是无匹，大得很，今日三千年不朽的胡杨也不是椿的对手，然而，日朝出要登临的为什么不是大椿？

我猜想，世上，什么树木，既可以供人吃，且可以供人穿？想来想去，似乎只有桑。桑葚可以充饥，桑叶可以喂蚕，蚕生丝，丝织绸，古老社会的先民，果腹、蔽体，莫此为大，于是，以为桑是东方神树，太阳东升的时候，桑居然是太阳登临的凭借。桑，真是极其伟大的树木！桑树对先民有养育之恩，他们就将有恩的树形象成神话里的大树，与万物生长相关的太阳在一起，太阳升起，第一处感受其阳光的，当然就是扶桑了，这是先民对桑树至高无上的赞美。

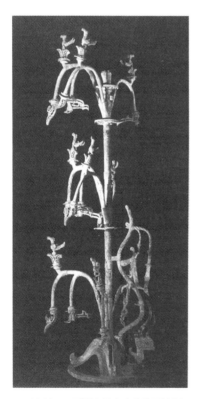

四川广汉三星堆遗址出土的扶桑神树

于是，我们在三星堆出土的青铜器里，发现了一株摇曳生姿的扶桑，它枝干笔直，下有喇叭状树座，上有九枝，九枝各栖一鸟，尚有铜龙、铜铃，以及花叶等装饰，此扶桑树高达三米，是迄今为止出土的最高的青铜器，抑或是蚕丛王祭祀上天的礼器也未可知。在湖北的曾侯乙墓，也出土过扶桑树的画，它绘制在一个油漆木箱的盖面上。树上有太阳，还有金鸟。最令人吃惊的是，旁边绘有一人，持弓箭作射鸟状。此或与"后羿射日"的神话相关，是先民们燥热难耐生活的反映。

扶桑为日出之地，进而，先民以桑野

为东方的代称，《淮南子·地形》："东方曰棘林，曰桑野。"是遍地野生着荆棘和桑林的地方，给人以希冀。相应地，古人以"桑榆"为日暮。《淮南子》："日西垂，景（影）在树端，谓之桑榆。"南朝梁昭明太子编辑的《文选》，其中有南齐王元长《三月三日曲水诗序》："桑榆之阴不居，草露之滋方渥。"唐代李善注："桑榆，日所入也。"即以"桑榆"比喻晚景，唐代刘禹锡《酬乐天咏老见示》："莫道桑榆晚，为霞尚满天。"见出老而不衰的豪气，传诵久远。

事实上，现实中的桑，它的生长速度也是无匹的，沐浴了初春的阳光，桑扎出嫩芽，偶然不见，桑已经长到一人高的地步，枝条摇曳，绿叶肥嫩。不久，结出绿的果实，野蚕爬上枝头，沙沙地啃食桑叶；小童子们提着篮子，采摘了叶子，回家喂食饥饿待食的家蚕。接着就是吐丝、纺织，等等。

桑，是如此有恩于人类，而先民们独具慧眼，早早地发现了桑与蚕的关系，蚕与丝的关系，以及丝作为纺织原料的功能，完成这一大串连起来的联想，或许经历了数万年之久，这是我们无法想象得真切的。桑对于人如此重要，在嫘祖发明纺丝后，一切都变得神圣起来。对桑的神话，不可避免。

神话，当然是现实的反映。桑对于人生的衣食，如此重要，于是，桑树自然成为东方第一树，事实上，在中华大地上，桑无处不在。我国第一部诗歌总集《诗经》里，有关桑林的记载比比皆是，可以想见那个时候，走在乡间的小路上，两边都是桑林，艳阳高照，绿叶可人，劳作的先民们，自然有一番诗情画意，因而吟咏出与桑相关的诗来，在桑间濮上歌唱。

桑梓：久远的乡愁

现实中的家乡，古人称为桑梓。

《诗·小雅·小弁》："维桑与梓，必恭敬止。"南宋的理学家朱熹作出解释："桑、梓二木，古者五亩之宅，树之墙下，以遗子孙，给蚕食、具器用者也。""桑梓，父母所植。"国人显然将桑梓人格化了。桑柔而梓刚，象征着母亲与父亲。以桑梓比喻双亲，使先民对桑梓怀着无比恭敬的心理。故曰

195

"维桑与梓，必恭敬止"。因为这一番感恩的心态，具有伦理化的色彩，桑梓的意义便高尚起来，阔大起来，进而变为家乡的代名词。

东汉大文人张衡作《南都赋》，其中说："永世克孝，怀桑梓焉；真人南巡，睹旧里焉。"在此，"桑梓"与"旧里"相对，明确桑梓就是故里。

到唐代柳宗元，则干脆将故里直呼为桑梓，其《闻黄鹂》诗："乡禽何事亦来此，令我生心忆桑梓。"柳宗元的桑梓在何处？就在河东，所以，柳宗元写过的名篇《晋问》，满怀深情地歌颂了他的桑梓之地。

桑梓用作家乡，家乡也以"桑井"代指。《魏书·高谦之传》："苟保妻子，竞逃王役，不复顾其桑井，惮此刑书。"

中国人有极深的家国情怀，在古人看来，虽行走万里，也必念及故乡。屈原《离骚》："鸟飞返故乡兮，狐死必首丘。"唐代汾阳人宋之问被贬岭南，音书断绝，归乡心切，当他回到汉江，接近长安的时候，作诗《渡汉江》，极其细腻地写出归乡与近乡时的复杂心境："岭外音书绝，经冬复历春。近乡情更怯，不敢问来人。"

桑不仅寓意着家乡，寄寓着游子对家乡的眷恋，也比喻远大的志向。古时男子出生，即以桑木作弓，蓬草作箭，命人射向天地四方，比喻好男儿志在四方，名曰"桑弧蓬矢"。此古礼出自《礼·内则》："国君世子生……射人以桑弧蓬矢六，射天地四方。"

桑园：男女幽会、寄寓生殖理想的地方

桑，寄寓着男欢女爱，《诗经》里有许许多多这样的记录，后世干脆以"桑中"代表男女间的幽会。《诗经·郑风·将仲子》以女子的口气说："将仲子兮，无逾我墙，无折我树桑！"女子喜欢这位邻家的小二哥，想着与他私会，却担心他跳墙进来，折断墙下的桑树。《诗·鄘风·桑中》也是女子口气，说得更明白："期我乎桑中，要我乎上宫。"大概，男女幽会桑中，取其密闭，抑或与桑条的生长旺盛、桑葚的多子相关，寓意子孙的繁盛。"要（同邀）我乎上宫"，就是桑中聚会后，要在堂堂的上宫明媒正娶，生育后

代。于是，"桑中"成为常用的典故：《左传·成公二年》曰："异哉！夫子有三军之惧，而又有桑中之喜，宜将窃妻以逃者也。"这个"桑中之喜"，或许就是那个时候的成语，暗示着幽会后的生育之喜。

二十世纪五十年代，四川发现的汉代的画像砖，存有《桑林野合图》，图中居然有男女交合场面，是桑林作为男女结合古老信俗的直接证据。进而，"桑间濮上"成为非礼之地，有了道德伦理方面的暗示。《礼记·乐记》："桑间濮上之音，亡国之音也。"此即俗称的"郑卫之音"。《汉书·地理志》："卫地有桑间濮上之阻，男女亦亟聚会，声色生焉，故俗称郑卫之音。"有亡国之虞的"郑卫之音"，魏文侯称作"新乐"，却是久听不倦："魏文侯问于子夏曰：'吾端冕而听古乐，则唯恐卧；听郑卫之音，则不知倦。敢问古乐之如彼，何也？新乐之如此，何也？'"（《礼记·乐记》）魏文侯在孔子的得意弟子面前，直言不讳地道出来庙堂雅乐，明显不及"郑卫之音"听得入迷，是春秋时期"礼崩乐坏"的见证。这一见证，恰巧与桑相关。

桑林：神秘的庙堂音乐

与桑有关的乐曲，也不全是"郑卫之音"，有名为《桑林》的乐曲，就是天子在庙堂祭祀时演奏之乐。《左传·襄公十年》："宋公享晋侯于楚丘，请以《桑林》。"注："桑林，殷天子之乐名。"宋是殷商后人的国家，看来还延续着殷商时期天子的乐曲，这当是雅乐了。可知，与桑相关的乐曲，在殷商时期，就被天子采用。《桑林》不只是乐曲，还是地名。《淮南子·主术训》记载，商汤的时候，有连续七年的大旱，汤王反省，以五件过失自责，亲自祷于桑林之际。因此，《桑林》之乐，或即是汤王祷告于桑林的乐曲，理应寄寓着对上天的敬畏，对农桑顺利的期盼，这些话语，与那个郑卫的靡靡之音确是大相径庭的。

由汤王在桑林祷告，不由得联想到扶桑与太阳，上古的时候，桑或者在人与上天之间扮演着中介的角色。汤王的言语，要通过桑林，达于上天。桑，是神圣的，桑林，是一个神圣的地方。桑，不可能存在数千年而不朽，但是，在桑前祭祀的场面，通过图画流传到今日，使我们看到昔日的礼俗，感受桑以及桑林的神秘，并思考其神秘之后的合理因素。

桑门：隐者的"理想国"

桑，是先民以及他们的后人房前屋后的景观，是五亩之宅的衣食寄托。孟子对梁惠王曰："五亩之宅，树之以桑，五十者可以衣帛矣。"（《孟子·梁惠王上》）桑条，可以编织成门户，是上古先民的居所，也代表贫者所居。《庄子·大宗师》里说："子桑户、孟子反、子琴张，三人相与友。"如此，"桑户"等人进而指不与尘世往来的隐士，有了清高的含义，是中国古人"小国寡民"安然生活的"理想国度"的寄寓。东晋的陶渊明是典型的"隐逸诗人之宗"（南朝钟嵘《诗品》），他在《归园田居》描述其"田园"是这样的："方宅十余亩，草房八九间。榆柳荫后檐，桃李罗堂前。暧暧远人村，依依墟里烟。狗吠深巷中，鸡鸣桑树颠。户庭无尘杂，虚室有余闲。"他所描绘的"桃花源"是如此的："土地平旷，屋舍俨然。有良田、美池、桑竹之属，阡陌交通，鸡犬相闻。其中往来种作，男女衣着，悉如外人。"这些寄寓理想的名篇里面都有桑的影子。

桑，不仅是神话的扶桑，不仅是寄寓乡愁的桑梓，不仅是桑林，不仅作为幽会的佳地，不仅作为庙堂的黄钟大吕，它还是不可须臾离弃的良药，名"桑寄生"；桑的白耳，名桑鹅，是贵族们喜欢的美食，呼之"五鼎芝"，犹如古时候钟鸣鼎食者所用的灵芝；桑木作为牌位，祭祀必用，呼作"桑主"；桑皮制成纸张，叫"桑皮纸"，是北方的特产，明代文学家王世贞称赞桑皮纸印制的宋版《汉书》"洁光如玉"；桑木可以做成木屐，叫"桑屐"，轻便而结实，是上层人物的首选；《南齐书·祥瑞志》记载："（世祖）及在襄阳，梦著桑屐行度太极殿阶。"人们干脆以桑为姓，如汉武帝时著名的大臣桑弘羊；以桑为地名，如桑植县（今属湖南）。桑，之于国人的社会生活，有着如此这般根深蒂固的关系。桑真是灵性天然，无所不能，古人的生老病死，无不仰仗着桑的恩惠。他们敬爱着桑，以至膜拜着桑，不是很自然的事吗？

第二节　三俯三起，蚕理通神
——蚕的文化

蚕，就是虫。但它对于人类而言，是极为特殊的虫。

许慎《说文解字》："蚕，任丝也。"《说文》释"任"为"符"，符即"信"，"信"通"伸"，故"任"即伸，伸吐之意。可知蚕是伸腰吐丝的虫。这是蚕的本能。蚕的吐丝，从什么时候被我们的先民发现，并予以利用，这是个大问题。就《史记》中记载的嫘祖，她是黄帝的"正妃"。黄帝距今多少年？尚无定论。据现在最新的考古材料和判断，黄帝是一个人，部落首领，第一个黄帝驾崩，继任者仍然称黄帝，其部落大约有近乎千年的历史。那么，《史记》说，嫘祖是黄帝的"正妃"，那她是哪一代黄帝的"正妃"？那时候无文字，当然无文字记录，这很难说。所以，嫘祖的年限，最远是第一个黄帝的时候，最晚也是最后一个黄帝的时候。就在这千年之间，大致不会错。我们姑且说嫘祖是第一任黄帝的正妃，她距今的时间，应该在六千年左右。如此说来，中国人，我们的先祖，知道利用蚕的吐丝织造最初的丝绸，应该就是六千年左右。这恰好与近数十年中国考古学家们出土的与蚕相关的陶蚕、玉蚕，以及最早的丝绸等文物在时间上基本相当。

如此说来，中国人利用蚕的时间，大致已有六千年。假如以二十年为一代计算，就是三百代。这是个近似荒诞的推测，在此想要说的是，六千年的时间内，约三百代的国人，祖祖辈辈，用尽心思，把小小的蚕的事业做大，成为中国人被世界尊重的大发现、大产业，那是多么令人自豪的事业！其间，经受了多少欢喜和苦难，自可以任情想象。

于是，有关蚕的各种文化，一点一点积累起来了。

蚕是会变的虫。蚕的会变，就是它的羽化。在先民们看来，这就是一段神话，或曰，蚕是通神性的。这与桑，以及桑林的通神相当。桑与蚕，不能

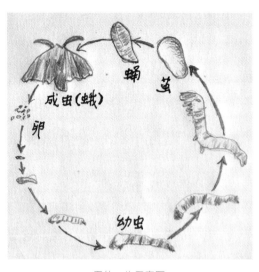

蚕的一生示意图

分开说。

蚕在最初的时候当然是野蚕，属于自生自灭状态。蚕进入人的眼帘，不知过了几万劫，有聪明人发现了蚕的吐丝，有着实用价值。当然，这一定是先民们具备粗略的纺织技术后，产生的灵感。

蚕丝的生产程序姑且不说，且说蚕的一生，仅仅四十五天左右。它初始的时候，是蚕卵，放到"蚕连"（即蚕种纸）上，密密麻麻，小到人的肉眼难以看见单个的蚕种。蚕孵化出来，色黑而小，似蚁，称"蚕蚁"，也叫"蚕花"。清代沈公练著《广蚕桑说辑补》卷下："（蚕）子之初出者名蚕花，亦名蚁，又名乌。"如蚂蚁的蚕群起而贪吃桑叶，不知止歇，使人见了大为惊讶，故而对得寸进尺、渐进侵吞的行为比喻为"蚕食"。蚕的屎粑粑当然很小，叫"蚕矢"。矢，就是大便，《史记》中说，大将廉颇顷刻时间"三遗矢"，就是短时间去过三次茅房。蚕矢是好东西，撒在地里，不生害虫；用作枕头芯，清凉祛暑。用作枕头芯的蚕矢，又名"蚕沙"。蚕很快长大，叫"蚕蛾"。蚕要蜕皮，就不食不动，叫"蚕眠"。蚕结好自己的窝，准备羽化，叫"蚕茧"。蚕从蚕茧中僵卧，变化为蛾，飞将出来，翩翩起舞，其过程叫"羽化"。羽化的过程当然是神奇的，古人将"羽化"与"登仙"联系，成为"羽化登仙"这样浪漫的成语，寄托着人类循环往复、生生不息的理想，抑或是奢望。

有关养蚕，也有一套一套的说法，饲养蚕的地方叫"蚕室"，王后、贵族的夫人们伺蚕的地方，则称"蚕宫"，有关蚕事的工作叫"蚕工"，忙于蚕事的月份叫"蚕月"，供蚕作茧的扫把形的工具叫"蚕山"，等等。养蚕的历史很长，以至形成如此众多的名物词语。

养蚕是极为复杂而辛苦的，养蚕的人，就叫"蚕人"。蚕人一般是妇女，故称"蚕女"或"蚕妇",叫"蚕妾"的或已婚,就是前面提到,齐姜忍心杀死的那个。再高级一点的蚕妇,是可以陪着皇后主持蚕事的小官,叫"蚕母"。南朝的《宋书·礼志》记载:"皇后采桑坛在蚕室西……取民妻六人为蚕母。"蚕母们要配合皇后举行采摘桑叶的仪式,想来蚕母一定是善于养蚕,且聪明伶俐的女子。善于养蚕的蚕工,则称"蚕师",大概就是"蚕母"之类的吧。

如果说到极致,养蚕有成就而被尊为神的,就尊奉为"蚕姑"。古代凡称"姑"者,往往是由人化仙者,如"麻姑"。元代大文人杨维桢《铁崖乐府逸编》三,有《祀蚕姑火龙词》四首,专门歌颂蚕姑:

其一:火之龙兮,云弗从,雨弗降。三眠始,三眠终。
其三:火之龙兮,蛹以蛾,蛾以卵,卵复化,龙之神兮实多。
惟龙之神兮,有大功于人。又杀身以成仁,徇道而忠益信。

杨维桢的所谓乐府,是蚕姑神前的献词,写得佶屈聱牙,不是很好懂。所幸他又作了此乐府的序言,称赞蚕有"六德",将蚕的功德大加歌颂,与其乐府的意思大致相同:

余尝论蚕有六德:衣被天下生灵,仁也;食其食,死其死,以达主恩,义也;身不辞汤火之厄,忠也;必三起三眠而熟,信也;物象以成茧,色必尚黄素,智也;茧而蛹,蛹而蛾,蛾而复卵,卵而茧,神也。

此文将蚕人格化,具备仁义礼智信,何其尊崇!又加了一条——"神"。其实,先民们早就发现了蚕的"神性",所以,把蚕侍奉起来,皇家贵族专设了蚕宫,在一定的时日表演养蚕,借以鼓励农民养蚕抽丝。此事前已详记,兹不赘述。

因为蚕的神异,每当蚕月,在北方为三月,在南方为四月,就有许多禁忌，形成信俗。明代大学者谢肇淛撰《西吴枝乘》："吴兴以四月为蚕月，家家闭户，官府勾摄征收及里闬往来庆吊，皆罢不行，谓之'蚕禁'。"蚕月里，达到官家、私人都静而肃的地步，可见对蚕的虔敬程度。

蚕的神异，其实有关于养蚕的目的，蚕月的蚕遭受病害，产茧不丰，与庄稼遭受水旱，是一个结果。关键时候，蚕人不得不重视起来，以至巷空人静。宋代叶茵有《春晚二首》之《闭户蚕新浴》，就是歌咏蚕月闭户的风俗："闭户蚕新浴，开帘燕早归。何曾春欲去，自是物华非。"言闭户之长，再出门后，春景已然变化，接近夏日了。

与蚕相关的物质产品，当然是丝绸，就不必说了。有一样宝贝却是现在稀见的，它就是蚕茧纸。这可不是放置蚕蚁的用品，真的是纸张。宋代桑世昌著《兰亭考》，其中说："何延之《兰亭记》云：王逸少（王羲之）永和九年（353年），兰亭修祓禊之礼，挥毫制序，兴乐而书，用蚕茧纸、鼠须笔，遒媚劲健，绝代更无。"蚕茧纸加上王羲之和他的《兰亭序》，那蚕茧纸在文人圈，就是人见人爱的了。据说，蚕茧纸是用蚕茧的壳制作的，纸质洁白细密，难怪书圣要使用它。想来，那个时候，蚕茧纸是贵族文人们常用的纸张，并不是很稀奇。清代郝懿行《证俗文》卷七说："若乃古之名纸，有测理纸、蚕茧纸。《世说》纸似茧而泽也，王右军书《兰亭记》用之。案，今高丽纸以绵茧造者。"只可惜，《兰亭序》的原件，唐太宗李世民喜欢过甚，专门下令，将《兰亭序》陪葬，于是，世人不得见其本来面目。随着《兰亭序》绝迹，蚕茧纸的制造技术也似乎成为绝响。从郝懿行的记载看，清代的时候，类似蚕茧纸还在制造，而且在高句丽也有。高句丽，乃国名，在今之朝鲜半岛上。但是，真正的蚕茧纸到底是什么样子，已经很难说清楚了。

桑与蚕，在古代的诗词歌赋中，其实往往是不能截然分开的，其作品也真是汗牛充栋，不可尽数。最早歌咏桑蚕的是《诗经》，前已列举。甚至汉代的乐府里有了《陌上桑》的乐曲，宋词则有了《采桑子》的词牌名，它们诞生之初，都与蚕桑相关。

最早的专门写作蚕的作品，恐怕是战国时赵国人荀子的《蚕赋》，也只有168字，就录在下面：

有物于此，儇儇（义同裸裸）兮其状。屡化如神，功被天下，为万世文（文饰，指衣服，用以遮盖身体）。

礼乐以成，贵贱以分；养老长幼，待之而后存。名号不美（蚕与惨同音），与暴为邻；功立而身废，事成而家败。弃其耆老（指蚕蛾），收其后世；人属所利，飞鸟所害。

臣愚而不识，请占之五泰（指无所不通的智者）。五泰占之曰：此夫身女好（美）而头马首者与？屡化而不寿者与？善壮而拙老者与？有父母而无牝牡者与？冬伏而夏游，食桑而吐丝；前乱而后治，夏生而恶暑，喜湿而恶雨；蛹以为母，蛾以为父；三俯三起，事乃大已。夫是之谓蚕理。

有关蚕，有多人作赋，分别是战国荀子，三国孙吴的杨泉，以及曹魏的嵇康，而以荀子的《蚕赋》最早，且独存至今。荀子是大哲学家，作《蚕赋》，也是以蚕的身世喻以道理，即他在赋尾所言的"蚕理"。大致说，蚕的生命虽短，却经历着"三俯三起"的变化，多次休眠，多次醒来，休眠积蓄精力，醒来，蚕食，作茧。蚕吐丝，人织衣，功被天下，蚕儿却是功成身废，遭受种种苦难和不幸。他的这番言语，如不是自况，也是为某些功德大却遭受苦难的人抱不平的，却将蚕的习性和德行描写得再清晰不过，因此知道，战国时期，养蚕极为普遍，其蚕理为人人所知。前引杨维桢的"乐府"，义与《蚕赋》相近，或即受到荀子《蚕赋》的启发。值得特别注意的是，所谓"名号不美"，是说蚕与"惨"音同，"桑"又与"丧"音同，古人或者早就在某种场合忌讳说"桑"，忌讳说"蚕"，因而形成长久的信俗。

咏蚕最有名而达到不朽地步的诗歌，是唐代李商隐的《无题》："春蚕到死丝方尽，蜡炬成灰泪始干。"是借蚕的吐丝而死，比喻爱情的坚贞。

直接歌颂养蚕不易的，是五代蒋贻恭四句《咏蚕》诗："辛勤得茧不盈筐，灯下缫丝恨更长。著处不知来处苦，但贪衣上绣鸳鸯。"

南宋的时候，浙江人翁卷作《乡村四月》诗，写江南农桑之苦："绿遍山

蚕儿初饭时桑叶如钱许扳条摘鹅黄藉纸

观蚁聚屋头草木长窗下儿女语日长人颇闲

线随缉补

南宋楼璹 喂蚕 诗 张继红钞

《喂蚕》诗张继红手书

原白满川，子规声里雨如烟。乡村四月闲人少，才了蚕桑又插田。"诗歌写得明白如话，寓意清晰，歌颂农桑劳作之苦，朗朗上口，当然是好诗，被选入当代小学生课本，是小孩子们人人背诵的诗歌。

另一首名诗是《蚕妇》："昨日入城市，归来泪满巾。遍身罗绮者，不是养蚕人。"作者也是宋代人，名张俞。诗写得人人明白，四句之中，道出养蚕人的辛酸，也是难得的好诗。

吟咏蜀中先王蚕丛的，除李白的名句"蚕丛及鱼凫，开国何茫然"外，还有宋代汪元量的《蚕丛祠》："西蜀风烟天一方，蚕丛古庙枕斜阳。茫然开国人天主，仿佛鸿荒盘古王。"

宋代浙江人楼璹，画《耕织图》，是中国耕织文化在宋代的长幅画卷。其中有耕图二十一幅，织图二十四幅，各配一诗。其中《喂蚕》是这样写的，颇有一点儿歌的味道："蚕儿初饭时，桑叶如钱许。扳条摘鹅黄，藉纸观蚁聚。屋头草木长，窗下儿女语。日长人颇闲，针线随缉补。"

其实，大江南北，至今流传着无数有关桑蚕的民歌民谣，透露出古代桑蚕的信息，有心人收集起来，可读、可研、可传。浙江湖州的刘旭青、余连祥、吴怀民三位先生，整理了浙江一带有关"鱼桑文化的民间传说"，有故事，有歌谣，是江南悠久鱼桑文化的真实记录。其中有一首《龙蚕娘》，说道：

> 龙蚕娘原本住天庭，天庭上面多清净。
> 黄帝手里下凡尘，世代相传到如今。
> 千龙蚕，万龙蚕，一年四季保平安。

读到这里神话了的龙蚕娘，我们不难联想到黄帝的正妃——先蚕嫘祖。在百姓心目中，一直以各种方式纪念着她的恩德。

第三节　锦上添花，繁复富丽
——丝绸的文化

丝绸起初即高贵，其作为衣服，最早是做给帝王的。帝王也并非日日穿着，是在祭祀的时候服用。《礼记·祭仪》中，对此说得极为周到：

> 岁既单（尽，结束）也，世妇（《周礼》：介于嫔妃与御妻之间的妃子）卒（结束）蚕。奉茧以示于君，遂献茧于夫人。夫人曰："此所以为君服与。"遂副袆（王后的祭服）而受之，因少牢而礼之。古之献茧者，其率用此与？
> 及良日，夫人缫，三盆手，遂布于三宫夫人、世妇之吉者使缫，遂朱绿之、玄黄之，以为黼黻文章。服既成，君服以祀先王先公，敬之至也。

《礼记·祭统》也说：

> 王后蚕于北郊，以共纯服……夫人蚕于北郊，以共冕服……王

后、夫人非莫蚕也。身致其诚信，诚信之谓尽，尽之谓敬，敬尽然后可以事神明，此祭之道也。

从养蚕到生产丝绸，以及祭祀，都暗示出蚕具有的特殊的神性，是再崇高不过的。而崇高，是美的最基本属性。

总之，因丝绸华贵，织造艰难，产量很少，它就是上层人士的专用品，老百姓不得沾边，哪怕是富商。故荀子说"礼乐以成，贵贱以分"。

丝绸在实用方面讲，是与麻、棉、皮等作为服饰的材料相比的。最初的丝绸，称帛、纱、罗之类，以洁白、鲜亮、光滑、柔软为基本特征，君王服饰，有所染织，所谓"朱绿之，玄黄之"，成"黼黻文章"。献给岱岳（泰山）的"三帛"（见《尚书·舜典》），也就是纁、玄、黄三种颜色（见唐孔颖达疏）这些丝绸薄而织丝稀，不耐用。所以，丝绸作为衣服，客观上也不便于日常服用。

丝绸的观念，在本质上，与古老的礼仪相关。所以，早期的丝绸花纹，一般是简单的几何图案，回纹、云纹、云雷纹，装饰在领缘、袖口、裙摆、腰带等明显的地方，其内涵则象征着对上天的尊敬。尤其用于祭祀的礼服，其色彩要与五行结合，即东方青色，西方白色，南方赤色，北方黑色，中央黄色。五行的颜色，又对应四季，春天是青色，夏天是赤色，秋天是白色，冬天是黑色。于是，五色被尊为正色，不可随意更改，成为礼仪的一部分。

帝王的礼服制度，就是《尚书·益稷》说的十二章，即十二种纹饰，上衣称衣，为日、月、星辰、山、龙、华虫，为织绘方法；下衣称裳，为宗彝（寓意忠孝）、藻（寓意洁净）、火、粉米（寓意滋养）、黼（斧形，寓意决断）、黻（二兽相背，寓意明辨），为绣的方法。颜色为五色。帝王陵墓，极其不易发掘，也不能轻易发掘，故而迄今的出土文物里，没有十二章的标本。唐代画家阎立本绘有《历代帝王图》，可以见到冕服的样子，却无色彩。而且，唐代距先秦已远，远古时候的帝王服饰，恐怕是很难一睹真容了。我们有幸在《紫禁城》杂志中看到清代末年的十二章朝袍样式，是当时向织造方采办皇宫里服饰的采办样式。天子以下，公为九章，侯与伯为七章，子与男为五

晚清十二章朝袍前后式

章。级别与颜色严格的规定，决定了丝绸文化的庄严与崇高。

丝绸被普通百姓所用，大约是春秋以后的事。此时，丝绸的生产技术提高，产量扩大，更关键的是"礼崩乐坏"，社会等级制度塌陷，人的关系不那么森严了。我们看到《左传》，尤其是《战国策》，其中的国王，往往是礼贤下士的，下人有特殊的本事或机遇，也有上升的机会，丝绸的服用也就不那么严格限制在贵族阶层。于是，丝绸的需求膨胀起来，对丝绸的要求进一步提高，有所谓帛、绢、縠、绡、缟、纨、绨、组、罗、绦、绮、锦等名目，品式大备，花样翻新，丝绸的内涵越发深厚悠远。

丝绸进入平常百姓的生活，庄严感和崇高感下降，华丽感上升。如前所述，染织、刺绣等手段，发挥得淋漓尽致。1982年1月，湖北江陵马山一号墓，出土大量丝织品，经考古学家们整理，有绢、绨、纱、罗、绮、锦、绦、组等八大类丝绸品种，甚至有刺绣。如此多的丝绸被一次性发现于一座墓葬，令人震惊，此墓葬被誉为"战国丝绸宝库"。这宝库里最耀眼的是锦。其图案有塔状，有凤鸟凫几何纹，有条纹，有大、小菱形纹，有舞人动物纹，等等，无不色彩富丽，组织细密。其中的龙凤虎绣，虎在上，龙凤在下。虎为斑纹虎，作虎踞状，仰首而啸，气势冲天；龙在飞腾，细身曲体，龙首弯曲，朝右下方，张口而望，似作龙吟状；凤鸟的动作与虎相似，唯鸟首有彩毛，恰如小鸟在首，极为秀气。三只动物之间，有大幅空白，均绣以似龙似凤的花枝缠绕，使得图案极为华丽。如此繁复的图案，在战国以前的出土丝绸中未曾见到，在北国出土的丝绸中也未曾见到，显示出楚地人神共享富贵繁华的特殊观念。

汉代起源于楚，皇家崇尚鬼神，且特别流行谶纬学，相信君王受命于天。如汉武帝时候的大儒董仲舒《春秋繁露》所言："帝王之将兴也，其美祥亦先见。"汉章帝在位十三年，史书记载，竟然有二百六十多种祥瑞出现，诸如祥云、甘露；凤凰、灵鸟、黄龙、麒麟、白虎；连理枝、灵芝、茱萸；神鼎、玉璧、玄圭、方胜；等等。这些祥瑞的东西，就是所谓"美祥"的征兆，被编绘成图案，普及到民间，附丽在中华民族审美的链条上，有的成为长盛不衰的固定形象，即所谓审美积淀、审美内涵，因而，丝绸的图案也不可避免地织绘了这些形象。长沙马王堆出土的西汉丝绸，有绛地红花鹿纹锦、香色地红茱萸纹锦；东汉则常用红、蓝、黄、绿、白五种色彩，对比明快，有"五色云锦"之名。

1995年，在新疆尼雅出土一批五色织锦，最亮眼的是"五星出东方利中国锦"，其用为护臂，长18.5厘米，宽12.5厘米，以白绢镶边，通体青底。锦上的文字是篆体，其寓意是汉代天文星占的词语。因织造时经纬交织，故其字体像极了今之美术字。图案右边是雄雌二鸟，中间是瑞兽，可能是辟邪，正昂首吼叫，左边是虎，也作昂首吼叫状，其他是云纹、茱萸纹等缠绕。整个图案采用青赤黄白黑五色，在庄重之下，不失华丽，展现了对祥瑞之美的追求。现在，此锦被鉴定为国家一级文物，当然是汉代织锦的巅峰之作。

除过长命与升仙，男欢女爱、生生不息的理念，一直是朝野

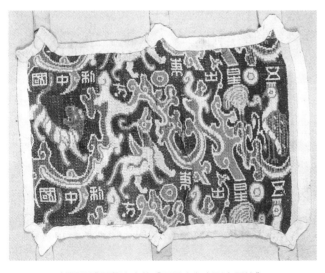

新疆尼雅汉墓出土的"五星出东方利中国锦"

的共同追求。鸳鸯是爱情与婚姻美满的象征，汉成帝皇后赵飞燕就有鸳鸯被、鸳鸯褥。到南朝的诗文里，也一再歌咏织造鸳鸯图案的丝织品："客从远方来，遗我一端绮……文采双鸳鸯，裁为合欢被。""合欢锦带鸳鸯鸟，同心绮袖连理枝。""多作绣被为鸳鸯，长弄绮琴憎别鹤。"同时流行的丝绸纹样，有棋纹、水波纹、杯纹等几何图案，其中的杯纹就是以菱形组合成耳杯形几何纹样，象征着长命，此或与民间以耳大多福为长寿的认识或信俗相关。

历史上多民族聚集中原，实现大融合，西域的大秦等国商人纷纷来到中土，中华大地，胡风大炽。西域的宗教以及生活方式也随着西风扑面而来。这些都深深地影响到了中土朝野的社会风气，并逐渐渗入百姓的日常生活。一个最明显的象征，就是狮子的形象风行起来。

狮子在波斯文化里是勇猛的动物，在印度佛教里则是护法神兽。《大集经》卷一："过去世有一狮子王，在深山窟常作是念：我是一切兽中之王，力能护一切诸兽。"《佛说太子瑞应本起经》："佛初生时，有五百狮子从雪山来，待列门侧。"又有传说，释迦牟尼降生时，一手指天，一手指地，作狮子吼曰："天上地下，唯我独尊。"后世即将佛法可以震动世界、百兽慑服称作"狮子吼"。因此种种，狮子在中国与西域的交往中随时出现。

《后汉书》记载，早在汉章帝年间，就有月氏国、安息国进献狮子的记载。北魏孝明帝正光末年，波斯国也送来狮子，养育六年之久，国人很是好奇。但是，继位的广陵王有着极其超越时代的看法，他认为，将禽兽长期关押在园圉里，违反其野性，不如放还。可惜，这头狮子，在返还本国的路上，实在难以管理，不幸被杀。但是，狮子的形象已经印在国人的心里，于是，北朝的丝绸上就织印了卧狮的图案。吐鲁番出土的方格兽纹锦里，也有卧狮的图案。

马、羊、骆驼等动物，也是北朝丝绸上常见的形象。吐鲁番还出土过一片"胡王牵驼锦"，锦的中央绣了对称的文字"胡王"。这块珍贵的丝绸上，胡王的左手牵着一匹骆驼，骆驼的右腿正在迈动，使人想到他们在漫漫丝绸之路上艰难跋涉的场景。在时间的消逝中，牛羊骆驼等少见了，还是威猛的狮子更讨人喜欢，变为中土历久弥新的信俗，出现在社会生活的各种场

日本正仓院藏盛唐"五方狮子舞锦"

景里。

沈从文先生很关注狮子的图案，所著《狮子艺术图录》，收录唐代两幅有狮子图案的兽纹锦，一幅上面是牛、狮子、骑象同框，狮子在中，作卧状，舌头在外，喜气洋洋；另一幅，是"五方狮子舞锦"，存于日本。沈从文先生注曰："唐代由波斯式'天王猎狮子锦'及各种不同'醉拂菻弄狮子'，到宋明各种'狮子锦'，出土或传世已不下十七种。大幅'五方狮子舞锦'，仅日本留下这片残余。"[1]狮子并不仅仅出现在丝绸或布面上，更多是在富贵人家豪宅的大门两边，作为成双成对的蹲兽，"侍卫门侧"，或在民俗表演里喜笑颜开地舞动，供人们取乐。

狮子由凶猛的动物，演变为嬉戏的狮子，以及可爱的卧狮，融入了狮子的本土化审美观念。

与狮子进入中土的同时，大象也作为佛教内容被僧俗尊崇着。其实，大象在中国一直存在，汉末的时候，大象还是军事上双方对阵的主力；在百姓生活中，当然对大象更是熟悉不过的了。佛教经典中，有着"下凡入胎""六牙白象"的故事，因而众所周知，大象是佛陀的化身。吐鲁番出土的丝绸中，其"方格兽纹锦"里就有大象的身影。

其他如凤鸟等等，也是北朝丝绸中常见的。有关植物图案，最常见的是莲花。佛与莲花有极为繁复的关系，座下有莲花，头上也有莲花，象征着圣洁，以及努力修行，净化自我。吐鲁番出土的"天王化生锦"中，就有莲花的图案。此外，忍冬纹也极为流行，在佛教石刻中最多，花样百出，丝绸产品中也不时表现出来。

---

① 沈从文：《狮子艺术图录》，《沈从文全集》，卷28，第266页，北岳文艺出版社2009年。

丝绸文化的积淀

中华文化博大精深，桑蚕与丝绸文化极为古老，诞生在文字之前，丝绸生产，积淀了众多的物质文化名词，是中华文化的重要根源，尤其是文字、词汇的重要来源。打开《尔雅》《说文解字》《辞源》《辞海》等辞书，有关桑蚕和丝绸文化的字词就会扑面而来，它们引申至政治、经济、军事等各方面，沉浸其中，即体会出无穷的意味。

经粗略统计，仅以《辞源》记录，有关丝织的词，就有近一百页，兹稍作梳理。其形容社会地位显贵，名"纡朱拖紫"，朱、紫，皆代指高官所佩印绶的颜色，级别很高。又有"纡青拖紫"，在汉代，青色绶带代表九卿的地位，紫色绶带代表公侯的地位。

纨绔是细绢制作的裤子，古代，只有富贵人家子弟才穿得起，故以"纨绔子弟"代表富贵人家子弟，又借指像薛蟠那样的游手好闲的富家子弟。

红丝，当然是红色的丝线，古代以红丝作为娶回佳人的媒介，《开元天宝遗事》有《牵红丝娶妇》一篇，正是记述此事，后世即以红丝比喻男女喜结佳缘，今人"千里姻缘一线牵"的"一线"，本源就是红丝。

纺缚，即镇定纺车的工具，以石、陶、砖等材料制作而成。《诗·小雅·斯干》："载弄之瓦。"比喻生育了女婴，称"弄瓦"。瓦，同砖，至今砖瓦连用。而《诗》里的"瓦"，代表纺缚。唐代孔颖达注："瓦，纺缚，妇人所用。"可知，在周代的时候，女子从事纺绩，就是她们的专业，一直到二十世纪中叶，纺绩仍然是女子的主要家务之一。耕织之分工，可谓久矣！

经纬的名称借用在经典上，最为常见。山西民国学者常赞春在其《柞闲吟庵经学谈》中说："经名之义，取之于常。汉班固等《白虎通德论》，以五常配五经，虽为尊重，究属引申。按《说文解字》：'经，织也。'经之取义，本由治丝，纵丝为经，横丝为纬。六经出自上古，其文奇耦相生，声韵相协，取便记诵。古人以其多文也，乃假治丝之义，而标六经之名。"丝纺织用在治理国家的大事，叫"经天纬地"，用在政治或军事上，叫"经略"，用在管理上，叫"统治""统领""统带""统摄"。既然经是正统的，则涉及荒诞的文化或典籍就是"纬"。所以，汉代有"谶纬"及"谶纬之学"。

丝织的名词，也用到政治生活中，比如"乌纱帽"，本来是古代官员的帽子，且最早是天子的帽子（见《北齐书·平秦王归彦传》），后来即代表官员的职位。成语"挂冠而去"，就是主动抛弃了乌纱帽，但是，古代的绝大部分官员，是不会轻易地抛弃他们的乌纱帽的。

素，本来是白色的丝，也指生绢。《礼记·藻》曰："大夫素带。"指大夫级别的官员，其绶带是生绢做的，白色。因而，素引申出数十词条，如素女，神女也；素王，孔子也；素心，本心也；素友，挚友也；素身，无官爵之人也；素食，不劳而获也，亦指无荤腥的食品；等等。

有关丝织和丝织品作为文化积淀的词语实在甚多，不能毕举，也没有必要毕举，却可以毫无悬念地看出丝之于中国的社会生活，是如水银泻地，无所不在的。反观之，我们也不难从其中窥视或追溯丝绸生产的原始痕迹，见出嫘祖等远祖们伟大的功绩早已超出丝绸本身，覆盖了古代社会生活的方方面面，而且浸染着当代人的思维与行为。

第九章　兼容并蓄，继往开来
——中华丝绸文化的继承与弘扬

1971 年，乒乓球运动员庄则栋，在日本的汽车上，将一块杭州的织锦送给美国运动员，从此，开启了"小球转动大球"的中美大国外交。

庄则栋是二十世纪七十年代妇孺皆知的风云人物，中美关系的开启，借助了庄则栋在乒乓球运动中的灵机一现。当小小的乒乓球飞越太平洋，建立起两国的友好关系时，人们或许还记得那件闪闪发光的杭州织锦。丝绸在现代国际关系上发挥了积极的媒介作用，这是弘扬古老丝绸文化的当代典范。

第一节　劝耕促织，农桑并举
——中国桑蚕文化的要义

丝绸诞生于中国新石器时期，发展于先秦时期，繁荣于汉唐时期，大盛于宋元以后，它是中国农耕文明的独特产物，进而沿着丝绸之路走向世界，举世瞩目。

以生产丝绸为目的的中华桑蚕文化，是世界文明的极为重要的一部分。

中华桑蚕文化，来源于桑蚕的养殖、丝绸的生产以及销售。它从日常穿衣，深入到社会生活的每个角落，又超越了人们的日常生活之需，上升到精神层面，源远而流长，广阔而深厚。继承并弘扬中华桑蚕文化，当然要认识中华桑蚕文化。以上各章节，从嫘祖养蚕，说到中华桑蚕物质文化的方方面面，在这本小书行将结束的时候，想要说到中华桑蚕文化的继承和弘扬，当然首先要总结桑蚕文化的核心要义是什么。

中国桑蚕文化，首先是中国农耕文化的核心组成部分。

中华文明，发祥于以黄河中下游为主的广阔地区。与其他的几个海洋文明不一样，中华文明属内陆文明，其核心是农耕文明。农耕文明的最初目的是，先民们要解决吃饭问题、穿衣问题。东晋的时候，大诗人陶渊明不耐烦官场生活，归隐田园。秋日，诗人收获了早稻，即兴作诗曰："人生归有道，衣食固其端。孰是都不营，而以求自安！"（《庚戌岁九月中于西田获早稻》）他认为，衣食问题，是人生的首要问题；进而说，解决衣食问题，是做人的基本责任，是天理所在。所以，中国的民间常说："民以食为天。"此或为上古以来即传承下来的古训。

中国的农耕，分为农耕和纺织，因而简称"农桑"，或称"耕织"。农桑起源于什么时候很难说，大致而言，是先民们抛弃采摘、打猎为主的生活方式，定居下来，驯化物种和动物，并因此产生了自给自足的家庭式生活方式。这个过程其实很是漫长，不是几十年、几百年，而是数千年之久。中国是粟（谷子）的原产国。据专家研究，在新石器时期，粟的种植已经普及，许多地方出土了大量的粟的库存物。如此解决吃饭的问题，这就是耕；同时，先民们为解决穿衣的问题，开始利用麻、葛的皮纺布，进而有了养蚕抽丝。如此解决穿衣问题，这就是织。耕与织是联系的，织产生于耕，或衍生于耕。于是一个有趣的分工产生了，即男耕女织。男耕女织的产生，实际上寓意了家庭结构的稳定和社会合作的诞生，或曰，男耕女织，实质上是实现男主外、女主内的明确分工，是新的生产关系的诞生，是母系社会完成向父系社会过渡的标志。

这个时期，大约等于新石器时期的中段，正好是传说中的黄帝与嫘祖的时代。所以，先民们将黄帝与嫘祖归结为男耕女织的典型代表，实在是一件非同小可的大事，是有划时代意义的大事。

这是我们看重嫘祖的社会价值所在。

嫘祖作为耕织文化的一半，她的伟大，是难以一言以概括的。对嫘祖，我们宁可相信，所谓的"祖"，是古代民间敬奉的"祖"，就像鲁班是木匠的祖，唐玄宗是戏曲演员的祖一般，文昌帝君是书籍神，关帝是武将及商贾们的神。然而，嫘祖作为纺织之祖的地位，是与黄帝并称的，而不仅是民间的信仰，是历代朝廷认可的，是耕织文化的祖。你说她是不是一位很伟大的女性？

中国上古时期的人文初祖们，无论伏羲、炎帝、黄帝，还是稍后的尧舜禹等等，都只是传说中的王者，可以说，嫘祖也是这样一位王者。她是女性的王者，是纺织生产的王者。因为是传说时代，几乎不存在可作信史的文献。但是，我们宁愿相信嫘祖的真实存在，而且，我们还可以作出许许多多的想象，把她的形象丰满起来。但这不是我们的愿望，因为，那只是一篇小说之类的撰辑，于人世耕织文化几乎没什么价值。所以，我们将嫘祖作为纺织之祖，借以梳理中国的桑蚕文化，进而认识中国耕织文化的实质性价值。

嫘祖是率先养蚕抽丝的，是丝织的祖。原因在哪里？其一，嫘祖她是黄帝的"正妃"，地位显赫；司马迁还说，她的两个儿子的后人，"皆有天下"，一个是帝喾，一个是颛顼，都是了不起的帝王，所以说，嫘祖的地位实在是显赫，显赫得很。其二，古时，从民间到帝王家对桑蚕像对神一般地虔敬。其虔敬的种种表现，前已表述。要紧的是，对桑蚕的祭祀，不是普通百姓的事，而是帝王、贵族们的专利。丝绸的初始用途，也是帝王穿戴了，去虔敬地祭祀上天。丝绸在此时，是与天相通的；或曰，古人认为，桑蚕以及丝绸是通神的，有神性的。

如此说来，嫘祖既占据了地位的高地，也占据了精神的高地，一定是做定了桑蚕之主的。中国上古，女子有与帝位齐名的地位，嫘祖怕是第一个。女娲不算，她是神话般的人——有谁相信，抟土造人的女子，可以是真实的存在？嫘祖则是真实的存在。

黄帝与嫘祖并峙，是中国农耕社会男耕女织的历史丰碑，因此，后世的历代帝王与后妃，形成连绵不绝的"劝农"传统。"劝农"，就是鼓励农民不违农时，从事农耕，以获取丰收。"劝农"的形式多种多样，其最基本的是春天，即正月的时候，帝王要赴田地里鞭打春牛，"亲耕"一番；秋天收获以后，帝王还要赶赴天坛明堂供献所获，称为"秋报"。帝王的亲耕，当然是一套礼仪。《礼记·祭统》："天子亲耕于南郊，以共齐盛。"《春秋谷梁传·桓公十四年》："天子亲耕，以共粢盛。"共，通"供"，供献；齐，粢，均为祭祀的食品；盛，盛放的器具，用以放置祭祀的食品。这里说得玄妙，天子亲耕，是为了回报上天的恩赐。说明白就是，既然靠天吃饭，春种秋收，当然要回报上天。汉代桓宽《盐铁论·授时》说："故春亲耕以劝农。"明清的时候，皇帝亲耕的地方在先农坛，那里的土地，恰好是"一亩三分地"。

在上引《春秋穀梁传》"天子亲耕以共粢盛"之下，继曰："王后亲蚕以共祭服。"就是天子亲耕的时候，王后也要做出表率，她要去桑田里采桑叶，用以喂蚕，表示对养蚕的重视，说"以共祭服"，也是"靠天吃饭"的背景下，从事桑蚕，做好丝帛的衣服，供帝王穿好去祭祀，表达对上天的尊敬。明清的时候，王后亲蚕的地方是先蚕坛。明代的先蚕坛在北京西苑，清代的先蚕坛在北海公园东北角上。

帝后们作出耕织的表率，农家子弟得到鼓励，自然积极从事耕织，此为"劝农"的真实意图所在。

帝后劝农，鼓励耕织，尚显不足，于是，在汉代的时候，演绎出"牛郎织女"的故事。此为中国四大民间传说之一，人人皆知，无须细说。著名的《古诗十九首》，其中即有对牛郎织女的歌颂：

> 迢迢牵牛星，皎皎河汉女。纤纤擢素手，札札弄机杼。终日不成章，泣涕零如雨。河汉清且浅，相去复几许。盈盈一水间，脉脉不得语。

诗中明确说，牛郎织女是天上的牵牛星、织女星，先民们演绎了他们浪漫的爱情故事，背后的含义，其实是对男耕女织的反映，是农耕社会美好爱情、美好愿望的寄托。

无论皇帝王后，还是牛郎织女，都是耕织的表率，向世人垂范，劝勉农民耕织。其深层含义，是不发达的农耕社会里，人类对上天的敬畏，对上天的感恩。

前文说到，采桑，养蚕，织丝，刺绣，哪一步都是妇女为主，采桑的就叫采桑女，养蚕的就叫蚕娘，织丝的就叫织娘，刺绣的就叫绣娘，至于其别称，有太多太多，前言已叙，兹不一一列举。大约采桑要爬高，须年轻一点，其他工种，须有经验，就是"娘"了，年龄一定是大一点的女子。这些女子，在古代的文学作品里，都是了不起的形象。《诗经·卫风·氓》里的女子，当然是织丝的，她对笑嘻嘻而来的男子，报以不屑；汉代《陌上桑》里的采桑女，却是高傲而智慧；《秋胡戏妻》里的采桑女，是贞洁而刚烈，眼里揉不得沙子；《木兰辞》里的织娘，又是勇敢替父出征的奇女子。

古代的女子，在耕种社会为核心的生活中，实在是极其重要的角色。先秦时，有"孟母投杼"的故事，直到晚清，还有类似的教育方式，做母亲的一边纺绩，一边教子，奉献着伟大的母爱。

耕织作为农耕社会的基本生活方式、基本经济元素，是历代王朝的大事，要郑重其事地、虔诚地去做。南宋楼璹在于潜县做县令，深切体会农民耕织之艰苦与喜乐，即根据其细微观察与体会，挥笔作画，成《耕织图》四十五幅，是古代耕织文化的第一次形象展现，前已备述。

受楼璹《耕织图》的影响，南宋各州县都绘有《耕织图》，用以指导农桑；元代的时候，司农苗好谦根据楼璹《耕织图》编

晚清《图画日报》所载《洪太夫人教子成名图》

写了《农桑图说》；明代万历时，《耕织图》被编入《便民图纂》；清代，康熙皇帝到乾隆皇帝都极为重视《耕织图》的编绘，有了清代人适应新时期农桑的《耕织图》。如此种种的《耕织图》，形成谱系，洋洋大观，既是现实中"劝农"的指导用书，也是古代农桑技艺、工具，以及各种农事的真实记录。因此，《耕织图》与其他有关农桑的图书，如北朝贾思勰《齐民要术》，宋朝秦观《蚕书》，元朝王祯《农书》，清代陈启元《蚕桑谱》，等等，蔚为大观，形成中国古代农桑的基本指导图书，当然也是对古代农桑的科学性总结，更是中国耕织文化的深厚积淀。

中国古人从事农桑，以经验传授为主，在漫长的中国古代史上，这些有关农桑的科学系统的总结，还是凤毛麟角，所以，更显其珍贵。我们不仅从中窥见实用性，知道古人如何借助其中的经验，获取好的经济效益，也窥见其中蕴含的农桑文化，知道相关的信俗、传统。而所有这些的源头，都是从黄帝、嫘祖那个开辟洪荒的时代而来的。黄帝与嫘祖，是中国耕织社会里最早的一对经天纬地、开辟洪荒的丰碑式神人。中国桑蚕文化，融汇了历代桑蚕养殖、丝绸生产者的智慧，铸就了经天纬地、精益求精的精神内核。

一种文化，绵延数千年而不断，而且越发兴旺，从中国遍及全球。这就是中国的桑蚕文化吧。

如此看来，嫘祖于古于今，都是一个伟大的女性，值得我们永远好生虔诚地奉祀着。

第二节　花团锦簇，争奇斗艳
——中华丝绸文化的艺术境界

任何一种文化，都不是独立发展的。中国的桑蚕文化，乃至丝绸文化，经历数千年，尤其体现出中国人海纳百川、兼容并蓄的精神，或曰，在中国博大精深、海纳百川的精神的铸造历程中，农桑以及丝绸悠久的生产历史，是极为重要的一块。然而，人们注意到青铜器，注意到瓷器，注意到诸子百家，注意到唐诗宋词汉文章，却比较少地注意到中国的农桑和丝绸的生产对于整个中国文化性格形成的巨大意义和价值。

农桑，是中国的基本色，而桑蚕是农桑的一部分。桑蚕作为中国古代社会生活中最基本的生产方式，其重要性自不待言。传统的农业，当然包括桑蚕业，都有近乎艺的因素，农人耕作，往往如绣花，倾心作务，所以称农艺。至于桑蚕，更是如此，它一开始就倾向于手工业，当然也含有工艺美术的基因。于是，在如此漫长的历史长河中，桑蚕业，积累或凝聚了中华文化的众多元素，这些元素弥漫、浸透在与桑蚕相关的行业，或溢出桑蚕业界，表现到文化艺术方面，因为桑蚕及丝绸的本质与生活、生产紧密相关，抑或丝绸不如青铜器、瓷器那样易于保存，其艺术价值、文化价值竟往往使人视而不见。当我们寻根溯源时，立即眼前一再闪亮，惊奇中国桑蚕即丝绸的精深博大。在它的艺术的显现中，蕴含着民族精神的信仰。

中国丝绸的艺术性，集中体现在它的图案艺术方面。

丝绸的生产，包含两个基本面：一个是丝的生产，即纺；一个是产品的成形，即织。纺，其实还在原料准备阶段，织，则是根据需求而形成产品。产品的基本面是实用，同时，作为一种凝聚了美的心思的产品，丝绸充满着美的因素。丝绸之美，丝的天然之美是本色，而其工艺之美是升华。

丝绸的工艺之美，在于"花团锦簇"，在于"锦上添花"，正是对丝绸之美的概括。花团锦簇所言，核心在图案之美。

最早的丝绸，是素。素是丝绸的本来面目。素者，白也。丝织品的初期，还无丝绸的概念，叫帛，或丝帛。帛，从巾，白声，或曰从巾、从白，它的字形见出其色彩和形状，即白色的条状织物。其织法大抵是极其简单的平纹织法。丝在未练染前是生丝，当然是白色，略显黄，此乃其底色。孔子说，"绘事后素"，在美学上或指大俗归于大雅，而大雅的本质是素，素即美的本质。所谓"齐纨鲁缟"，大约即是以本色显示的极轻薄的素色丝织品。

然而，美又是丰富的。自然界里，高山流水，雄强柔弱，草木繁荣，万紫千红。于是，以丝作服，要上色，染成人心中想要的色彩。比如绢，它是麦青色的；而绮，则专指有花纹的丝织品。色彩与花纹，丰富了丝帛的表现力，变得人见人爱，正所谓大俗大雅、雅俗共赏，此乃丝绸产品的审美本质。

丝帛在最初的美的展示，在我们看来，是简单的，甚至是刻板的装饰性几何图案，并非开放的，烂漫的。其原因或许是它与原始的信仰相关。李泽厚先生在《美的历程》中说："在后世看来似乎只是'美观''装饰'而并无具体含义和内容的抽象几何纹样。其实在当年，却是有着非常重要的内容和含义，即具有庄严的原始巫术礼仪的图腾含义。"比如鱼形、鸟形、蛙形、龙形的图案，都是原始图腾的象征，代表着上古时期各个部族的形象。恰如苏秉琦先生说的"满天星斗"，争奇斗艳。各部族在征战中逐渐融合，图腾演变、抽象为几何纹样的图案。严文明先生在《甘肃彩陶的源流》中论述："在原始社会时期，陶器纹饰不单是装饰艺术，而且，也是族的共同体在物质上的一种表现……半坡彩陶的几何纹样是由鱼变化而来的，庙底沟彩陶的几何纹样是由鸟纹演变而来的。所以，前者是单纯的直线，后者是起伏的曲线。"鱼鸟两个图腾的文化，在当代考古学看来，就是炎帝、黄帝两大部族的联合。他们的审美，其根本性，就在鱼鸟文化里面。李泽厚先生则说："虽同属抽象的几何纹，新石器时代晚期比早期要远为神秘、恐怖……具体表现在形式上，后期更明显是直线压倒曲线，封闭重于连续，弧形、波纹减少，直线、三角突出，圆点让位于直角方块……神农氏的相对和平稳定时期已成过去，社会发展进入以残酷的大规模的战争、掠夺、杀戮为基本特征的黄帝、尧舜时代。"[①]工匠受命，将这些几何图案表现在陶器，乃至青铜器等实物上，成为祭祀用品的图腾象征；长此以往，图案被固化、美化，即成为日常生活用品中的艺术，正是这种艺术，在生活中不时地刺激着人的感官，从审美的浅层意识深入到固化的意识，并形成民族的共同审美意识。

受制于丝帛织造的复杂技术，最早的丝帛成品可能不像陶器一样直接展

---

① 李泽厚：《美的历程》，第 37 页，天津社会科学院出版社 2002 年。

现原始图案，却在随后的祭祀用品织造中，赶上几何图案的时代，此大致在尧舜禹时期。其基本的图案，最典型的是帝王的"十二章"，事见《尚书·益稷》："（舜）帝曰：'予欲观古人之象，日、月、星辰、山、龙、华虫、作会（同绘），宗彝、藻、火、粉米、黼、黻绨绣，以五采（同彩）彰施于五色作服，汝明。'"汉代郑玄认为，此十二章，正是绘制天子礼服的标准。前六章绘在上衣，后六章绘在下衣，上衣与下衣合称衣裳。按照《周礼》，公的礼服要绘山龙以下九种物体的形状，卿的礼服要绘华虫以下七种物体的形状，大夫的礼服要绘宗彝以下五种物体的形状，士的礼服要绘粉米以下三种物体的形状，依次降低，借助辨明从王到士的地位高低，以服饰即可见出"尊卑有序"的礼制。以此看来，在庙堂之上，从王到公卿，穿着这样的礼服依次而登殿，色分五彩，等级森严，黄钟大吕，声震屋宇，恰如李泽厚先生所言的，神秘而狰狞，感受到帝王统治下的威严气氛。其图案，或以绘的方式表现，或以刺绣的方式表现，两种方式都成为后世丝织品图案的基本织造方法。

在十二章等级制度之下，规定了丝织品的主要图案，其附着的图纹，或普通的丝织品的图纹，一般为云雷纹、回纹、菱纹等几何纹饰，是在平纹组织为地的基础上，作斜纹组织的图案。这一类丝织品叫"绮"。故宫博物院所藏商代铜钺，其上附着了菱形绮的丝织品残迹，同时期的玉刀上，则附着了雷纹绮的丝织品残迹。

战国开始，礼崩乐坏，普通人可以穿着丝织品衣服，丝绸需求量大为增加，对丝织品的要求也趋向华丽多彩。

战国的织锦，较之春秋时期丝织品，其纹样更加复杂，以菱形为骨架，勾勒出四方连续的花纹，而不仅是对称的菱形纹样。同时，开启了"对龙对凤"的纹样的先河。1982年，在湖北江陵马山一号战国墓出土大量丝织品，锦纹有十余种。其中一幅图案，上有龙凤麒麟等瑞兽，以及歌舞人物，共七个单元，每个小单元以三角排列，左右对称，组成通幅大花纹经锦。这在春秋以前，是不可思议的。

长沙马王堆一号墓，出土"印花敷彩纱"，其图案由藤蔓、叶片、花穗、

战国时期丝织品的几何图案

蓓蕾一类织物形状组成，外框呈现菱形，四方连续，错综排列，共二十余图案单位，整体感特别好，层次分明。假如将其放入商周时期庄严、狰狞、神秘的丝织品中，这样的花色与图案，真是大异其趣，大放异彩，或许是不能被"正统"观念接受的。探索其源，抑或因汉朝起源于楚地，其信俗大有楚风，珍奇怪兽、虎豹玄鸟等往往杂绘于一体，配有缥缈的云气，表现出人神混合的世界。其主图案的周边，则往往是茱萸纹等花草。汉武帝时期，张骞"凿空"丝绸之路，西风扑面，从河西走廊进入内地，丝织品的格局渐渐染上"胡风"。魏晋南北朝时期，大象、狮子、骆驼、孔雀，以及马啊，羊啊，等等，登上丝织品，成为汉人喜欢的图案。围绕这些图案的，往往是忍冬草之类的西域来的花草。吐鲁番出土过魏晋时期的织成鞋，刺绣了"富且昌宜侯王天延命长"的文字，鞋上有红、土黄等八种颜色，其中分区织出红地白色对鸟纹、白地蓝色对兽纹、红地绿色几何纹、红地白色变形兽纹、蓝地小花纹，及白地红字、灰地蓝字等九个区域，色彩很是丰富。北朝时期出土有树叶、连珠孔雀、方胜兽纹、羊树等样式的锦。这些纹样、图案，都与传统纹样大异其趣。由南朝被迫留居北朝的大文学家庾信，得到赵王所赐白罗袍绔，凤凰于飞，好花鲜艳，即兴赋诗："悬机巧绁，变缀奇文。凤不去而恒飞，花虽寒而不落。"（《谢赵王赉白罗袍绔启》）

从汉到南北朝，完成了丝绸纹样及图案从庙堂向世俗化的转变，象征着丝织品彻底挣脱王公贵族的垄断，成为雅俗共赏的华美的生活用品。隋唐以后的丝绸艺术，遂成一支蓄势而前的洪流，汇入中华文化艺术的大河，一往无前。

丝绸，在中国人生活艺术化的历程上，扮演了极为重要的角色。

第三节　敬事嫘祖，超越先贤

——中华丝绸文化的承传

嫘祖的历史地位

嫘祖，是本书的核心话题。我们试图理清楚她的生平、贡献，却不可能彻底明白。只知道她是西陵氏之女，黄帝的元妃，至少是确有其人。司马迁记载嫘祖的时候，已经在她生活时代的两千多年之后了，历史的漫漫烟云，使得后人不能真切看到她的真实面目。

嫘祖是亦人亦神的智者，是中国的先蚕圣母。

上古到中古的时候，人类既不能了解自然界的神秘现象，雷电风雨，洪水猛兽，也不能抗拒，因而是人类造神时期。先民们相信，在神的庇护之下，内心要安全幸福许多。考古学家苏秉琦说，中国的社会在最初形成阶段，是多部落并存的"繁星满天"的状态，而以黄河中下游为中心。于是，造神之初的特点是，人神不分，多神共存，而大神们集中在黄河中下游地区，大神，就是所谓伏羲神农、三皇五帝，以及后羿嫦娥、后稷伯益等等。因为无文字可考，后人即以传说为信，而传说正好是造神的好办法，滚雪球一般，传说越来越多，神的成分越来越浓厚。

随着社会繁荣发展，分工渐多而明晰，在不同历史时期出现许许多多的行业神。

嫘祖就是一位行业神。

尽管嫘祖只是司马迁说过那么几句，但是，后人宁愿相信嫘祖的存在，就像相信黄帝的存在一样。而且，因为嫘祖面目模糊，地位尊贵而显赫，于是，她被奉为"先蚕"之神，是再合适不过的。

根据历史记载，嫘祖被奉为"先蚕"之神，大致是北朝时期，最早不过汉代。前已提及，兹不赘述。

但是，给一位半人半神的形象确定历史地位，是不易的，经过了漫长的历史时光。

嫘祖的"先蚕"地位，是上古耕织文化的结果，她正好处在耕织初步成熟时期。于是，在中国社会进入成熟时期的重要历史节点上，代表性人物黄帝和嫘祖被推了出来。至于是司马迁《史记》之前，还是之后被推出的，已经很难准确判断。

以常理判断，上古时代传说的帝王，其王妃，只有黄帝的"元妃"嫘祖，舜帝的夫人娥皇、女英，以及禹王的夫人涂山氏等极少数，被司马迁记载下来。其中嫘祖最早，她被认定为"先蚕"之神，当然是有其合理性的。考古证实，嫘祖那个时代，灿烂的丝绸已经生产出来，于是，嫘祖在耕织方面的功绩被后人认定，并传衍下来，被两千多年后的司马迁注意到，一定是有所根据的，起码有其合理性，而非空穴来风。

司马迁说到，黄帝不违农时播种百谷草木，并且驯化鸟兽虫蛾。前已推断，驯化"虫蛾"即应该含有桑蚕，而未明言。嫘祖从事桑蚕养殖丝织的事，已经淹没在历史的尘埃里，却还是若隐若现。或许，在司马迁而言，说嫘祖的养蚕，不及说她是颛顼、帝喾的先祖重要。但是，这些笔墨，起码为她被尊为历史记载的"先蚕"埋下伏笔。到北朝的时候，嫘祖的地位正式凸显起来，登上神坛。从此，再未变过。

显然，嫘祖是中国有蚕业以来，经过漫长的理性推断，被历史公认为蚕业之祖的角色。至于马头娘娘等，只能是民间传说，还进不了正统神的序列。

桑蚕业是中国最早发明的，堪比传统的四大发明，而应该早于四大发明，或者说，四大发明只有指南针的发明可能与桑蚕业大致相近。传说中，有黄帝大战蚩尤的时候利用司南的记载，司南就是早期的指南针。因此，在四大发明前，嫘祖的地位是十分崇高而显赫的。它解决的是穿的基本问题，涉及人类的基本需求，在社会、经济方面有无与伦比的价值。把这样的地位奉给嫘祖，一定是有着深远的历史背景和政治考量，只是我们已经无法具体考证或作出猜想了。

嫘祖既然是中国的蚕神，那她就是世界的蚕神。这是毋庸置疑的。

我想，这就是她的历史地位。有这个地位，这个起点，就足以展开审视中国，乃至世界的桑蚕业。

嫘祖的伟大，从此可以见得出来。她当然应该是被国人共同崇敬的"先蚕圣母"。

前已论及，嫘祖的活动区域，与河东密切相关。我们想要提及的是，嫘祖在河东出发，这是本书撰写的基本立足点。

中国丝绸业的基本贡献

丝绸业起源于中国，所以，中国在丝绸业上的贡献，是极其独特的，是世界性的。历史地看，中国丝绸业的具体贡献，有以下数点。

其一，丝帛与麻纺织品等一起解决了遮身蔽体的基本问题。

穿衣是人类区别于其他动物的基本特征。人类在解决穿衣问题的漫长历程中，逐渐发展了自己。可以相信，养蚕抽丝之前，一定有了麻布的纺织；初始的丝帛或许尚不能保暖，但在炎热的夏天，却是极为舒适的，有草衣、麻衣、兽皮等都不具备的优势。

其二，丝绸成为上层社会生活不可须臾或离的一部分，并上升到精神生活层面。

丝帛继续发展、完善，种类渐多，花样翻新，以丝帛概括显得不足，于是，逐渐有了丝绸的说法。丝绸的适用面广泛起来，但是，早期的丝绸主要还是王室贵族们独享的产品，主要用在祭祀和丧葬方面，属于精神层面的价值更大。抑或说，桑蚕到丝帛，到丝绸，王室贵族们首先相信，这些是可以通神的，充满了神性。他们活的时候服用丝绸，满身绫罗绸缎，尤其是祭祀的时候，更是讲究，穿着极为严格，不能僭越礼数，即使在平常，也要遵循等级制度；他们死去，也要丝帛裹身，期待像蚕蛾那样羽化，灵魂升天。至于普通百姓，是无缘丝绸服饰的。一直到南宋，张俞的诗里还说："遍身罗绮者，不是养蚕人。"所以说，丝绸的服用，有极大的政治和宗教的色彩。

宗教是中国古代隐形的政治势力，道教，尤其是佛教发达起来后，对丝绸的需求量大增。做法事的地方，往往以丝绸缠绕建筑物上的柱子等显要部位，神像也要披挂好丝织品，显得华丽庄严，而道人、和尚的丝绸服饰也往往是穷极奢华。我们看一看《洛阳伽蓝记》，再看一看云冈石窟、龙门石窟，就可以窥见无处不在的丝绸痕迹。丝绸之路上出土的丝绸，大多数也是寺庙用品的遗物。时间下移到二十世纪五十年代，南京云锦的销售对象，还主要是藏区的寺庙。据南京正源兴绸缎庄老职工毛重锦先生回忆，那时候，"这样的销路是新疆、西藏、甘肃、四川部分藏族聚集区，还有蒙古国……销往西藏的主要是供寺庙使用，比如拉萨的布达拉宫、大昭寺及日喀则的扎什伦布寺。庙里面装饰佛龛用的和包柱子的云锦图案当中有八宝和串枝莲"[1]。沈从文先生说，现在所存的丝绸图案，绝大部分是从古代佛经的丝绸封面上得到的，也可以看出宗教活动对于丝织品的巨大需求。

其三，丝绸极大地丰富了人民的生活，尤其成为中华审美文化的重要组成部分。

在春秋以后，丝绸逐渐进入大众生活里，丝绸变成被人们广泛接受的用品，已经延续了两千余年。

在我们的日常生活中，丝绸是极为重要的部分，包括穿戴的服饰、装饰的靠垫、玩耍的器具、书画的装裱，不一而足。普通百姓对丝绸的喜爱，并不比王公贵族们差，只是他们卑微而少有财力。于是，对丝绸的喜爱，成为中国人生活欲望和审美的极为典型的一部分，"锦上添花""花团锦簇"是对美的追求，"锦鲤""锦鸡"是对事物的美称，"锦绣前程"是对生活理想的向往，"锦绣山河"是对大好河山的由衷赞美，"经天纬地"是对堪当大任者的美言，如此等等，不胜枚举。在丰富的汉语言里，承载着中华民族对美好事物的共同观念，其中均以丝织品来比喻，可见丝绸之于国人的审美，有着极为广泛而且深刻的激发作用。所以说，丝绸不仅融入国人的日常生活，并

---

[1] 南京市档案馆、江南丝绸文化博物馆、正源兴绸缎庄编：《毛重锦》，《南京云锦及丝织业口述档案》，第 67 页，南京出版社 2021 年。

且融入国人的血脉，成为精神生活的一部分。

其四，丝绸业成为古代经济的主体部分。

中国古代，丝绸主要使用于富贵阶层。商代及西周时期，丝绸生产基本是国家垄断。《周礼》有"典丝""内司服""缝人""染人""画缋"等的官职或机构，与丝纺织关系密切，其丝织品供给王公贵族使用。其后，丝绸生

丝织品中象征"幸福如意"的蝙蝠纹

产业发达起来，需求旺盛，许多诸侯贵族自己养着工匠，从事各种手工业的生产，于是，有手艺的大工匠逐渐成为富户，也参与经商。

到春秋战国时期，商人开始进入政界，商人管仲做了齐国的相，帮助齐桓公称霸；据传说，范蠡则在帮助越王勾践复国后，与《浣纱记》里的美女西施泛舟江湖，成为富可敌国的大商人，世称陶朱公；战国时期，帮助秦王建立霸业的相国吕不韦，也是一位大商人。他们经营的商业，当然包括丝绸。管仲治国之时，将全国分为士乡（农乡）和工商乡，并特别优待工商户，不服兵役，使成专业。其时，齐都临淄、赵都邯郸，以及大梁、洛阳都是著名的大都市，商业发达；中等都邑则有市，如韩国的上党，其七十邑有市。其时，大力发展桑蚕、生产丝绸。齐国的织工技巧最有名，丝麻织品通行各国，"齐纨鲁缟"，闻名诸侯之间，《史记·齐太公世家》记载，齐国"冠带衣履天下"，说明齐国的丝织品随着商人的旅迹贩运到各地，比如郑国的商人到周出卖皮革，又到楚国收买丝帛。楚国墓地出土的大量丝绸，也说明当时丝织业的发达。所以，司马迁《史记·货殖列传》说："从贫求富，农不如工，工不如商。"可知，春秋战国时期，耕织及商业在此时大大地繁荣起来，丝绸成为满足王公贵族奢侈生活的主要内容之一，同时成为当时经济的主体之一。

秦汉以后，桑蚕业继续着繁荣的趋势，丝绸生产仍然是历朝经济的重要支柱产业。据范文澜《中国通史》第二卷记载，汉代皇室在当年齐国的国都临淄设服官三所，称"三服官"，各有专业技术工匠（包括女工）织工数千人，专制冰纨、方空縠、吹絮纶等精细丝织品，每年费钱数万万，规模庞大到惊人的程度。桓宽的《盐铁论》甚至说，京都内的少府考工、东西织室，用的是技术差的徒、奴从事丝绸生产，每年各费钱五千万，还远不及齐"三服官"。又说，中国出产一端（二丈）素帛，可得匈奴数万钱的货物，外国物产内流，中国利不外溢，是富国的良策。从此知道，临淄所产的丝织品，肯定有的进入商品流通领域。汉皇室又在襄邑（今河南睢县）设服官，专门生产衮龙文绣等礼服，供应皇帝和大臣们的服饰，并在汉明帝时发明了织花机，以替代刺绣。《西京杂记》说，东汉时，襄邑织工陈宝光妻传授织法，由此知道在后汉时期，上述地区仍然是丝织品的重要产地。丝绸的发达，助长了浮华风气，汉王符著《潜夫论》，说洛阳的"浮末"比农夫多十倍，虚伪游手又比"浮末"多十倍，工商贵，农桑贱，造成本末倒置，社会畸形，王符对此深表忧虑。

汉末及三国时期，争战频繁，各国政府急需军费，桑蚕业仍然受到重视。曹操改革汉赋税制度，每亩纳粟四升，每户纳绢二匹，绵二斤。因此，百姓乐于开垦土地，发展农桑。诸葛亮说，蜀国的军费，主要得益于蜀锦的生产，也是一个明证。北朝，民族交往日趋活跃，贸易互市，丝绸是重要角色。北魏道武帝时制定赋税制度，常赋每户每年纳帛二匹，絮二斤，丝一斤，粟二十石。此外，还有杂绸，也包括丝帛之类。孝文帝时，改革赋税制度，户调每年纳布或帛一匹，粟二石，较前有所减轻。北齐武成帝时，实行均田制，其中每丁给永业田二十亩为桑田。租调：一户调绢一匹，绵八两，垦租二石，义租五斗。北周宇文泰时，户纳绢帛大致同北齐。

隋朝规定，丁男一户，每年纳租粟三斛，绢一匹（后改为二丈），绵三两或布一端，麻三斤。唐代，在北朝均田制的基础上，推行租庸调制，合理负担，经济大为发展。租庸调，就是改按户为按丁（男丁）缴纳。租，每丁每年纳粟二石或稻三石；调，随调乡土所产，蚕乡每丁年纳绫、绢、绝各二丈，绵三两，非蚕乡纳布二丈五尺，麻三斤；庸，就是按丁口服役。到唐德宗时期，又改为按亩收租，是为两税法，基本都是收纳钱米，丝、帛、绢等丝织品逐渐退出赋役制度。

但是，宋、夏、辽、金、元等各时期，还往往采用丝帛等作为缴纳租税的手段。比如宋继承五代十国的苛捐杂税，称"杂变"，百姓须缴纳曲钱、绸、绢等，一年收入布帛五百九十九万端匹。北宋与辽议和，达成"澶渊之盟"，宋每年要送十万两白银，更要送二十万匹绢。随后，与西夏议和，岁送西夏银七万两，绢十五万匹，茶三万斤。南宋高宗时，纳所谓"折帛钱"，就是将夏税中应该缴纳的绢帛等，折为钱上缴。西夏国税赋既收钱，也折合为绸、绢、绵、布、麦等，在夏季田、蚕成熟时征收。其时，西夏国以变革衣冠制度为由，要求宋廷派遣丝织品方面的工匠，发展了当地的丝织业。1975 年，银川市西夏陵墓出土丝织品残片，就有罗、绫、锦等品种。

金世宗时期，设真定（今河北正定）、平阳（今山西临汾市）、太原（今山西太原市及晋中市）、河间（今河北沧州市）、怀州（今河南沁阳市）五处绫锦院，掌织造常课匹缎事，涿州出产罗，河间出产"无缝锦"，相州（今河北安阳市、河南临漳县一带）出产"相缬"，缬就是有花纹的丝织品，大名府出产皱縠、绢，河东出产卷子布，山东东平府出产丝锦、绫锦、绢，等等，是官营的手工业。元代，继承宋的夏秋两税制，农户纳税要交钱，也可以折合为木棉、布、丝、绢、绵等。其时，京城大都（今北京），每天运入的丝就有千车，周边百姓都来此购买产品，丝织品的生产旺盛可见一斑。

明清时期，商业日益发达，百姓日常生活对丝织品的需求更加旺盛，丝绸仍然是经济活动极为重要的部分。官营的丝绸行业主要供应朝中所需，极尽奢华，而民间所产数量更为庞大，但是，瓷器、茶叶在经济中的经济地位上升，丝绸只是一个方面。租税方面，则以缴纳现金为主，丝绢彻底失去货币功能。

其五，丝绸在中国与世界经济、文化交流方面，扮演了极为突出的角色。

中国与世界的交往，一定是始于经济，终于文化。前已述及丝绸之路，正是中外经济文化交流的基本线路。在这条闪耀数千年的丝路上，丝绸当然是中国对外交流的主角，才有了"丝绸之路"的命名。需要特别指出的是，古代丝绸之路上的外国人，从中国输出的丝绸里，看到中国古人的精密、智慧；从中国输出养蚕技术、丝绸纺织技术等核心技术方面，看到中国人开放的心胸；从中国的华丽的丝绸上，实现了审美的趋同。中国则以丝绸为主，换取本地缺少的产品，实现经济互补，以至于开疆拓土、民族认同等等。假如我们看一看长安通往西域的路上的各种寺庙，尤其是林林总总的石窟寺，天水的麦积山石窟、敦煌的莫高窟、拜城的克孜尔石窟，就明白，宗教起初与商人、使节、邮差等丝绸之路上的人的信仰密切相关，是丝路上支持人们前行的精神力量，日久天长，积淀为文化艺术、为历史文献，其中的价值实在太大，这是我们这一小书无法详尽记述的，就此打住。

中国丝绸业遭遇的现代挑战

中国的丝绸生产始于可记载的嫘祖，迄今六千年左右，其生产历史实在是很久很久了。当丝绸生产从丝绸之路上慢慢溢出中国，为世界共享时，中国传统的生产方式，与古老的中国一样，显得很是传统，过于蹒跚。反观西方国家，在十八世纪中叶，发明用机件代替人手进行牵伸的丝机，几乎同时，发明纹版提花丝织机，纺织技术开始了机械程序控制，我国的传统纺织技术即落后了。而且，从晚清开始，西方国家廉价的布匹对中国的丝绸生产形成一波冲击潮，造成丝绸需求减少，产量下降。当今，在现代化生产的条件下，西方国家的蚕桑育种、丝绸生产，在标准化、质量方面，都显示出一定的优势，进一步对中国传统的丝绸生产形成压力和挑战。而中国内部的纺织生产，也构成对传统丝绸生产的压力。需求的减少，导致从业者减少，尤其传统技艺严重后继乏人。锦类、织绣等生产，还是手工艺生产，不能规模化生产，成本高，周期长，失去竞争优势。蜀锦、云锦、苏绣、蜀绣等等，都光荣地列入非物质文化遗产名录，并开列出难以计数的传承人，建设了许多丝绸博物馆。这表示着我们的桑蚕业、丝绸业曾经的辉煌，是中华优秀传统文化中重要的一部分，而且对保护和继承传统的丝织业有良好的作用。当然，中国仍是丝绸生产大国，只是一国独大的局面，已不复存在。这是中国丝绸六千年以来从未有过的大变局。本来，中国传统的丝织品生产，就是适应传统社会生产模式的，包括一家一户的生产模式，是适应王公贵族、富贵人家需求的，适应国民长期形成的艳丽华美的审美惯性。这些，在现代社会生活中都在改变。能否继承传统，又创新发展，这是一个说来容易、做来困难的大事，是传统遭遇现代情况下面临的难题。

写到这里，我有一种感觉，先蚕嫘祖正在神坛上看着现代人，目光里含着焦虑和期待，我们将以怎样的方式回复这位伟大的先蚕圣母呢？

后　记

　　2021年3月，正是春蚕始发之时，承蒙运城市文联青睐，受命撰写中国桑蚕业之祖嫘祖的传记。此项目是"典藏古河东丛书"之一，运城市各级领导极为重视，而要写的对象我却不是很熟悉，且文献极少，我在受领撰写任务时，有一种诚惶诚恐的感觉。

　　所以，在提交撰写提纲之后，我不能马上动手写作，而是着手作了实地考察，阅读相关图书。在半年多的时间里，到夏县西阴村数次，向当地村民了解情况，遥想刚从美国归来的年轻人李济为什么选择到此考古，又怎样发现了半个蚕茧；到盐池，望着阔大而五彩的盐湖出神；到垣曲县，上舜王坪，感受先民农耕的艰辛；甚至到定襄县，察看植桑养蚕的基地，端详蚕儿们纷纷蠕动的情形。考察的间隙，阅读李济、梁思永、田建文、许宏、李琳之等前贤及今人的考古著作，神思不时追溯到数千年前的上古社会；看到《佛国记》，心头又被法显老人环行丝绸之路的壮举而打动；也为金末元初万泉木工薛景石写出《梓人遗制》而感到惊奇。除过关注河东的人文历史，撰写本书，更多的是梳理中国古老而丰富的桑蚕物质文化历史，对养蚕、抽丝、纺织，以及因此积淀的丝绸文化做详细的了解。因而深切体会出，撰写嫘祖的传记，写一部中国的桑蚕文化小史，其实是一次礼敬中华文明、追寻中华桑蚕和丝织物质文化史的经历。

　　经过考察和学习，逐渐地有了写作的感觉。遂抓紧撰文，几乎是一气呵成。我深知，本书还不是很成熟，有待读者诸君的审视，心里又不免惴惴然起来。于是，又作了反复的修改。然而，在我的心中，这仍然是一部稚嫩的习作。

春蚕吐丝，泽被天下；悠悠苍生，感念嫘似。谨以这部小书献给先蚕嫘祖，献给春蚕们，献给河东这片古老的热土。

在此书的撰写和编辑过程中，山西省作协杜学文主席、运城文联的王西兰等先生，以及苏华、景李虎、田建文、李金山、原晋、江兴祐、余连祥、倪培翔、孔令剑、董鹏飞等友朋，给予各式各样的支持和关照；特别是杜学文主席审读了全稿，提出许多中肯的修改意见，出版社编辑先生认真编校，纠正诸多错讹，在此一并致谢！

参考文献

1. 梁思永：《梁思永考古论文集》，科学出版社 1959 年。

2. 范文澜：《中国通史》（1—4），人民出版社 1978 年。

3. 李润海：《中国纺织史话》，中国台湾明文书局 1982 年。

4. 陈维稷主编：《中国纺织科学技术史（古代部分）》，科学出版社
1984 年。

5. 〔汉〕司马迁：《史记》，中华书局 1989 年。

6. 〔汉〕班固：《汉书》，中华书局 1989 年。

7. 〔唐〕魏徵：《隋书》，中华书局 1989 年。

8. 朱新予：《中国丝绸史（通论）》，纺织工业出版社 1992 年。

9. 夏鼐：《夏鼐文集》，社会科学文献出版社 2000 年。

10. 李泽厚：《美的历程》，天津社会科学出版社 2002 年。

11. 李民、王健：《尚书译注》，上海古籍出版社 2000 年。

12. 杨天宇：《周礼译注》，上海古籍出版社 2004 年。

13. 凤凰出版社编：《中国地方志集成·山西府县志辑·夏县卷》，凤凰出
版社 2005 年。

14. 成江：《谈装说裱》，书海出版社 2005 年。

15. 李济：《李济文集》，上海人民出版社 2006 年。

16. 余西云：《西阴文化：中国文明的滥觞》，科学出版社 2006 年。

17. 袁宣萍、赵丰:《中国丝绸文化史》,山东美术出版社 2009 年。

18. 闫和健、武怀庆:《山西蚕业志》,山西经济出版社 2010 年。

19. 浙江大学编著:《中国蚕业史》,上海人民出版社 2010 年。

20.〔清〕沈寿口述、张謇整理:《雪宧绣谱》,重庆出版社 2010 年。

21. 杜士铎:《北魏史》,北岳文艺出版社 2011 年。

22.〔英〕詹尼佛·哈里斯主编:《纺织史》,汕头大学出版社 2011 年。

23. 山西省地方志办公室编:《民国山西实业志》,山西人民出版社 2012 年。

24. 史念海:《史念海全集》,人民出版社 2013 年。

25. 葛剑雄:《葛剑雄文集》,广东人民出版社 2014 年。

26. 刘克祥:《蚕桑丝绸史话》,社会科学文献出版社 2011 年。

27.〔日〕田崎仁义:《先秦经济史》,山西人民出版社 2015 年。

28. 许宏:《何以中国》,生活·读书·新知三联书店 2014 年。

29.〔清〕陈启沅:《蚕桑谱》,广西师范大学出版社 2015 年。

30. 高亚芳、王力:《一张图表看懂丝绸之路》,中华书局 2016 年。

31. 陈国强:《丝绸术语辞典》,中国纺织出版社 2018 年。

32. 杜学文:《被遮蔽的文明》,三晋出版社 2019 年。

33.〔清〕丁佩:《绣谱》,中华书局 2012 年。

34. 陈胜前:《史前的现代化——从狩猎采集到农业起源》,生活·读书·新知三联书店 2020 年。

35. 李琳之:《前中国时代》,商务印书馆 2021 年。

36. 刘绪:《夏商周考古》,山西人民出版社 2021 年。

37. 南京市档案馆、江南丝绸文化博物馆、正源兴绸缎庄编:《南京云锦及丝织业口述档案》,南京出版社 2021 年。

图书在版编目（CIP）数据

先蚕嫘祖 / 张继红著 . -- 北京：作家出版社，2022.9
（典藏古河东丛书）
ISBN 978-7-5212-1958-6

Ⅰ . ①先… Ⅱ . ①张… Ⅲ . ①散文集—中国—当代
Ⅳ . ① I267

中国版本图书馆 CIP 数据核字（2022）第 121127 号

先蚕嫘祖

作　　者：张继红
责任编辑：丁文梅　朱莲莲
装帧设计：鲁麟锋
出版发行：作家出版社有限公司
社　　址：北京农展馆南里 10 号　　　邮　　编：100125
电话传真：86-10-65067186（发行中心及邮购部）
　　　　　86-10-65004079（总编室）
E-mail:zuojia @ zuojia.net.cn
http://www.zuojiachubanshe.com
印　　刷：唐山嘉德印刷有限公司
成品尺寸：170×240
字　　数：240 千
印　　张：16.5
版　　次：2022 年 9 月第 1 版
印　　次：2022 年 9 月第 1 次印刷
ISBN 978-7-5212-1958-6
定　　价：53.00 元